BESTSELLER

Mary Higgins Clark nació en Nueva York y cursó estudios en la Universidad de Fordham. Está considerada una de las más destacadas autoras del género de intriga, y sus obras alcanzan invariablemente los primeros puestos en las listas de *best sellers* internacionales. Entre su ingente producción destacan, entre otras, *El último adiós*, *No puedo olvidar tu rostro*, *Un extraño acecha*, *Por siempre mía*, *Pálida como la luna*, *Noche de paz*, *Testigo en la sombra*, *La estrella robada* y *La fuerza del engaño*.

Biblioteca

MARY HIGGINS CLARK

No llores más, my lady

Traducción de
Claudia Ferrari de Perinotti

⊞ DeBOLS!LLO

Título original: *Weep No More, My Lady*
Diseño de la portada: Departamento de diseño de Random
    House Mondadori
Fotografía de la portada: © A.G.E./Fotostock

Tercera edición en este formato: octubre, 2006

Printed in Spain – Impreso en España

ISBN: 84-9793-000-2 (vol. 184/5)
Depósito legal: B. 19.236 - 2006

Impreso en Novoprint, S. A.
Energia, 53. Sant Andreu de la Barca (Barcelona)

P 830002

Para mis nietos...
Elizabeth Higgins Clark
y
Andrew Warren Clark,
los dos «Dirdrews»
con amor, alegría y deleite

PRÓLOGO

Julio 1969

Ese día en Kentucky había amanecido muy caluroso. Elizabeth, de ocho años, se acurrucó en un rincón del angosto porche, tratando de acomodarse en la estrecha banda de sombra que proporcionaba el voladizo. El cabello le caía sobre el cuello aun cuando lo tenía atado con una cinta. La calle estaba desierta; casi todo el mundo dormía la siesta del domingo por la tarde o se había ido a la piscina local. A Elizabeth también le hubiera gustado ir, pero sabía que era mejor no pedirlo. Su madre y Matt habían estado bebiendo todo el día y empezaban a reñir. Odiaba que lo hiciera, en especial en verano, con todas las ventanas abiertas. Todos los niños dejaban de jugar para escuchar. La pelea de ese día había sido realmente fuerte. Su madre había insultado a Matt hasta que éste volvió a golpearla. Ahora, ambos estaban dormidos, desparramados sobre la cama sin cubrirse; los vasos vacíos yacían en el suelo junto a ellos.

La niña deseaba que su hermana Leila no tuviera que trabajar los sábados y domingos. Antes de que comenzara a trabajar los domingos, Leila decía que ése era el día de ambas y llevaba a Elizabeth a pasear con ella. La mayoría de las muchachas de diecinueve años como Leila salían con muchachos, pero Leila nunca lo hacía. Pensaba viajar a Nueva York para convertirse en actriz y no quedarse atrapada en Lumber Creek, Kentucky. «El problema con estos pueblos rústicos, Sparrow, es que todos se casan al terminar la secundaria y terminan con niños llorones y papilla sobre los suéteres de los equipos de la escuela. Pero eso no me sucederá a mí.»

A Elizabeth le gustaba escuchar a Leila contar sobre cómo serían las cosas cuando ella fuera una estrella, pero también la asustaba. No se imaginaba viviendo allí con su madre y Matt, sin Leila.

Hacía demasiado calor como para jugar. Sin hacer ruido, se puso de pie y se acomodó la camiseta dentro de los pantalones cortos. Era una niña delgada, de piernas largas y pecas en la nariz. Tenía ojos rasgados y mirada adulta: «Rostro de reina solemne», solía decirle su hermana. Leila siempre inventaba nombres para todos; a veces, eran nombres graciosos, pero cuando no le gustaba la persona, no eran muy bonitos que digamos.

Dentro de la casa hacía más calor que fuera. El sol de las cuatro de la tarde se filtraba por las sucias ventanas, dando de lleno sobre el sofá de muelles gastados y el relleno que comenzaba a salirse, y el suelo de linóleo, tan viejo que no se podía saber cuál había sido su color original, rajado y combado debajo de la pileta de lavar. Hacía cuatro años que vivían allí. Elizabeth apenas recordaba su otra casa en Milwaukee. Era un poco más grande, con una cocina de verdad, dos baños y un enorme patio. Elizabeth se sintió tentada de ordenar un poco la sala, pero sabía que en cuanto Matt se despertara, todo volvería a estar como antes, con botellas de cerveza, cenizas de cigarrillo y su ropa tirada por todos lados. Pero tal vez podía intentarlo.

Unos ronquidos pesados y desagradables llegaban a través de la puerta abierta del dormitorio de su madre. Se asomó a mirar. Su madre y Matt debían de haber terminado la pelea porque dormían entrelazados, la pierna derecha de Matt sobre la izquierda de su madre y su rostro hundido en el cabello de ella. Esperaba que se despertaran antes de que Leila regresara. Leila odiaba verlos así. «Debes traer a tus invitados para que visiten a mamá y su novio —le había susurrado a Elizabeth con su voz teatral—, y mostrar el medio elegante en el que vives.»

Leila debía de estar trabajando después de la hora. El bar quedaba cerca de la playa y a veces, en los días calurosos, faltaban un par de camareras. «Estoy indispuesta —le decían al gerente por teléfono—, y tengo fuertes retortijones.»

Leila se lo había contado y le había explicado qué quería decir: «Sólo tienes ocho años, eres joven, pero mamá nunca me explicó nada y cuando me sucedió apenas podía caminar de regreso a casa; me dolía tanto la espalda que pensé que moriría. No dejaré que eso te suceda a ti y no quiero que otros te hagan insinuaciones como si se tratara de algo extraño.»

Elizabeth se esforzó por darle a la sala el mejor aspecto. Bajó un poco las persianas para que no entrara tanto sol. Vació los ceniceros y tiró las botellas de cerveza que su madre y Matt habían vaciado antes de la pelea. Luego, se dirigió a su cuarto. Tenía el espacio suficiente para un catre, una cómoda y una silla con el asiento de paja roto. Leila le había regalado un cubrecama de felpilla blanca para su cumpleaños y una librería de segunda que pintaron de rojo y colgaron en la pared.

Por lo menos la mitad de sus libros eran obras de teatro. Elizabeth eligió una de sus favoritas: Nuestra ciudad. Leila había representado el papel de Emily el año anterior en la secundaria y había ensayado tanto su parte con Elizabeth que ella también se había aprendido la letra. A veces, en la clase de aritmética había leído mentalmente una de sus obras favoritas. Le gustaba mucho más que las tablas de multiplicar.

Debió de haberse dormido porque cuando abrió los ojos Matt estaba inclinado sobre ella. Su aliento olía a tabaco y cerveza y sonrió, su respiración se hizo más pesada y el olor más fuerte. Elizabeth retrocedió, pero no había forma de escapar. Él le palmeó una pierna.

—Debe ser un libro aburrido, Liz.

Él sabía que le gustaba que la llamaran por su nombre completo.

—¿Mamá se despertó? Puedo comenzar a preparar la cena.

—Tu mamá va a seguir durmiendo por un rato. ¿Por qué tú y yo no nos recostamos y leemos juntos? —En un momento, Elizabeth estaba contra la pared y Matt ocupando casi toda la cama. Elizabeth comenzó a retorcerse.

—Será mejor que me levante y prepare unas hamburguesas —dijo.

Él la tomó con fuerza de los hombros.

—Primero dale un fuerte abrazo a tu papaíto, querida.

—Tú no eres mi padre. —De repente, se sintió atrapada. Quería llamar a su madre, tratar de despertarla, pero ahora Matt la estaba besando.

—Eres una niña muy bonita —le dijo él—. Serás una gran belleza cuando crezcas. —Su mano avanzaba sobre la pierna de Elizabeth.

—No me gusta —dijo ella.

—¿No te gusta qué, muñeca?

Y entonces, sobre el hombro de Matt, pudo ver a Leila de pie ante la puerta. Sus ojos verdes estaban oscuros por la rabia. En un segundo, atravesó el cuarto y le tiró con tanta fuerza de los cabellos que Matt tuvo que echar la cabeza hacia atrás. Leila le gritaba palabras que Elizabeth no podía entender. Y luego le gritó:

—Fue suficiente lo que esos otros hijos de puta me hicieron, pero te mataré si la tocas a ella.

Los pies de Matt tocaron el suelo de un golpe. Se inclinó hacia un lado tratando de alejarse de Leila, pero ella seguía tirándole del largo cabello y cada movimiento que hacía le repercutía en la cabeza. Después comenzó a gritarle a Leila y trató de pegarle.

La madre debió de haber escuchado el ruido porque su ronquido se detuvo. Se acercó al cuarto envuelta en una sábana, tenía los ojos rojos e hinchados y su hermoso cabello pelirrojo estaba todo revuelto.

—¿Qué sucede? —logró preguntar con voz enojada y soñolienta y Elizabeth pudo ver el rasguño en su frente.

—Es mejor que le digas a esta loca de hija que tienes que cuando soy amable con su hermana y quiero leerle es mejor que no actúe como si estuviera haciendo algo malo. —Matt parecía enojado, pero Elizabeth sentía que estaba asustado.

—Y será mejor que le digas a este asqueroso abusador de menores que se vaya de aquí o llamaré a la policía. —Leila le dio un último tirón y le soltó el cabello. Luego fue a sentarse junto a Elizabeth, abrazándola con fuerza.

La madre comenzó a gritarle a Matt; luego, Leila comenzó a gritarle a la madre y por fin, ésta y Matt se fueron a su cuarto y siguieron la pelea; después, hubo largos silencios. Cuando salieron del cuarto, estaban vestidos y dijeron que todo había sido un malentendido y que como las dos estaban juntas, ellos saldrían un rato.

Después de que se fueron, Leila dijo:

—¿Quieres abrir una lata de sopa y preparar una hamburguesa? Tengo que pensar. —Obediente, Elizabeth se dirigió a la cocina y preparó la comida. Comieron en silencio y Elizabeth se dio cuenta de lo feliz que se sentía de que su madre y Matt hubiesen salido. Cuando estaban en casa permanecían bebiendo y besándose o peleando y besándose. Cualquiera de las dos cosas era horrible.

Por fin, Leila dijo:

—Nunca cambiará.

—¿Quién?

—Mamá. Es una bebedora y si no es un tipo será otro, hasta que termine con todos los hombres que queden con vida. Pero no puedo dejarte con Matt.

¡Dejar! Leila no podía irse...

—Así que prepara tus cosas —le dijo Leila—. Si ese asqueroso comienza a manosearte, no estarás segura aquí. Tomaremos el último autobús a Nueva York. —Se inclinó hacia adelante y le acarició el cabello—. Sólo Dios sabe cómo me las arreglaré cuando lleguemos, Sparrow, pero prometo que te cuidaré.

Más tarde, Elizabeth recordaría ese momento con claridad. Los ojos de Leila, otra vez de color verde esmeralda, sin rastro de enojo, y con una mirada decidida. Leila y su delgado cuerpo, con la gracia de un gato; el cabello rojo y brillante de Leila, aún más brillante bajo la luz de la lámpara; la voz rica y ronca de Leila que le decía:

—No tengas miedo, Sparrow. Es hora de sacudirse de los zapatos el polvo de nuestra vieja casa de Kentucky.

Y luego, con una risa desafiante, Leila comenzó a cantar:

No llores más, my Lady...

SÁBADO

29 de agosto, 1987

1

El sol se ponía sobre las torres gemelas del World Trade Center cuando el vuelo 111 de Pan American proveniente de Roma comenzó a rodear la isla de Manhattan. Elizabeth apoyó la frente contra el vidrio, absorbiendo la vista de los rascacielos, la Estatua de la Libertad recién restaurada y un crucero que se deslizaba por el estrecho. Ése era el momento que tanto había amado al final de un viaje, la sensación de regresar al hogar. Pero hoy, deseaba con todas sus fuerzas poder quedarse en el avión, y seguir hacia su próximo destino, fuera cual fuere.

—Hermosa vista, ¿verdad? —Al subir al avión, la anciana de aspecto bondadoso sentada a su lado le había dedicado una amable sonrisa y luego había abierto su libro. Elizabeth se sintió aliviada; lo último que quería era una conversación de siete horas con un extraño. Pero ahora no le molestaba. Aterrizarían en pocos minutos. Le contestó que, en efecto, era una hermosa vista.

—Éste fue mi tercer viaje a Italia —continuó su compañera de asiento—. Pero es la última vez que viajo en agosto. Está lleno de turistas. Y hace tanto calor. ¿Qué países visitó?

El avión se inclinó y comenzó su descenso final hacia el aeropuerto Kennedy. Elizabeth decidió que le daba lo mismo darle una respuesta directa que mostrarse indiferente.

—Soy actriz. Estuve filmando una película en Venecia.

—¡Qué emocionante! La primera impresión que tuve es que me recordaba un poco a Candy Bergen. Es tan alta como ella y tiene el mismo hermoso cabello rubio y ojos azul grisáceo. ¿Debo conocer su nombre?

—En absoluto.

Sintieron un leve golpe cuando el avión aterrizó en la pista y comenzó a deslizarse. Para evitar más preguntas, Elizabeth sacó el bolso que tenía debajo del asiento y se puso a revisar su contenido. Si Leila estuviera aquí —pensó—, no habría problemas de identificación. Todos conocían a Leila LaSalle. Además, ella habría viajado en primera clase y no en turista.

«Habría.» Después de todos esos meses, ya era hora de que aceptara la realidad de su muerte.

Un puesto de diarios detrás de la aduana tenía la última edición del *Globe*. No pudo evitar leer el titular: «El juicio comienza el 8 de septiembre.» El subtítulo decía: «El juez Michael, visiblemente enojado, denegó más aplazamientos en el juicio por asesinato al multimillonario Ted Winters.» En el resto de la página figuraba un primer plano del rostro de Ted. En sus ojos había una mirada de amarga sorpresa y su boca dibujaba una expresión de rigidez. Era una foto tomada después de enterarse de que el Gran Jurado lo había acusado de la muerte de su prometida, Leila LaSalle.

Mientras el taxi se dirigía hacia la ciudad, Elizabeth leyó la historia: una repetición de los detalles de la muerte de Leila y la evidencia en contra de Ted. Durante las tres páginas siguientes había fotografías de Leila: Leila durante un estreno con su primer marido; Leila en un safari, con su segundo marido; Leila con Ted; Leila cuando recibió el Oscar; fotos de archivo. Una de ellas le llamó la atención. Había un dejo de dulzura en su sonrisa, un toque de vulnerabilidad que contrastaba con el gesto arrogante del mentón y la expresión burlona de los ojos. La mitad de las jovencitas de Norteamérica habían tratado de imitar esa expresión, habían copiado la forma que tenía Leila de echarse hacia atrás el cabello, de reír por encima del hombro...

—Llegamos, señora...

Sorprendida, Elizabeth levantó la mirada. El taxi se había detenido frente al Hamilton Arms, en la intersección de la calle 57 y Park Avenue. El diario se le deslizó del regazo. Trató de aparentar calma:

—Lo siento, me equivoqué de dirección. Quiero ir a la Undécima y la Quinta.

—Pero ya paré el taxímetro.

—Entonces, póngalo de nuevo. —Le temblaban las manos mientras buscaba su cartera. Sintió que se acercaba el portero y no quiso levantar la mirada. No quería que la reconocieran. Sin pensarlo, le había dado la dirección de Leila. Ése era el edificio donde Ted había matado a Leila. Aquí, ebrio y en un arranque de rabia, la había arrojado desde el balcón terraza de su apartamento.

Elizabeth no pudo controlar el temblor al repasar la imagen que no podía borrar de su mente: el maravilloso cuerpo de Leila envuelto en un pijama de satén blanco, su largo cabello pelirrojo echado hacia atrás como en una cascada, cayendo por los cuarenta pisos hasta el suelo de cemento.

Y siempre las mismas preguntas... ¿Estaba consciente? ¿Se dio cuenta de lo que sucedía?

¡Qué terribles debieron de ser para ella esos últimos segundos!

Si me hubiera quedado con ella —pensó Elizabeth—, esto jamás habría sucedido.

2

Después de estar ausente durante dos meses, el apartamento olía a encierro. Pero en cuanto abrió las ventanas, pudo sentir esa peculiar combinación de aromas típica de Nueva York: el olor de la comida hindú del restaurante de la esquina, el perfume de las flores del balcón de enfrente, el olor ácido del escape de los autobuses de la Quinta Avenida, la sugerencia a mar proveniente del río Hudson. Durante unos minutos, Elizabeth respiró profundamente y sintió que comenzaba a relajarse. Ahora que se encontraba allí, se alegraba de estar en casa. El trabajo en Italia había sido otro escape, otro respiro temporal. Sin embargo, nunca dejaba de pensar que algún día tendría que subir al estrado como testigo de la parte acusadora en el juicio contra Ted.

Deshizo el equipaje con rapidez y colocó sus plantas en el lavadero. Era evidente que la mujer del portero no había cumplido su promesa de regarlas con regularidad. Después de quitar las hojas muertas, se volvió hacia la correspondencia acumulada sobre la mesa del comedor. Rápidamente separó las cartas personales de las facturas y tiró las de publicidad. Sonrió con placer ante la hermosa letra de uno de los sobres y la dirección del remitente: Señorita Dora Samuels, salón de belleza Cypress Point* Pebble Beach, California. Sammy. Pero antes de leerla, Elizabeth abrió de mala gana el sobre tamaño folio que le enviaba la oficina del fiscal de distrito.

La carta era breve. Era la confirmación de que llamaría al ayudante del fiscal William Murphy después de su llegada el 29 de agosto para concertar una cita y revisar su testimonio.

El hecho de leer la historia en el diario y darle al

---

* Establecimiento para relax, ejercicios físicos, tratamientos de belleza y dieta.

taxista la dirección de Leila no la habían preparado para la sorpresa de esa nota oficial. Se le secó la boca y sintió que las paredes se le venían encima. Revivió las horas en que había prestado testimonio en las audiencias del gran jurado. Y cuando se desmayó en el estrado después de que le mostraron las fotografías del cuerpo de Leila. Oh, Dios —pensó—, todo vuelve a comenzar...

Sonó el teléfono. Apenas pudo susurrar un «diga».

—¿Elizabeth? —resonó una voz—, ¿cómo estás? Estaba preocupada.

¡Era Min von Schreiber! ¡Nada más ni nada menos que ella! Elizabeth se sintió más cansada casi de inmediato. Min le había dado a Leila su primer trabajo como modelo y ahora estaba casada con un barón austriaco y era dueña del fastuoso Cypress Point en Pebble Beach, California. Era una vieja y querida amiga; sin embargo, esa noche Elizabeth no tenía deseos de hablar con nadie. Pero a ella no podía decirle que no.

Elizabeth trató de parecer animada.

—Estoy bien, Min. Un poco cansada, tal vez. Acabo de llegar hace unos minutos.

—No deshagas las maletas. Vendrás a Cypress Point mañana por la mañana. Te aguarda un pasaje en las oficinas de American Airlines. El vuelo de siempre. Jason te recogerá en el aeropuerto.

—Min, no puedo.

—Como mi invitada.

Elizabeth casi se echó a reír. Leila siempre había dicho que ésas eran las tres palabras más difíciles de pronunciar para Min.

—Pero Min...

—Ningún «pero». Cuando nos vimos en Venecia te vi muy delgada. El maldito juicio será pronto y no va a ser fácil. Ven, necesitas descansar y que te mimen un poco.

Elizabeth casi podía ver a Min, con su negro cabello recogido y esa imperiosa necesidad de que sus deseos fuesen cumplidos en forma inmediata. Después de unas cuantas protestas inútiles, Elizabeth se oyó aceptar los planes de Min.

—Entonces, mañana. Me alegro de poder verte. —Cuando colgó el auricular, estaba sonriendo.

A mil ochocientos kilómetros de distancia, Minna von Schreiber aguardó a que se cortara la comunicación y luego comenzó a marcar otro número. Cuando le contestaron, susurró:

—Tenías razón. Fue fácil. Aceptó venir. No te olvides de fingir que te sorprendes al verla.

Su marido entró en la habitación mientras ella hablaba. Aguardó a que terminara la llamada y luego estalló:

—Entonces, ¿la invitaste?

Min lo miró desafiante.

—Sí, lo hice.

Helmut von Schreiber frunció el entrecejo. Sus ojos azules se ensombrecieron.

—¿Después de todas mis advertencias? Minna, Elizabeth podría derrumbar nuestro castillo. Para el fin de semana, estarás más arrepentida que nunca de esa invitación.

Elizabeth decidió entonces comunicarse de inmediato con el fiscal de distrito. William Murphy se sintió complacido de oírla.

—Señorita Lange, ya empezaba a preocuparme.

—Le dije que regresaría hoy. No pensaba encontrarlo en su despacho en sábado.

—Tengo mucho trabajo. La fecha del juicio es el 8 de septiembre.

—Sí, lo leí.

—Necesito revisar el testimonio con usted para que lo tenga fresco en la memoria.

—Nunca dejó de estar allí —dijo Elizabeth.

—Lo entiendo. Pero tenemos que discutir el tipo de preguntas que el abogado defensor le hará. Le sugiero que venga a verme el lunes, estaremos algunas horas y después podremos volver a reunirnos el próximo viernes. ¿Estará por aquí esta semana?

—Me voy mañana por la mañana —le informó Elizabeth—. ¿No podemos dejarlo todo para el viernes?

Se sintió desalentada por la respuesta.

—Preferiría que nos reuniéramos antes. Son apenas las tres. Podría tomar un taxi y estar aquí dentro de quince minutos.

Sin mucho entusiasmo, aceptó. Miró la carta de Sammy y decidió leerla a su regreso. Por lo menos, tendría algo que esperar. Se dio una ducha rápida, se recogió el cabello y se puso un traje de algodón azul y un par de sandalias.

Media hora más tarde, estaba sentada frente al ayudante del fiscal, en su atestada oficina. Tenía un escritorio, tres sillas y una fila de ficheros de acero gris. Había pilas de expedientes sobre su escritorio, el suelo y encima de los ficheros. A William Murphy no parecía molestarle el desorden, o bien había llegado a acostumbrarse a algo que no podía cambiar.

Murphy, un hombre regordete, medio calvo y de unos cuarenta años, con un marcado acento neoyorquino, daba la sensación de poseer una inteligencia aguda y una gran energía. Después de las audiencias con el gran jurado, Murphy le había dicho que su testimonio era la razón principal por la cual Ted había sido acusado. Sabía que para Murphy eso era un halago.

El hombre abrió un grueso legajo: *El estado de Nueva York contra Andrew Edward Winters III.*

—Sé lo difícil que esto debe de ser para usted —dijo—, la forzarán a revivir la muerte de su hermana y todo su dolor. Y atestiguará en contra de un hombre a quien quiso y en quien confiaba.

—Ted mató a Leila; el hombre que conocía ya no existe.

—En este caso no hay suposiciones. Él le quitó la vida a su hermana; mi trabajo, junto con su ayuda, es hacer que lo priven de su libertad. El juicio será una dura prueba para usted, pero le prometo que una vez que termine le será más fácil reanudar su vida. Después del juramento, le preguntarán su nombre. Sé que Lange es su nombre artístico. Dígale al jurado su verdadero nombre: LaSalle. Volvamos a revisar su testimonio una vez más.

»Le preguntarán si vivía con su hermana.

—No, cuando terminé la secundaria me fui a vivir a mi propio apartamento.

—¿Sus padres viven?

—No, mi madre murió tres años después de que Leila y yo nos viniéramos a Nueva York y nunca conocí a mi padre.

—Ahora revisemos su testimonio empezando por el día anterior al crimen.

—Había estado fuera de la ciudad durante tres meses con una compañía de teatro... Regresé el viernes por la noche, el 28 de marzo, para ver el último ensayo de la obra de Leila.

—¿Cómo encontró a su hermana?

—Estaba obviamente muy nerviosa, se olvidaba de la letra. Su actuación era un desastre. En el entreacto fui a su camerino. Ella no bebía más que un poco de vino y la encontré tomando whisky puro. Se lo quité y lo tiré en el lavabo.

—¿Y ella cómo reaccionó?

—Estaba furiosa. Era otra persona. Nunca había bebido mucho y de repente lo hacía... Ted vino al camerino y ella nos gritó a los dos que nos fuéramos.

—¿La sorprendió su conducta?

—Creo que sería más apropiado decir que quedé perpleja.

—¿Habló de eso con Winters?

—Él parecía confundido. También había estado fuera durante mucho tiempo.

—¿Viaje de negocios?

—Sí, eso creo...

—¿Cómo salió la obra?

—Un desastre. Leila se negó a salir a saludar. Cuando terminó nos fuimos a Elaine's.

—¿A quién se refiere con «fuimos»?

—Leila..., Ted, Craig..., yo..., Syd y... Cheryl... El barón y la baronesa Von Schreiber. Todos éramos muy amigos.

—Le pedirán que identifique a estas personas para el jurado.

—Syd Melnick era el agente de Leila. Cheryl Crane es una actriz muy conocida. El barón y la baronesa Von Schreiber son los dueños del Cypress Point en California. Min, la baronesa, tenía una agencia de modelos en Nueva York. Ella le dio el primer trabajo a Leila. Ted Winters, todos saben quién es, era el prometido de Leila. Craig Babcock es el ayudante de Ted. Él es el vicepresidente ejecutivo de «Winters Enterprises».

—¿Qué sucedió en Elaine's?

—Hubo una escena terrible. Alguien le gritó a Leila que había oído que su obra era un desastre. Ella se puso furiosa. Y dijo delante de todos que renunciaba a la obra. Luego despidió a Syd Melnick. Le dijo que él sólo la había puesto en la obra porque quería un porcentaje, que durante los dos últimos años la había puesto en lo que fuera porque necesitaba el dinero. —Elizabeth se mordió el labio—. Tiene que comprender que no era la verdadera Leila. Se ponía nerviosa cuando estaba en una obra nueva. Era una estrella. Una perfeccionista. Pero nunca se comportaba así.

—¿Y qué hizo usted?

—Todos tratamos de calmarla. Pero eso la puso peor. Cuando Ted quiso hacerla entrar en razón, ella se quitó el anillo de compromiso y lo arrojó al otro lado del salón.

—¿Y cómo reaccionó él?

—Estaba furioso, pero trataba de no demostrarlo. Un camarero le entregó el anillo y Ted se lo guardó en el bolsillo. Trató de hacer una broma. Dijo algo así como «Lo guardaré hasta que se le pase». Después la acompañamos hasta el auto y la llevamos a su casa. Ted me ayudó a acostarla. Le dije que haría que ella lo llamara por la mañana, cuando se despertara.

—Ahora, en el estrado, le preguntaré qué tipo de relación tenían ellos dos.

—Él tenía su propio apartamento en el segundo piso del mismo edificio. Yo pasé la noche con Leila. Durmió hasta el mediodía. Cuando despertó se sentía muy mal. Le di una aspirina y volvió a la cama. Llamé a Ted por ella. Estaba en su oficina. Él me pidió que le dijera a Leila que pasaría a verla alrededor de las siete.

Elizabeth sintió que le temblaba la voz.

—Siento tener que continuar, pero piense que esto es un ensayo. Cuanto más preparada esté, más fácil le resultará todo cuando se encuentre en el estrado.

—Está bien.

—¿Usted y su hermana hablaron sobre lo ocurrido la noche anterior?

—No. Era obvio que ella no quería hablar de eso. Estaba tranquila. Me dijo que me fuera a mi apartamento y me instalara. Había dejado las maletas en mi casa y salió corriendo para el teatro. Me pidió que la llamara alrededor de las ocho para cenar juntas. Pensé que se refería a que ella, Ted y yo cenaríamos juntos.

Pero después dijo que no pensaba aceptar nuevamente el anillo. Que había terminado con él.

—Señorita Lange, esto es muy importante. ¿Su hermana le dijo que pensaba romper su compromiso con Ted Winters?

—Sí. —Elizabeth bajó la mirada hacia sus manos. Recordó cómo las había puesto en los hombros de Leila y luego las había pasado por su frente.

—*Oh, basta Leila. No hablas en serio.*

—*Sí, Sparrow.*

—*No, no es verdad.*

—*Piensa lo que quieras, Sparrow, pero llámame alrededor de las ocho, ¿está bien?*

El último momento que pasó con Leila fue cuando le puso la compresa fría sobre la frente y le acomodó las mantas pensando que en unas pocas horas volvería a ser la misma de antes, alegre, divertida y dispuesta a contar el cuento. «Así que despedí a Syd, arrojé el anillo de Ted y abandoné la obra. No está mal para ser los dos últimos minutos que pasamos en Elaine's.» Luego, echaría hacia atrás la cabeza y, en retrospectiva, todo se tornaría gracioso: una estrella con una rabieta en público.

—Lo creí porque quería creerlo. —Elizabeth se oyó decir a William Murphy.

Con rapidez comenzó a relatar el resto de su testimonio.

—Llamé a las ocho... Leila y Ted estaban discutiendo. Ella tenía voz de haber estado bebiendo. Me pidió que volviera a llamarla en una hora. Lo hice. Estaba llorando. Seguían peleando. Le había dicho a Ted que se fuera. Repetía que no podía confiar en ningún hombre, que no quería a ningún hombre y me pidió que nos fuéramos juntas.

—¿Y usted qué le respondió?

—Lo intenté todo. Traté de calmarla. Le recordé

que siempre se ponía nerviosa cuando estaba ante una nueva actuación. Le dije que la obra era conveniente para ella. Le dije que Ted estaba loco por ella y que ella lo sabía. Luego traté de parecer enojada. Le dije... —Se le quebró la voz y se puso pálida—. Le dije que hablaba igual que mamá cuando estaba ebria.

—¿Y ella qué respondió?

—Fue como si no me hubiese oído. Seguía repitiendo: «Terminé con Ted. Tú eres la única en quien puedo confiar. Sparrow, prométeme que te irás conmigo.»

Elizabeth ya no trató de contener las lágrimas.

—Estaba llorando...

—Y después...

—Ted regresó. Y comenzó a gritarle.

William Murphy se inclinó hacia adelante. Su voz había perdido dulzura.

—Señorita Lange, éste será un punto importante de su testimonio. En el estrado, antes de que diga de quién era la voz que oyó, tengo que dar algún fundamento para que el juez quede convencido de que usted reconoció esa voz. Lo haremos de este modo... —Hizo una pausa dramática.

—Pregunta: ¿Oyó una voz?

—Sí —respondió Elizabeth en tono indiferente.

—¿Y cómo se expresaba?

—Gritaba.

—¿Y cómo era el tono de la voz?

—Enojado.

—¿Cuántas palabras oyó que decía esa voz?

Elizabeth las contó mentalmente.

—Nueve palabras. Dos oraciones.

—Señorita Lange, ¿había oído antes esa voz?

—Cientos de veces. —La voz de Ted le llenaba los oídos. Ted riendo, llamando a Leila: «Hola, estrella, apresúrate que tengo hambre.» Ted protegiendo a Leila de un admirador demasiado entusiasta: «Sube al coche, querida, rápido.» Ted cuando asistió a su primera actuación el año anterior *Off Broadway*: «Tengo que memorizar cada detalle para contárselo a Leila. Puedo resumirlo todo en dos palabras: Estuviste sensacional...»

¿Qué le había preguntado el señor Murphy?

—Señorita Lange, ¿reconoció usted la voz que le gritaba a su hermana?

—Por supuesto.

—Señorita Lange, ¿de quién era la voz que gritaba?

—Era la voz de Ted..., de Ted Winters.

—¿Qué le gritaba?

Inconscientemente, Elizabeth alzó el tono de voz.

—¡Cuelga ese teléfono! ¡Te dije que colgaras el teléfono!

—¿Su hermana le respondió?

—Sí. —Elizabeth se movió incómoda—. ¿Tenemos que pasar por esto?

—Le resultará más fácil si se acostumbra a hablar sobre ello antes del juicio. ¿Qué fue lo que Leila dijo?

—Ella seguía llorando... Dijo: «Vete de aquí. No eres un *halcón*...» Y luego colgaron de un golpe.

—¿Lo hizo ella?

—No sé quién de los dos fue.

—Señorita Lange, ¿la palabra «halcón» significa algo para usted?

—Sí. —El rostro de Leila llenó la mente de Elizabeth: la ternura de sus ojos cuando miraba a Ted, la forma en que se le acercaba y lo besaba. «Dios, Halcón, te amo.»

—¿Por qué?

—Era el sobrenombre de Ted... Se lo había puesto mi hermana. Ella tenía esa costumbre. Solía ponerle nombres especiales a la gente que quería.

—¿Alguna vez llamó a otra persona por ese nombre?

—No..., nunca. —De repente, Elizabeth se puso de pie y se acercó a la ventana. El vidrio estaba sucio y cubierto de polvo. La brisa era cálida y pegajosa. Sintió deseos de salir de allí.

—Sólo unos minutos más, se lo prometo. Señorita Lange, ¿sabe a qué hora colgaron el teléfono?

—Exactamente a las nueve y media.

—¿Está segura?

—Sí. Hubo un corte de corriente mientras yo no estaba y tuve que poner en hora el reloj esa misma mañana. Estoy segura de que estaba bien.

—¿Y qué hizo después?

—Estaba muy preocupada. Tenía que ver a Leila. Salí corriendo. Tardé por lo menos quince minutos en conseguir un taxi. Cuando llegué al apartamento de Leila eran más de las diez.

—Y allí no había nadie.

—No. Traté de llamar a Ted. No contestaba nadie. Y me puse a esperar. Esperé toda la noche, sin saber qué pensar, un poco preocupada y también aliviada porque esperaba que Ted y Leila, ya reconciliados, hubieran salido a alguna parte. No sabía que el cuerpo deshecho de Leila yacía en el patio.

—A la mañana siguiente cuando se descubrió el cuerpo, ¿usted pensó que había caído de la terraza? Era una fría noche de marzo. ¿Por qué habría salido?

—A ella le gustaba salir y quedarse a mirar la ciudad. Con cualquier temperatura. Solía advertirle que tuviese cuidado... la baranda no era muy alta... Pensé que se habría inclinado hacia adelante; había estado bebiendo; se cayó...

Elizabeth recordó: ella y Ted habían compartido el dolor. Habían llorado, tomados de la mano, durante el funeral. También la había sostenido cuando no pudo controlarse más y estalló en llanto.

—Lo sé, Sparrow, lo sé —le había dicho tratando

de consolarla. Y habían salido en el yate de Ted para esparcir las cenizas de Leila.

Y luego, dos semanas después, apareció un testigo que juraba haber visto a Ted empujar a Leila por la terraza a las nueve y treinta y uno.

—Sin su testimonio, esa testigo, Sally Ross, podría ser destruida por la defensa —oyó que William Murphy le decía—. Como sabe, tiene antecedentes de problemas psiquiátricos. No es bueno que haya esperado un tiempo, antes de presentarse con su historia. El hecho de que su psiquiatra estuviera fuera de la ciudad y quisiera contárselo a él primero atenúa un poco las cosas.

—Sin mi testimonio es su palabra contra la de Ted y él niega haber regresado al apartamento de Leila. —Cuando se enteró de la existencia de esa testigo sintió una gran indignación. Había confiado plenamente en Ted hasta que ese hombre, William Murphy, le dijo que Ted negaba haber regresado al apartamento de Leila.

—Usted puede jurar que él estaba allí, que estaban peleando y que le colgaron el teléfono a las nueve y treinta. Sally Ross vio que empujaban a Leila por la terraza a las nueve y treinta y uno. La historia de Ted de que salió del apartamento de Leila alrededor de las nueve y diez, fue a su propio apartamento, hizo una llamada y luego tomó un taxi hasta Connecticut no tiene sustento. Además de su testimonio y el de la testigo, tenemos pruebas circunstanciales. Los rasguños en su cara. Su piel en las uñas de Leila. La sangre de ella en su camisa. El testimonio del taxista de que estaba blanco como un papel y temblaba tanto que apenas podía darle la dirección del lugar a donde iba. ¿Y por qué diablos no llamó a su propio chófer para que lo llevara hasta Connecticut? ¡Porque estaba aterrorizado! ¡Por eso! No puede probar que haya hablado con nadie por teléfono. Tiene un motivo: Leila lo rechazó. Sin embargo, tiene que darse cuenta de algo: la defensa insistirá en el hecho de que usted y Ted Winters estuvieron muy unidos después de la muerte de su hermana.

—Éramos las dos personas que ella más amaba —dijo con calma Elizabeth—. O por lo menos, eso creía yo. Por favor, ¿puedo irme ahora?

—Lo dejaremos aquí. Usted no está muy bien. Éste será un juicio largo y nada placentero. Trate de relajarse durante la semana. ¿Ha decidido el lugar donde se quedará en estos días?

—Sí. La baronesa Von Schreiber me invitó a quedarme en Cypress Point.

—Espero que sea una broma.

Elizabeth lo miró asombrada.

—¿Y por qué haría una broma así?

Murphy entrecerró los ojos. Se sonrojó y de repente sus pómulos se hicieron prominentes. Parecía estar luchando por no levantar el tono de voz.

—Señorita Lange, creo que no aprecia la seriedad de su situación. Sin usted, la otra testigo sería aniquilada por la defensa. Eso significa que su testimonio está a punto de poner a uno de los hombres más ricos e influyentes de este país en la cárcel durante por lo menos quince años, y treinta si logro que acepten que es asesinato en segundo grado. Si éste hubiese sido un caso contra la mafia, la habría escondido en un hotel bajo otro nombre y con custodia policial hasta que terminara el juicio. El barón y la baronesa Von Schreiber pueden ser sus amigos, pero también son amigos de Ted Winters y vendrán a Nueva York a atestiguar a su favor. ¿Y usted realmente piensa quedarse con ellos en estas circunstancias?

—Sé que Min y el barón son testigos de Ted —dijo Elizabeth—. No lo creen capaz de cometer un crimen. Si no lo hubiese escuchado con mis propios oídos yo tampoco lo creería. Ellos hacen lo que les dicta la conciencia. Todos hacemos lo que consideramos necesario hacer.

No estaba preparada para lo que le dijo Murphy. Sus palabras, a veces sarcásticas, quedaron resonándole en la cabeza.

—Hay algo extraño en esa invitación. ¿Usted dice que los Von Schreiber querían a su hermana? Entonces pregúntese por qué van a atestiguar a favor de su asesino. Insisto en que se mantenga alejada de ellos, si no lo hace por mí o por su propio bien, al menos hágalo porque quiere justicia para Leila.

Por fin, avergonzada por el obvio desprecio hacia su propia ingenuidad, Elizabeth aceptó cancelar el viaje y prometió que iría a East Hampton a visitar a algunos amigos o se quedaría en un hotel.

—Si está sola o con alguien, tenga cuidado —le advirtió Murphy. Ahora que había conseguido lo que quería, esbozó una sonrisa; pero se congeló en su rostro y la expresión de sus ojos denotaba preocupación—. Nunca olvide que sin usted como testigo, Ted Winters queda libre...

A pesar de la humedad sofocante, Elizabeth decidió regresar a su casa andando. Se sentía como uno de esos sacos de arena que van de un lado a otro sin poder evitar los golpes. Sabía que el fiscal de distrito tenía razón. Tendría que haber rechazado la invitación de Min. Decidió que no se comunicaría con nadie en East Hampton. Se alojaría en un hotel y se dedicaría a descansar en la playa durante los días siguientes.

Leila siempre bromeaba diciéndole: «Sparrow, nunca necesitarás a un psiquiatra. Ponte un biquini, vete al mar y estarás en el cielo.» Era verdad. Recordó su alegría al mostrarle a Leila las cintas azules que había ganado en natación. Ocho años atrás, había corrido en el equipo olímpico. Durante cuatro veranos, había enseñado gimnasia acuática en Cypress Point.

En el camino, se detuvo a comprar lo necesario para una ensalada para la cena y algo para el desayuno. Mientras caminaba, pensaba en lo remoto que le parecía todo. Toda su vida anterior a la muerte de Leila parecía vista a través de la lente de un telescopio.

La carta de Sammy estaba encima de toda la correspondencia que había dejado sobre la mesa. Elizabeth tomó el sobre y sonrió al ver esa letra exquisita. De inmediato, la figura frágil de Sammy se dibujó en su mente: la mirada inteligente, los ojos sabiondos detrás de las gafas sin montura; las blusas con lazo y las chaquetas de lana tejida. Sammy se había presentado por un anuncio que Leila había puesto buscando una secretaria de media jornada hacía diez años y en una semana se había tornado indispensable. Después de la muerte de Leila, Min la contrató como secretaria-recepcionista en el salón de belleza.

Elizabeth decidió leer la carta durante la cena. Sólo le llevó unos minutos cambiarse y ponerse una bata cómoda, preparar la ensalada y servirse un vaso de vino blanco bien helado. Muy bien, Sammy, es hora de tu visita, pensó mientras abría el sobre.

La primera página de la carta era fácil de predecir:

Querida Elizabeth:
Espero que esta carta te encuentre bien y con el mejor ánimo posible. Siento que cada vez extraño más a Leila e imagino cómo puedes estar tú. Pienso que una vez que pase el juicio, te sentirás mejor.
Trabajar para Min me ha hecho bien, aunque creo que renunciaré dentro de poco. Nunca me recuperé de esa operación.

Elizabeth volvió la página, leyó unas cuantas líneas más y sintió que se le cerraba la garganta. Dejó a un lado la ensalada.

Como sabrás, he seguido contestando las cartas de los admiradores de Leila. Todavía me quedan tres bolsas enormes. La razón por la que sigo escribiendo es que he encontrado una carta anónima muy inquietante. Es una carta depravada y al parecer forma parte de una serie. Leila no había abiérto ésta, pero debe de haber visto las anteriores. Tal vez, eso explique por qué estaba tan angustiada estas últimas semanas.

Lo más terrible es que la carta que encontré fue escrita por alguien que la conocía muy bien.

Pensé en enviarla adjunta a ésta, pero no sé quién se ocupa de tu correspondencia cuando estás ausente y no quería que la viera nadie más. Llámame apenas estés de regreso en Nueva York.

Todo mi amor,

SAMMY.

Con un creciente sentimiento de horror, Elizabeth releyó aquellas líneas una y otra vez. Leila había estado recibiendo cartas muy inquietantes, depravadas, y eran de alguien que la conocía muy bien. Sammy, quien nunca exageraba, pensaba que eso podría explicar el colapso emocional de Leila. Durante todos esos meses, Elizabeth había pasado varias noches despierta pensando qué era lo que había conducido a su hermana a la histeria. Cartas envenenadas de alguien que la conocía muy bien. ¿Quién? ¿Por qué? ¿Sammy tendría algún indicio?

Tomó el teléfono y marcó el número de Cypress Point. «Por favor, que conteste Sammy», rogó en voz baja. Pero fue Min quien respondió. Le explicó que Sammy había salido, que estaba visitando a su prima cerca de San Francisco y que regresaría el lunes por la noche.

—Podrás verla entonces. —El tono de Min se tornó curioso—. Te noto molesta, Elizabeth, ¿ocurre algo con Sammy?

Era el momento de decirle a Min que no iría. Elizabeth comenzó a decir:

—Min, el fiscal de distrito... —Luego, miró la carta de Sammy. Sintió la imperiosa necesidad de ver a Sammy. Era lo mismo que había sentido la noche fatal cuando se dirigió al apartamento de Leila. Cambió la frase—. Nada importante, Min. Te veré mañana.

Antes de acostarse, le escribió una nota a William Murphy con la dirección y el teléfono de Cypress Point. Luego la rompió. Al diablo con su advertencia. No era una testigo de la mafia; iba a visitar a unos viejos amigos, personas a las que quería y en quienes confiaba, personas que la querían y se preocupaban por ella. Le dejaría pensar que estaba en East Hampton.

Durante meses él había sabido que tendría que matar a Elizabeth. Había vivido consciente del peligro que ella representaba y había planeado eliminarla en Nueva York.

Con el juicio cerca, ella estaría reviviendo cada momento de aquellos últimos días. Inevitablemente, se daría cuenta de lo que ya sabía: el hecho que sellaría su destino.

En Cypress Point, había formas de librarse de ella y de hacerlo que pareciese un accidente. Su muerte despertaría menos sospechas en California que en Nueva York. Pensó en ella y en sus costumbres, tratando de hallar la forma.

Miró la hora. En Nueva York era medianoche. Dulces sueños, Elizabeth, pensó.

Se te acaba el tiempo.

DOMINGO

30 de agosto

¿Dónde está el amor, la belleza y la verdad
que buscamos?

SHELLEY

¡Buenos días, querido huésped!

Bienvenidos a otro día de lujo en Cypress Point.

Además del programa personalizado de cada uno, nos complace comunicarles que habrá clases especiales de maquillaje en el sector femenino entre las diez y las dieciséis. ¿Por qué no ocupar una de sus horas libres aprendiendo los encantadores secretos de las mujeres más bellas del mundo, enseñados por madame Renford, de Beverly Hills?

El experto invitado para el sector masculino es el famoso levantador de pesas Jack Richard, quien compartirá su programa de trabajo con ustedes a las dieciséis horas.

El programa musical para después de la cena es muy especial. La violoncelista Fione Navaralla, una de las nuevas artistas más aclamadas de Inglaterra, ejecutará selecciones de Ludwig van Beethoven.

Esperamos que nuestros huéspedes disfruten de un día placentero. Recuerden que para estar realmente hermosos debemos mantener nuestras mentes en paz y libres de pensamientos perturbadores.

BARÓN Y BARONESA VON SCHREIBER

1

Jason, el chófer que trabajaba para Min desde hacía
mucho tiempo, estaba aguardándola en la salida de pasajeros con su impecable uniforme gris. Era un hombre
pequeño y bien formado, que en su juventud se había
entrenado como jockey. Un accidente había puesto fin
a su carrera y tuvo que trabajar en los establos hasta
que Min lo contrató. Elizabeth sabía que, al igual que
todos los empleados de Min, era muy leal a ella. En su
rostro acartonado se dibujó una sonrisa cuando la vio
llegar.

—Señorita Lange, es un placer volver a tenerla con
nosotros —le dijo. Elizabeth se preguntó si él también
estaría recordando que la última vez que estuvo allí había ido con Leila.

Se inclinó para darle un beso en la mejilla.

—Jason, ¿puedes olvidar eso de «señorita»? Me haces parecer una clienta cualquiera o algo así. —Ella
notó la tarjeta que tenía en la mano donde estaba escrito el nombre de Alvirah Meehan—. ¿Tienes que recoger a alguien más?

—Sólo a una persona. Pensé que ya habría salido.
Los pasajeros de primera siempre salen antes.

Elizabeth reflexionó sobre las pocas personas que
ahorraban en el pasaje aéreo cuando podían pagar un

43

mínimo de tres mil dólares por semana en Cypress Point. Se puso a estudiar con Jason a los pasajeros que desembarcaban. Jason mantenía la tarjeta en alto mientras varias mujeres elegantes pasaban junto a él, ignorándolo.

—Espero que no haya perdido el vuelo —murmuró en el momento en que aparecía una última pasajera. Era una mujer robusta de unos cincuenta y cinco años, de facciones bien marcadas y fino cabello rojizo. Se notaba que el vestido color púrpura y rosa era costoso, pero no el apropiado para ella. Le abultaba en la cintura y en las caderas y se le levantaba a la altura de la rodilla. Intuitivamente, Elizabeth sintió que esa señora era Alvirah Meehan.

Ella vio su nombre en la tarjeta y se les acercó con una sonrisa complacida y aliviada. Estrechó la mano de Jason con bastante vigor:

—Bien, aquí estoy —anunció—. Y me alegro de verlo, hombre. Temía alguna confusión y que nadie viniera a buscarme.

—Oh, nunca dejamos de recoger a un huésped.

Elizabeth sintió que se le torcían los labios al ver la expresión de asombro de Jason. Era obvio que la señora Meehan no era del tipo de huésped habitual en Cypress Point.

—¿Me permitiría los resguardos del equipaje, por favor?

—¡Oh, qué bien! Odio tener que esperar el equipaje. Es una gran molestia al finalizar un viaje. Claro que Willy y yo solemos ir a Greyhound y nuestras maletas están allí, pero así y todo... No tengo muchas cosas. Pensaba comprar algunas, pero mi amiga May me dijo: «Alvirah, espera a ver qué usan los demás. Todos estos lugares elegantes tienen tiendas... Pagarás de más, pero al menos podrás comprarte lo justo, sabes a lo que me refiero.» —Le entregó luego a Jason el sobre con su pasaje donde estaban también los recibos y después se volvió hacia Elizabeth—. Mi nombre es Alvirah Meehan. ¿Tú también irás a Cypress Point? No pareces necesitarlo, querida.

Quince minutos después, estaban sentadas en la elegante limusina plateada y fuera del aeropuerto. Alvirah se arrellanó en el asiento y exhaló un gran suspiro.

—Ah, qué bien... —dijo.

Elizabeth estudió las manos de la otra mujer. Eran las de una persona trabajadora, con gruesos nudillos y callosidades. Las uñas, a pesar del esmalte fuerte, eran cortas, aun cuando tenían el aspecto de un trabajo costoso. Su curiosidad sobre Alvirah Meehan fue un bienvenido descanso para su mente siempre ocupada en Leila. La mujer le caía bien, tenía algo de cándido y atractivo, ¿pero quién era ella? ¿Qué la había traído a Cypress Point?

—Todavía no logro acostumbrarme —continuó Alvirah en tono alegre—. Quiero decir que en un momento, estoy sentada en mi casa con los pies en remojo. Puedo decirle que limpiar cinco casas por semana no es broma, y la del viernes fue la peor: tienen seis hijos y todos son desordenados, y la madre es peor que ellos. Luego, sacaron los números ganadores de la lotería y los teníamos todos. ¡Willy y yo no podíamos creerlo! «Willy —le dije—, ahora somos ricos.» «Ya lo creo», me dijo. Tiene que haberlo leído el mes pasado. Cuarenta millones de dólares, y un minuto antes no teníamos ni siquiera dos monedas juntas.

—¿Ganó cuarenta millones de dólares en la lotería?

—Me sorprende que no lo haya leído. Somos los ganadores más grandes de la historia de la lotería del estado de Nueva York. ¿Qué le parece?

—¡Creo que es maravilloso! —exclamó Elizabeth con sinceridad.

—Bueno, en seguida supe qué era lo que quería y era venir a Cypress Point. Hace diez años que leo acerca de este lugar. Me gustaba soñar sobre cómo sería pasar unos días en él y conversar con las celebridades. Por lo general, hay que esperar varios meses para una reserva, pero yo conseguí una así —dijo mientras chasqueaba los dedos.

Porque Min, sin duda, había reconocido el valor publicitario de que Alvirah Meehan le dijera al mundo que la ambición de toda su vida había sido ir a Cypress Point —pensó Elizabeth—. A Min nunca se le escapa nada.

Tomaron la autopista de la costa.

—Se supone que este camino tenía que ser maravilloso —comentó Alvirah—, pero no me parece nada extraordinario.

—Un poco más adelante es algo que corta el aliento —murmuró Elizabeth.

Alvirah se enderezó en el asiento y miró a Elizabeth.

—A propósito, estuve hablando tanto que he olvidado su nombre.

—Elizabeth Lange.

Los grandes ojos marrones, agrandados por los lentes de aumento, se abrieron de par en par.

—Sé quién es usted. Usted es la hermana de Leila LaSalle. Era mi actriz favorita. Sé todo acerca de Leila y de usted. La historia de ustedes dos cuando vinieron a Nueva York siendo usted muy pequeña es tan hermosa. Dos noches antes de que muriera, vi un preestreno de su última obra. Oh, lo siento... No quería molestarla...

—Oh, está bien. Es que tengo un fuerte dolor de cabeza. Será mejor que descanse un rato...

Elizabeth se volvió hacia la ventanilla y se retocó los ojos. Para entender a Leila había que haber vivido esa niñez, ese viaje a Nueva York, el temor y las desilusiones... Y había que saber que por muy bonita que sonara la historia en la revista *People*, no era en absoluto una historia agradable.

El viaje en autobús desde Lexington a Nueva York duró catorce horas. Elizabeth durmió acurrucada en el asiento y con la cabeza apoyada en el regazo de Leila. Estaba un poco asustada y la entristecía pensar que cuando su madre regresara a casa descubriría que se habían ido, pero sabía que Matt la invitaría a beber y que luego la llevaría al dormitorio, y en poco tiempo estarían riendo y gritando y los muelles del colchón empezarían a sonar...

Leila le nombró los estados por los que pasaban: Maryland, Delaware, Nueva Jersey. Luego, los campos fueron reemplazados por unas horribles cisternas y las calles cada vez más atestadas. En el túnel Lincoln, el autobús se detenía y volvía a arrancar a cada momento y Elizabeth comenzó a sentir un cosquilleo en el estómago. Leila se dio cuenta y le dijo: «Vamos, Sparrow no te descompongas ahora. Sólo faltan unos minutos.»

No podía aguardar a bajar del autobús. Necesitaba respirar aire fresco. El aire allí era pesado y muy caluroso, incluso más que en su casa. Elizabeth se sintió inquieta y cansada. Estuvo a punto de quejarse, pero se dio cuenta de que Leila también parecía muy cansada.

Acababan de salir de la plataforma cuando un hombre se acercó a Leila. Era delgado y de cabello oscuro ensortijado, aunque un poco calvo en la parte de delante. Tenía patillas largas y ojos pequeños y marrones y al sonreír se ponía un poco bizco.

—Soy Lon Pedsell —le dijo—. ¿Eres la modelo que la agencia Arbitron envía desde Maryland?

Por supuesto que Leila no era la modelo, pero Elizabeth adivinó que su hermana no diría que no.

—No había ninguna otra de mi edad en el autobús —le respondió.

—Y obviamente eres modelo.

—Soy actriz.

La expresión del hombre cambió como si Leila le hubiera dado un regalo.

—Esto es un comienzo para mí y espero que lo sea también para ti. Si te gusta trabajar como modelo, serás perfecta. Son cien dólares por cada vez que poses.

Leila dejó sus maletas en el suelo y le apretó el hombro a Elizabeth. Era su manera de decir: «Déjame hablar a mí.»

—Me pareces agradable —le dijo Lon Pedsell—. Ven, tengo mi coche fuera.

Elizabeth quedó sorprendida al ver su estudio. Cuando Leila le hablaba sobre Nueva York, pensó que todos los lugares donde ella trabajaría serían hermosos. Pero Lon Pedsell las llevó a una calle sucia a unas seis manzanas de la terminal. Había mucha gente sentada en los pórticos y basura desparramada por todas partes.

—Disculpadme por mi situación temporal —dijo—. Perdí la casa que alquilaba al otro lado de la ciudad y estoy preparando una nueva.

El apartamento adonde las llevó quedaba en el cuarto piso y estaba tan desordenado como el de su madre. Lon respiraba con dificultad porque había insistido en llevar las dos maletas.

—¿Quieres que le dé un refresco a tu hermana y que mire la televisión mientras tú posas? —le preguntó a Leila.

Elizabeth se daba cuenta de que Leila no estaba muy segura de lo que debía hacer.

—¿Qué tipo de modelo se supone que debo ser? —preguntó.

—Es para una nueva línea de trajes de baño. En realidad, hago las pruebas para la agencia. La joven que elijan hará un montón de publicidad. Tienes suerte de haberme encontrado hoy. Tengo la sensación de que eres la persona que estaba buscando.

Las llevó a la cocina. Era pequeña y sucia y había un pequeño televisor sobre una de las sillas. Le sirvió un refresco a Elizabeth y vino para Leila y para él.

—Tomaré un refresco —dijo Leila.

—Sírvete. —Encendió el televisor—. Ahora, Elizabeth, voy a cerrar la puerta para poder concentrarme. Quédate aquí y diviértete.

Elizabeth miró tres programas. A veces oía que Leila decía en voz alta: «Eso no me gusta.» Sin embargo, no parecía asustada, sólo un poco preocupada. Después de un rato, apareció y le dijo:

—Ya terminé, Sparrow, recoge tus cosas. —Luego se volvió hacia Lon—. ¿Sabes dónde puedo encontrar un cuarto amueblado?

—¿Les gustaría quedarse aquí?

—No, sólo dame los cien dólares.

—Tienes que firmar este permiso primero...

Cuando Leila lo firmó, miró a Elizabeth y le dijo sonriendo:

—Debes estar orgullosa de tu hermana mayor. Va en camino de convertirse en una modelo famosa.

Leila le entregó el papel.

—Dame los cien dólares.

—Oh, la agencia te pagará. Aquí tienes su tarjeta. Ve allí mañana por la mañana y te darán un cheque.

—Pero dijiste...

—Leila, vas a tener que aprender el negocio. Los fotógrafos no pagan a las modelos. La agencia paga cuando recibe el permiso.

No les ofreció ayudarlas a bajar las maletas.

Una hamburguesa y un batido en un restaurante llamado *Chock Full o'Nuts* las hizo sentir mucho mejor. Leila había comprado un mapa de Nueva York y un diario. Comenzó con la sección inmobiliaria.

—Aquí hay uno que parece adecuado: «Ático, catorce habitaciones, espectacular vista, rodeado de terraza.» Algún día, Sparrow, te lo prometo.

Encontraron un anuncio para compartir un apartamento. Leila miró el plano.

—No está mal —dijo—. Queda en la calle 95 y la avenida West End no está tan lejos. Podemos tomar un autobús.

El apartamento parecía estar bien, pero la sonrisa de la mujer se borró al enterarse de que Elizabeth era parte del trato.

—Niños, no —dijo en tono rotundo.

Sucedía lo mismo en cada uno de los lugares a donde iban. Por fin, a las siete de la tarde, Leila le preguntó a un taxista si conocía algún lugar barato y decente para vivir donde pudiera tener a Elizabeth. Él les indicó una pensión en Greenwich Village.

A la mañana siguiente, fueron a la agencia de modelos de Madison Avenue para recoger el dinero de Leila. La puerta de la agencia estaba cerrada y había un letrero que decía: «Deje las fotos en el buzón.» En él ya había media docena de sobres manila. Leila tocó el timbre. Una voz le contestó por el interfono.

—¿Tiene una cita?

—Vengo a recoger mi dinero —dijo Leila.

Ella y la mujer comenzaron a discutir. Por fin, la mujer le dijo que se fuera, pero Leila volvió a tocar el timbre otra vez y no se detuvo hasta que alguien le abrió la puerta. Elizabeth retrocedió. La mujer tenía el grueso cabello oscuro recogido en una trenza. Sus ojos eran negros como el carbón y estaba muy enojada. No era joven, pero sí hermosa. El traje blanco de seda que llevaba hizo que Elizabeth se diera cuenta de que sus pantalones cortos estaban desteñidos y que su camiseta de algodón estaba gastada. Cuando salieron, pensó que Leila era muy hermosa, pero al lado de esa mujer, parecía vulgar y harapienta.

—Escucha —le dijo la mujer—, si quieres dejar tus fotos, muy bien, hazlo, pero si tratas de molestar de nuevo, haré que te arresten.

Leila le mostró el papel que tenía en la mano.

—Usted me debe cien dólares y no me iré sin ellos.

La mujer tomó el papel, lo leyó y comenzó a reírse tan fuerte que tuvo que recostarse contra la puerta.

—¡De veras que eres tonta! Esos tipos hacen siempre lo mismo. ¿Dónde te recogió? ¿En la terminal de autobuses? ¿Terminaste en la cama con él?

—No, no lo hice. —Leila tomó el papel, lo rompió en mil pedazos y lo pisoteó—. Vamos, Sparrow. Ese tipo se burló de mí, pero no tenemos por qué dejar que esta perra se ría de nosotras.

Elizabeth se dio cuenta de que Leila estaba tan molesta que podía echarse a llorar en cualquier momento y no quería que la mujer la viera. Le sacó la mano a Leila del hombro y se colocó delante de la mujer.

—Usted es mala —le dijo—. Ese hombre fingió bien, y si hizo trabajar a mi hermana gratis, tendría que compadecerse de nosotras y no reírse. —Se volvió y cogió de la mano a Leila—. Vamos.

Se dirigían hacia el ascensor cuando la mujer las llamó.

—Vosotras dos, venid aquí. —Ellas la ignoraron. Entonces, la mujer les gritó—: ¡Os dije que vinieseis aquí!

Dos minutos después estaban en su oficina privada.

—Tienes posibilidades —le dijo la mujer a Leila—. Pero esa ropa... No sabes nada de maquillaje; necesitarás un buen corte de pelo y un álbum de fotografías. ¿Posaste desnuda para esa basura?

—Sí.

—Muy bien. Si eres buena, te pondré en una publicidad para un jabón, y entonces aparecerán tus fotografías en una de esas revistas «especiales». ¿Te filmó también?

—No, por lo menos, no lo creo.

—Está bien, de ahora en adelante yo me ocuparé de todos los contratos.

Salieron de allí atontadas. Leila tenía una lista de citas en el salón de belleza al día siguiente. Después tenía que encontrarse con esa mujer en el estudio del fotógrafo.

—Llámame Min —le había dicho la mujer—. Y no te preocupes por la ropa. Yo te llevaré todo lo que necesitas.

Elizabeth se sentía tan feliz que sus pies apenas tocaban el suelo, sin embargo Leila permanecía muy tranquila. Caminaron por Madison Avenue. Personas bien vestidas pasaban junto a ellas mientras el sol brillaba con esplendor. Había puestos de emparedados de salchicha y pretzel en casi cada esquina; autobuses y taxis que tocaban el claxon; casi todo el mundo ignoraba la luz roja y esquivaba el tráfico. Elizabeth se sentía como en casa.

—Me gusta este lugar —dijo.

—También a mí, Sparrow. Y tú me salvaste el día. Te juro que no sé quién se ocupa de quién. Y Min es una buena persona. Pero, Sparrow, he aprendido algo de ese asqueroso padre que tuvimos y de los apestosos novios de mamá y ahora también del bastardo ese que conocimos ayer.

»Sparrow, nunca volveré a confiar en un hombre.

Elizabeth abrió los ojos. La limusina se deslizaba silenciosamente junto al Pebble Beach Golf Club por la carretera de tres carriles, desde donde podían verse las grandes mansiones a través de las buganvillas y azaleas. Desaceleró la marcha al llegar a una curva donde estaba el ciprés que le daba el nombre a Cypress Point.

Desorientada por un momento, se quitó el cabello de la frente y miró alrededor. Alvirah Meehan estaba junto a ella con una sonrisa feliz en el rostro.

—Debes de estar cansada —le dijo Alvirah—. Has dormido prácticamente durante todo el viaje. —Meneó la cabeza mientras miraba por la ventanilla—. ¡Esto sí que es hermoso! —El automóvil atravesó las ornamentadas puertas de hierro y siguió por el camino hacia el edificio principal, una mansión color marfil de tres pisos con persianas azules. Había varias piscinas esparcidas por el parque cerca de los grupos de bungalows. En el extremo norte de la propiedad había una terraza con mesitas y sombrillas que rodeaban una piscina olímpica. A ambos lados de ella había dos edificios iguales pintados de color lavanda.

—Uno es el gimnasio de hombres y el otro de mujeres —explicó Elizabeth.

La clínica, una versión más pequeña de la mansión principal, estaba situada a la derecha. Una serie de senderos rodeados de altas ligustrinas floridas conducían a entradas individuales. Estas puertas daban a los cuartos para tratamientos y quedaban lo bastante alejadas unas de otras como para que los huéspedes no tuvieran que cruzarse con nadie.

Luego, cuando la limusina tomó una curva, Elizabeth contuvo el aliento y se inclinó hacia adelante. Más atrás, entre la clínica y la mansión principal, se levantaba una nueva y enorme estructura, toda de mármol negro acentuada por columnas macizas que la hacían parecer como un volcán a punto de estallar. O como un mausoleo, pensó Elizabeth.

—¿Qué es eso? —preguntó Alvirah.

—Es una réplica de un baño romano. Empezaban las excavaciones cuando estuve aquí hace dos años. Jason, ¿ya lo abrieron?

—No está terminado, señorita Lange. Siempre siguen construyendo.

Leila se había burlado abiertamente de los planes para la casa de baños.

«Otro de los grandes planes de Helmut para quitarle a Min su dinero —había dicho—. No estará contento hasta dejarla sin un centavo.»

La limusina se detuvo frente a la escalera de la casa principal. Jason bajó del vehículo y corrió a abrirles la puerta. Alvirah Meehan volvió a ponerse los zapatos y, con dificultad, logró levantarse de su asiento.

—Es como estar sentada en el suelo —comentó—. Oh, miren, aquí vienen el señor y la señora Von Schreiber. Los conozco por fotos. ¿O debo llamarla baronesa?

Elizabeth no respondió. Extendió los brazos mientras Min bajaba la escalera, con pasos rápidos pero majestuosos. Leila siempre había comparado a Min en movimiento con el *Queen Elizabeth II* entrando en el puerto. Min llevaba un atuendo decepcionantemente simple. Su brillante cabello oscuro estaba recogido en un rodete. Se abalanzó sobre Elizabeth y la abrazó con fuerza.

—Estás muy delgada —le susurró—. Apuesto a que en traje de baño debes de ser puro hueso. —Otro abrazo y Min volvió su atención a Alvirah—. Señora Meehan. La mujer más afortunada del mundo. ¡Estamos encantados de tenerla con nosotros! —Estudió a Alvirah de arriba abajo—. En dos semanas, el mundo creerá que nació con una cuchara de cuarenta millones de dólares en la boca.

Alvirah Meehan rebosó de alegría.

—Así es como me siento ahora.

—Elizabeth, ve a la oficina. Helmut te espera. Yo acompañaré a la señora Meehan a su bungalow y luego me reuniré con vosotros.

Obediente, Elizabeth se dirigió a la casa principal; atravesó la fría recepción de mármol, el salón, la sala de música, los comedores privados y subió por la serpenteante escalera que conducía a las habitaciones privadas. Min y su esposo compartían un conjunto de oficinas que miraban a ambos lados de la propiedad. Desde allí, Min podía observar los movimientos de los huéspedes y del personal mientras iban de un lado a otro de los centros de actividad. Durante la cena, solía llamar la atención de alguno de sus huéspedes: «Lo vi leyendo en el jardín cuando tendría que haber estado en su clase de aeróbic.» También poseía una percepción especial para saber cuándo un empleado dejaba esperando a uno de los huéspedes.

Elizabeth golpeó con suavidad la puerta de la oficina privada. Como no obtuvo respuesta, la abrió. Al igual que todas las habitaciones de Cypress Point, las oficinas estaban decoradas con gusto exquisito. Una acuarela abstracta de Will Moses pendía de la pared sobre el sofá blanco. El escritorio de la recepción era un auténtico Luis XV, pero no había nadie sentado allí. De inmediato sintió una gran desilusión, pero recordó que Sammy regresaría a la noche siguiente.

Se acercó entonces a la puerta entreabierta de la oficina que Min y el barón compartían y contuvo el aliento, sorprendida. El barón Helmut von Schreiber estaba de pie junto a la pared del lado opuesto donde estaban colgadas las fotografías de los clientes más famosos. La mirada de Elizabeth lo siguió y tuvo que contenerse para no gritar.

Helmut estaba estudiando el retrato de Leila, para el que había posado la última vez que estuvo allí. El vestido verde de Leila era inconfundible, su brillante cabellera pelirroja enmarcándole el rostro, la manera en que sostenía una copa de champán como si ofreciera un brindis.

Elizabeth no quería que Helmut se diera cuenta de que lo había estado observando. Sin hacer ruido, regresó al salón de recepción, abrió y cerró la puerta para que la oyera y preguntó:

—¿Hay alguien aquí?

Un instante después él salió de su oficina. El cambio en su semblante fue dramático. Éste era el gracioso y urbano europeo que conocía, con la sonrisa cálida, el beso en ambas mejillas y el infaltable cumplido:

—Elizabeth, cada día estás más hermosa. Tan joven, tan bella, tan divinamente alta.

—Alta, como quiera que sea. —Elizabeth retrocedió—. Pero déjame mirarte, Helmut. —Lo estudió con cuidado y notó que no había rastros de tensión en sus ojos celestes. Su sonrisa era relajada y natural. Sus labios separados dejaban ver los dientes blancos y perfectos. ¿Cómo lo había descrito Leila?

—*Te juro, Sparrow, ese tipo me recuerda a un soldado. ¿Crees que Min le da cuerda todas las mañanas? Puede tener ancestros decentes, pero te apuesto que no tenía ni un centavo en el bolsillo hasta que encontró a Min.*

Elizabeth había protestado.

—*Es un cirujano plástico y debe de conocer bien este tipo de establecimientos. El lugar es famoso.*

—*Puede ser famoso* —le había respondido Leila—, *pero cuesta mucho mantenerlo y apuesto hasta mi último dólar a que ni siquiera esos precios alcanzan. Escucha, Sparrow, yo debería saberlo muy bien. Estuve casada con dos vividores, ¿no es así? Es cierto que la trata como a una reina, pero apoya su teñida cabeza sobre al-*

mohadas de doscientos dólares todas las noches, y además de lo que ella ha gastado en Cypress Point, no te olvides de todo lo que Min tuvo que poner para reconstruir ese viejo castillo que él tiene en Austria.

Al igual que todos, Helmut pareció dolorido por la muerte de Leila, pero ahora Elizabeth se preguntaba si todo no había sido más que una actuación.

—Bueno, dime, ¿tengo razón? Pareces tan preocupada. ¿Quizá te descubriste alguna arruga? —Su sonrisa era profunda y divertida.

Ella se esforzó por sonreír.

—Estás espléndido —le dijo ella—. Tal vez, me quedé sorprendida cuando me di cuenta de cuánto tiempo había pasado desde la última vez que te vi.

—Ven —le dijo y la tomó de la mano para conducirla a un grupo de muebles art déco, cerca de las ventanas de delante. Hizo una mueca al sentarse—. Trato de convencer a Minna de que estos objetos son para ser vistos y no usados. Bueno, dime, ¿cómo te ha ido?

—Estuve ocupada. Claro que eso es lo que deseo.

—¿Por qué no viniste a vernos antes?

Porque sabía que en este lugar vería a Leila por todas partes, pensó.

—Vi a Min en Venecia hace tres meses.

—Y además este lugar te trae muchos recuerdos, ¿no es verdad?

—Sí, me trae recuerdos. Pero también los extrañaba. Y estoy ansiosa por ver a Sammy. ¿Cómo crees que se siente?

—Conoces a Sammy. Ella nunca se queja. Pero supongo que... no muy bien. Creo que nunca se recuperó, ni de la cirugía ni de la muerte de Leila. Y ahora tiene más de setenta. No es mucha edad desde el punto de vista fisiológico, pero...

Se oyó un golpe en la puerta de fuera y la voz de Min que anunciaba su llegada.

—Helmut, espera ver a la ganadora de la lotería. Un trabajo especial para ti. Necesitaremos arreglar que le hagan varias entrevistas. Hará que este lugar parezca el séptimo cielo.

Atravesó la habitación a toda prisa y abrazó a Elizabeth.

—Si supieras cuántas noches no pude dormir pensando en ti. ¿Cuánto podrás quedarte?

—No mucho. Sólo hasta el jueves.

—¡Nada más que cinco días!

—Lo sé, pero la oficina del fiscal de distrito quiere revisar mi testimonio el viernes. —Elizabeth se dio cuenta de lo agradable que era sentirse rodeada por los brazos de un ser querido.

—¿Qué es lo que deben revisar?

—Las preguntas que me harán durante el juicio. Las preguntas que me hará el abogado de Ted. Pensé que sólo con decir la verdad sería suficiente, pero al parecer la defensa tratará de probar que me equivoco acerca de la hora de la llamada.

—¿Y crees que podrías estar equivocada? —Los labios de Min le rozaban la oreja y su voz era un sugestivo susurro. Sorprendida, Elizabeth se alejó justo a tiempo para ver el gesto de advertencia en el rostro de Helmut.

—Min, crees que si tuviera la menor duda...

—Está bien —se apresuró a decir Min—. No deberíamos estar hablando de eso ahora. De modo que tienes cinco días. Te mimaremos y podrás descansar. Yo misma te prepararé tu programa. Comenzarás con un tratamiento facial y un masaje esta misma tarde.

Elizabeth los dejó unos minutos después. Los rayos del sol bailaban sobre las flores silvestres del sendero que conducía al bungalow que Min le había asignado. En alguna parte de su subconsciente, experimentaba una sensación de calma al observar todas esas flores. Pero esa momentánea tranquilidad no ocultaba el hecho de que detrás de esa cálida bienvenida y aparente interés, Min y Helmut estaban cambiados: estaban enojados, preocupados y hostiles. Y esa hostilidad iba dirigida a ella.

3

A Syd Melnick, el camino entre Beverly Hills y Pebble Beach no le resultó agradable. Durante las cuatro horas, Cheryl Manning permaneció sentada como una piedra, rígida y aislada en el asiento del acompañante. Durante las tres primeras horas, ella no le permitió que bajara la capota del descapotable. No iba a arriesgarse a que se le resecaran la piel y el cabello. Sólo cuando llegaron a Carmel se lo permitió porque quería que la gente la reconociera.

En ocasiones, durante ese largo trayecto, Syd le echaba una mirada. Indudablemente, era bonita. Esa masa de cabello negro azulado dando marco a su rostro era *sexy* y excitante. Ahora tenía treinta y seis años, y lo que una vez tuvo de pillucla se había transformado en una voluptuosa sofisticación que le quedaba bien. *Dinastía* y *Dallas* se hacían viejas. Y el público termina inquietándose. Fue una sensación de que ya había sido *suficiente* de todos esos vaporosos amoríos de las mujeres de alrededor de cincuenta. Y en Amanda, Cheryl había encontrado el rol que podía convertirla en una superestrella.

Y cuando eso sucediera, Syd volvería a ser un agente importante. Un autor era tan bueno como su último libro; un actor, tan negociable como su última película.

Un agente necesitaba contratos millonarios para ser considerado de primera línea. Una vez más estaba a su alcance el poder convertirse en leyenda, en el próximo *Swifty Lazar*. «Y esta vez —se dijo—, no volveré a derrocharlo en los casinos o quemarlo en los hipódromos.»

En pocos días más sabría si Cheryl tendría el papel. Justo antes de partir, ante la insistencia de Cheryl, había llamado a Bob Koening a su casa. Veinticinco años atrás, Bob, que acababa de terminar la universidad, y Syd, un mensajero de los estudios, se conocieron en un escenario de Hollywood y se hicieron amigos. Ahora Bob era el presidente de World Films. Hasta tenía el aspecto de la nueva camada de directores de estudios, con sus rasgos duros y sus anchos hombros. Syd sabía que él tenía el aspecto del estereotipo de Brooklyn, con su rostro alargado y un tanto taciturno, cabello ensortijado, una incipiente calvicie y una leve barriga que no podía eliminar ni siquiera con rigurosos ejercicios. Era otra cosa que le envidiaba a Bob Koening.

Ese día, Bob se había mostrado irritable.

—¡Mira, Syd, no vuelvas a llamarme un domingo a casa para hablar de negocios! Cheryl hizo una prueba estupenda. Todavía estamos probando a otras personas. Te enterarás del resultado dentro de unos días. Y déjame darte un consejo. Ponerla en esa obra el año pasado cuando murió Leila LaSalle no fue una buena elección y eso es parte del problema para elegirla a ella. Y llamarme a casa un domingo, también estuvo mal.

A Syd empezaron a sudarle las manos al recordar la conversación. Sin pensar en el panorama, meditó el hecho de que había cometido el error de abusar de la amistad. Si no tenía más cuidado, todos a los que conocía estarían «en reunión» cuando él llamara.

Y Bob tenía razón. Había cometido un grave error al convencer a Cheryl para que tomara parte en esa obra con tan pocos días de ensayo. La crítica la había asesinado.

Cheryl había estado de pie junto a él cuando llamó a Bob. Y había oído que Bob dijo que la obra era la razón por la que dudaban en elegirla. Y por supuesto, eso generó una explosión. No era la primera ni sería la última.

¡Esa maldita obra! Había creído lo suficiente en ella como para rogar y pedir prestado hasta que obtuvo un millón de dólares para invertir en ella. Podría haber sido un gran éxito. Y luego, Leila había comenzado a beber y a actuar como si la obra fuera el problema...

La ira le secó la garganta. Todo lo que había hecho por esa perra y lo despidió en Elaine's, frente a todo el mundo y gente del ambiente, y además lo había insultado en voz alta. ¡Y ella sabía todo lo que él había invertido en la obra! Sólo esperaba que hubiera estado lo suficientemente consciente para darse cuenta de lo que le sucedía cuando dio contra el cemento.

Estaban pasando por Carmel: una multitud de turistas en las calles. El sol brillaba y todos parecían descansados y felices. Tomó el camino más largo y se deslizó por la calle principal. Podía oír los comentarios de la gente al reconocer a Cheryl. Ahora, por supuesto, ella sonreía: Ella necesitaba una audiencia del mismo modo que otros necesitan el agua y el aire.

Llegaron a la entrada de Pebble Beach. Pagó el peaje y continuaron la marcha. Pasaron frente al Pebble Beach Club, el Crocker Woodland y llegaron a las puertas de Cypress Point.

—Déjame en mi bungalow —le dijo Cheryl—. No quiero ver a nadie hasta que me recomponga.

Se volvió hacia él y se quitó las gafas de sol. Los ojos le brillaban.

—Syd, ¿cuáles son mis posibilidades para convertirme en Amanda?

Él respondió la pregunta tal como la había respondido una docena de veces durante esa última semana.

—Las mejores, muñeca —respondió con sinceridad—. Las mejores.

Será mejor que así sea —se dijo—, o todo habrá terminado.

4

El Westwind se inclinó, giró y comenzó el descenso hacia el aeropuerto Monterrey. Con un cuidado metódico, Ted revisó el panel de instrumentos. Había sido un agradable vuelo desde Hawai: aire suave en cada metro del camino y los bancos de nubes, perezosos y etéreos como el algodón de azúcar en el circo. Era gracioso: le gustaban las nubes, volar sobre y a través de ellas, pero nunca le había gustado el algodón de azúcar, ni siquiera cuando era un niño. Una contradicción más en su vida...

John Moore, sentado en el asiento del copiloto, se movió como para recordarle a Ted que aún estaba allí y que si quería podía pasarle los controles. Moore había sido el jefe de pilotos para la Winters Enterprises durante diez años. Pero Ted quería realizar el aterrizaje y ver con qué suavidad tocaba la pista. Bajar las ruedas. Aterrizar. Todo era la misma cosa, ¿verdad?

Una hora antes, Craig había ido a verlo y le pidió que dejara a John los controles.

—Las bebidas están listas en la mesa de la esquina, su favorita, *monsieur Wintairs*.

Una excelente imitación del capitán del *Four Seasons*.

—Por favor, basta de imitaciones por hoy. No las necesito en este momento.

Craig sabía que no debía discutir con Ted cuando éste decidía permanecer en los controles.

Se acercaban rápidamente a la pista. Ted levantó apenas el morro del avión. ¿Cuánto tiempo más estaría en libertad para pilotar aviones, viajar, tomar o no una bebida, funcionar como un ser humano? El juicio comenzaría la semana siguiente. No le gustaba su nuevo abogado. Henry Bartlett era demasiado pomposo, demasiado consciente de su propia imagen. Ted imaginaba a Bartlett en un aviso del *New Yorker*, con una botella de whisky en la mano y una leyenda que decía: «Ésta es la única marca que les sirvo a mis invitados.»

Las ruedas principales tocaron tierra. El impacto fue casi imperceptible dentro del avión. Ted puso los motores en retroceso.

—Buen aterrizaje, señor —comentó John con tranquilidad.

Cansado, Ted se pasó la mano por la frente. Deseó poder terminar con la costumbre de que John lo llamara «señor». Y también deseó que Henry Bartlett dejara de llamarlo Teddy. ¿Acaso todos los abogados criminalistas pensaban que tenían el derecho de ser condescendientes porque uno necesitaba sus servicios? Una pregunta interesante. Si las circunstancias hubieran sido diferentes, jamás habría tratado con alguien como Bartlett. Pero despedir al hombre considerado como el mejor abogado defensor del país cuando tenía que enfrentarse a una sentencia de cadena perpetua no era un acto inteligente. Siempre se había considerado inteligente, pero ahora ya no estaba tan seguro.

Unos minutos después, estaban en una limusina camino a Cypress Point.

—He oído hablar mucho de la península de Monterrey —comentó Bartlett mientras tomaban la autopista 68—. Todavía no entiendo por qué no trabajamos en el caso en tu oficina de Connecticut o en tu apartamento de Nueva York; bueno, de todas formas eres tú quien paga la cuenta.

—Estamos aquí porque Ted necesita el tipo de descanso que puede obtener en Cypress Point —dijo Craig sin tratar de ocultar su tono evasivo.

Ted estaba sentado en el lado derecho del amplio asiento trasero, junto a Henry. Craig se había situado en el asiento frente a ellos, al lado del bar. Craig levantó la cortina y se preparó un martini. Con una sonrisa a medias se lo entregó a Ted.

—Conoces las reglas de Min con respecto a la bebida. Será mejor que lo bebas aprisa.

Ted meneó la cabeza.

—Me parece recordar otro momento en que también bebí de prisa. ¿No hay una cerveza fría?

—Teddy, tengo que insistir en que dejes de referirte a esa noche de una forma que sugiere que no la recuerdas muy bien.

Ted se volvió para mirar de frente a Henry Bartlett, fijándose en su cabello plateado, sus modales urbanos y el leve acento inglés de su voz.

—Aclaremos algo de una buena vez —le dijo—. No vuelvas, y te lo repito, no vuelvas a llamarme Teddy nunca más. Mi nombre, si acaso no puedes recordarlo es Andrew Edward Winters. Siempre me han llamado Ted. Si te resulta demasiado difícil de recordar, puedes llamarme Andrew. Mi abuela solía llamarme así. Asiente con la cabeza si entiendes lo que te digo.

—Cálmate, Ted —le pidió Craig.

—Me calmaré si Henry y yo nos ponemos de acuerdo sobre algunas normas básicas.

Sintió con qué fuerza apretaba el vaso que tenía en la mano. Estaba comenzando a descifrar las cosas; podía sentirlo. En esos meses desde la acusación, había logrado mantener la cordura al quedarse en su casa de Maui, elaborando su propio análisis de expansión urbana y tendencias de la población, diseñando hoteles, estadios, centros comerciales que construiría una vez que todo terminara. De alguna manera, había logrado convencerse de que algo sucedería, de que Elizabeth se daría cuenta de que se equivocaba con respecto a la hora de la llamada y que la testigo ocular sería declarada mentalmente incompetente...

Elizabeth seguía firme con su historia, la testigo ocular era inflexible acerca de su testimonio y el juicio parecía amenazador. Ted quedó sorprendido cuando se dio cuenta de que su primer abogado concedía virtualmente el veredicto de culpabilidad. Fue entonces cuando contrató a Henry Bartlett.

—Muy bien, dejaremos esto para después —dijo con dureza Henry Bartlett. Luego, se volvió hacia Craig—: Si Ted no quiere un trago, yo sí.

Ted aceptó la cerveza que le ofrecía Craig y se puso a mirar por la ventanilla. ¿Bartlett tenía razón? ¿Era una locura haber ido allí en lugar de trabajar en Connecticut o en Nueva York? Sin embargo, cuando estaba en Cypress Point, tenía una sensación de calma y bienestar. Era debido a todos los veranos que había pasado en la península de Monterrey durante su infancia.

El automóvil se detuvo en el puesto de peaje de Pebble Beach y el chófer pagó lo que correspondía. Luego aparecieron las residencias con vista al océano. Una vez había querido comprar una casa allí. Él y Kathy habían acordado que sería un buen lugar de vacaciones para Teddy. Pero Teddy y Kathy habían desaparecido.

Del lado izquierdo, el Pacífico brillaba, claro y hermoso, bajo el radiante sol de la tarde. No era seguro nadar allí, pues las corrientes internas eran muy fuertes, pero qué hermoso hubiera sido zambullirse y sentir que lo empapaba el agua salada. Se preguntó si alguna vez volvería a sentirse limpio y a dejar de ver la imagen de

Leila destrozada. Esas imágenes siempre estaban en su mente, agrandadas como los anuncios en una autopista. Y en esos últimos meses, habían comenzado las dudas.

—Deja de pensar lo que estés pensando, Ted —le dijo Craig con suavidad.

—Y deja de tratar de leer mis pensamientos —le respondió Ted. Luego, logró insinuar una débil sonrisa—. Lo siento.

—No hay problema. —El tono de Craig era sincero.

Craig siempre sabe cómo manejar situaciones, pensó Ted. Se habían conocido en Dartmouth durante el primer año de facultad. Entonces Craig era regordete. A los diecisiete, se convirtió en un alto sueco rubio. A los treinta y cuatro, todo vestigio de gordura había desaparecido y la carne se había convertido en sólidos músculos. Los rasgos pesados le iban mejor a un hombre maduro que a un niño. Craig había obtenido una media beca para cursar la universidad y además ocuparse de cuanto trabajo se le presentaba: como lavacopas en un restaurante, camarero en una hostería de Hannover, o asistente en el hospital de la universidad.

Y sin embargo, siempre estuvo cuando lo necesité, recordó Ted. Después de la universidad, se sorprendió al encontrarse con Craig en los lavabos de la oficina ejecutiva de Winters Enterprises.

—¿Por qué no hablaste conmigo si querías trabajar aquí? —No estaba seguro de sentirse complacido con ello.

—Porque si soy bueno, lo lograré solo.

No se podía discutir sobre eso. Lo había logrado, había llegado a convertirse en el vicepresidente ejecutivo. Si voy a prisión —pensó Ted—, él dirigirá el *show*. Me pregunto cuántas veces pensará en eso —sintió una sensación de disgusto por esas ideas—. ¡Estoy pensando igual que una rata atrapada! ¡Soy una rata atrapada!

Pasaron junto al Pebble Beach Lodge, el campo de golf, el Crocker Woodland y por fin divisaron los campos de Cypress Point.

—Pronto entenderás por qué quisimos venir aquí —le dijo Craig a Henry. Miró directamente a Ted—. Juntos elaboraremos una buena defensa. Sabes que este lugar siempre te ha traído suerte. —Después, al mirar por la ventanilla se puso tenso—. Oh, Dios, no puedo creerlo. El descapotable; Cheryl y Syd están aquí.

Con una mueca de desaprobación se volvió hacia Henry Bartlett.

—Comienzo a pensar que tenías razón. Tendríamos que haber ido a Connecticut.

5

Min le había asignado a Elizabeth el bungalow que solía ocupar Leila. Era una de las unidades más costosas, pero Elizabeth no estaba segura de sentirse complacida. Todo en esos cuartos parecía gritar el nombre de Leila: las fundas de color verde esmeralda que Leila adoraba, el mullido sillón con el sofá otomano haciendo juego. Leila solía recostarse en él después de una extenuante clase de gimnasia. «Dios mío, Sparrow, si sigo a este ritmo tendrán que hacerme una mortaja pequeña»; el exquisito escritorio: «Sparrow, ¿recuerdas los muebles que tenía la pobre mamá? Parecían de subasta.»

Poco después, Elizabeth se reunió con Min y Helmut, mientras una de las camareras deshacía sus maletas. Sobre la cama yacía un traje color azul y una bata de toalla. En la bata estaba prendido por un alfiler el programa para esa tarde: a las cuatro, masaje; a las cinco, limpieza y masaje facial.

Las instalaciones para las mujeres quedaban al final

de la piscina olímpica: una estructura de un piso que se parecía a una casa de adobe española. Tranquila por fuera, por lo general su interior hervía de actividad mientras mujeres de todas las edades y formas corrían de un lado a otro sobre el suelo de baldosas, enfundadas en sus batas de toalla, para llegar a tiempo a la siguiente cita.

Elizabeth se preparó para encontrar caras conocidas, algunas de las clientas habituales que iban a Cypress Point cada tres meses y que había llegado a conocer bien durante los veranos en los que trabajó allí. Sabía que sería inevitable recibir condolencias y ver cabezas haciendo gestos negativos: «Nunca hubiera creído que Ted Winters...»

Sin embargo, no encontró a nadie conocido entre las mujeres que salían de las clases de gimnasia y corrían a los tratamientos de belleza. Tampoco parecía estar tan lleno como siempre. En los momentos de mayor actividad albergaba a unas sesenta mujeres; y el pabellón de hombres, otro tanto. Pero no esa vez.

Recordó los códigos de colores de las puertas: rosado, para los tratamientos de belleza facial; amarillo para masaje; orquídea, para los tratamientos corporales con hierbas; blanco, para los cuartos de vapor. Los salones de gimnasia quedaban detrás de la piscina cubierta y parecían haber sido ampliados. Había también más *jacuzzi* individuales en el solarium central. Desilusionada, Elizabeth se dio cuenta de que era tarde para sumergirse en uno durante algunos minutos.

Se prometió que esa noche nadaría durante un buen rato.

La masajista que le asignaron era una de las antiguas. No muy robusta, pero con brazos y manos fuertes. Gina se alegró de verla.

—¿Volverás a trabajar aquí? Claro que no. No existe tanta suerte.

Los gabinetes de masaje habían sido remodelados.

¿Acaso Min nunca dejaría de gastar dinero en ese lugar? Las nuevas camillas eran acolchadas y bajo las manos expertas de Gina, comenzó a sentir que se relajaba.

Gina le masajeaba los músculos de la espalda.

—Estás hecha un nudo.

—Supongo que sí.

—Y tienes toda la razón.

Elizabeth sabía que ésa era la manera de Gina para expresar sus condolencias. Y también sabía que a menos que comenzara una conversación, Gina se mantendría en silencio. Una de las estrictas reglas de Min era que si los huéspedes deseaban hablar, podían conversar con ellos. «Pero no los carguen con sus problemas —les recomendaba Min en las reuniones semanales con el personal—. Nadie quiere escucharlos.»

Sería útil obtener las impresiones de Gina sobre cómo le estaba yendo a Cypress Point.

—No parece haber mucha actividad hoy —le sugirió—. ¿Están todos jugando al golf?

—Eso quisiera. Hace más o menos dos años que este lugar no se llena. Relájate, Elizabeth, tienes los brazos muy duros.

—¡Dos años! ¿Qué ha sucedido?

—¿Qué puedo decir? Todo empezó con ese estúpido mausoleo. La gente no paga tanto dinero para ver montones de basura o para escuchar martilleos. Y todavía no lo han terminado. ¿Para qué quieren un baño romano aquí, puedes explicármelo?

Elizabeth pensó en los comentarios de Leila acerca del baño romano.

—Eso es lo que decía Leila.

—Y tenía razón. Vuélvete, por favor. —Con manos expertas, la masajista estiró la sábana—. Y escucha, fuiste tú quien la nombró. ¿Te das cuenta de todo el encanto que ella le dio a este lugar? La gente quería estar cerca de ella. Venían aquí con la esperanza de verla. Ella era una propaganda viviente para Cypress Point. Y siempre hablaba de reunirse con Ted Winters aquí. Ahora, no lo sé. Hay algo muy diferente. El barón gasta como un maniático, ya habrás visto los nuevos *jacuzzi*. El trabajo interior de la casa de baños sigue y sigue. Y Min está tratando de ahorrar algo. Es una broma. Él construye un baño romano y ella nos pide que no derrochemos toallas.

La cosmetóloga era nueva, una mujer japonesa. La relajación que había comenzado con el masaje, continuaba con la máscara tibia que le había aplicado, después de la limpieza y el vapor. Elizabeth dormitó y se despertó al oír la voz suave de la mujer.

—¿Ha tenido una buena siesta? La dejé cuarenta minutos más. Parecía estar tan tranquila y yo tenía mucho tiempo.

6

Mientras la camarera deshacía sus maletas, Alvirah Meehan inspeccionó sus nuevos aposentos. Se paseaba de un cuarto a otro, mirándolo todo detenidamente, sin perderse nada. En su mente, iba preparando lo que dictaría luego a su casete nuevo.

—¿Eso es todo, señora?

La camarera estaba ante la puerta de la sala.

—Sí, gracias. —Alvirah trató de imitar el tono de la señora Stevens, su trabajo de los martes. Una pequeña petulante, aunque también amistosa.

En cuanto se cerró la puerta, corrió a sacar su casete. El periodista del *New York Globe* le había enseñado cómo usarlo. Se acomodó en el sillón de la sala y comenzó:

—Y bien, aquí estoy en Cypress Point y créame, es excelente. Ésta es mi primera grabación y quiero comenzar agradeciendo al señor Evans su confianza en mí. Cuando nos entrevistó a mí y a Willy al haber ganado la lotería y le conté acerca de la ambición de toda mi vida de venir a Cypress Point, dijo que tenía sentido de lo dramático y que a los lectores del *Globe* les encantaría saber todo lo que sucedía en el salón, desde mi punto de vista.

»Dijo que con el tipo de personas que me cruzaría, jamás pensarían que soy escritora y podría llegar a escuchar muchas cosas interesantes. Luego, cuando le expliqué que había sido una verdadera fanática de las estrellas de cine durante toda mi vida, y que conozco mucho acerca de las vidas privadas de las estrellas, me contestó que yo podría escribir una buena serie de artículos y, tal vez, también un libro.

Alvirah sonrió feliz y se alisó la falda de su vestido color púrpura. La falda se le levantaba.

—Un libro —dijo cuidándose de hablar en el micrófono—. Yo, Alvirah Meehan. Pero cuando uno piensa en todas las celebridades que escribieron libros y cuántos de ellos son realmente horribles, creo que podría llegar a hacerlo.

»Les contaré lo que sucedió hasta ahora. Viajé en limusina a Cypress Point junto a Elizabeth Lange. Es una joven encantadora y siento pena por ella. Tiene la mirada triste y se ve que está bajo una gran tensión. Durmió prácticamente durante todo el viaje desde San Francisco. Elizabeth es la hermana de Leila LaSalle, pero no se parece mucho a ella. Leila era pelirroja y tenía ojos verdes. Podía parecer *sexy* y majestuosa al mismo tiempo, era una mezcla entre Dolly Parton y Greer Garson. Creo que una buena forma de describir a Elizabeth es decir "saludable".

»Está demasiado delgada; tiene espaldas anchas, grandes ojos azules con pestañas oscuras y cabello color miel que le cae sobre los hombros. Tiene dientes hermosos y fuertes y la única vez que sonrió, me transmitió una gran ternura. Es bastante alta, alrededor de un metro ochenta. Creo que sabe cantar. Tiene una voz muy agradable, no exageradamente teatral como muchas de estas estrellitas. Supongo que ya no se las debe llamar así. Tal vez, si me hago amiga de ella, me contará algunos detalles interesantes acerca de su hermana y Ted Winters. Me pregunto si el *Globe* querrá cubrir el juicio.

Alvirah hizo una pausa, apretó el botón de retroceso y luego el de *play*. Estaba bien. El aparato funcionaba. Pensó que tenía que decir algo del lugar donde estaba.

—La señora Von Schreiber me acompañó hasta mi bungalow. Casi me eché a reír cuando lo llamó así. Nosotros solíamos alquilar uno en Roackway Beach, en la calle 99, cerca del parque de atracciones. El lugar temblaba cada vez que los carros de la montaña rusa se deslizaban por la última pendiente, y eso ocurría cada cinco minutos durante el verano.

»Este bungalow tiene una sala decorada en zaraza azul claro y alfombras orientales... hechas a mano: yo misma lo comprobé. Un dormitorio con una cama con dosel, un pequeño escritorio, una silla hamaca, una cómoda, un tocador lleno de cosméticos y lociones y un enorme baño con *jacuzzi* propio. También hay un cuarto con estantes empotrados, un sofá de cuero, sillas y una mesa ovalada. En el piso de arriba, hay dos dormitorios más y baños, los que, por supuesto, no necesito. ¡Lujo! No dejo de pellizcarme.

»La baronesa Von Schreiber me dijo que el día comienza a las siete de la mañana, con una caminata en la cual todos los huéspedes de Cypress Point deben participar. Luego, me servirán un desayuno bajo en calorías en mi habitación. La camarera también me traerá mi programa personal, que incluye cosas tales como una limpieza facial, un masaje, una máscara de hierbas, sauna, pedicuro, manicura y tratamiento para el cabello. ¡Imagínese! Después de que me revise el médico, agregarán mis clases de gimnasia.

»Ahora voy a descansar un poco y luego tendré que vestirme para la cena. Me pondré el caftán arco iris que compré en Martha's de Park Avenue. Se lo mostré a la baronesa y ella me dijo que sería perfecto, pero que no me pusiera el collar de cristal que gané en el tiro al blanco en Coney Island.

Alvirah apagó el casete satisfecha. ¿Quién había dicho que escribir era difícil? Con un casete era una tontería. ¡Casete! Se puso rápidamente de pie y buscó su monedero. Abrió un cierre y extrajo una pequeña caja que contenía un broche en forma de sol.

Pero no era cualquier broche, pensó orgullosa. Ése tenía un micrófono. El editor le había aconsejado que lo usara para grabar conversaciones. «De esa forma —le había explicado—, nadie podrá quejarse de que las palabras citadas no sean suyas.»

7

—Siento hacerte esto, Ted, pero es que no tenemos el lujo del tiempo. —Henry Bartlett se reclinó en el sillón en el extremo de la mesa de la biblioteca.

Ted se dio cuenta de que le latía la sien izquierda y sentía punzadas de dolor detrás y encima del ojo izquierdo. Movió la cabeza para evitar los rayos de sol que se filtraban por la ventana frente a él.

Se hallaban en el estudio del bungalow de Ted, en la zona de Meadowcluster, una de las dos instalaciones más caras de Cypress Point. Craig estaba sentado en diagonal a él, con el rostro grave y mirada de preocupación.

Henry había querido tener una reunión antes de la cena.

—Se nos está acabando el tiempo —dijo— y hasta que no decidamos nuestra estrategia final, no podemos avanzar.

Veinte años en prisión, pensó Ted con incredulidad. Ésa era la sentencia pendiente. Tendría cincuenta y cuatro años cuando saliera. Incongruentemente, todas las películas de gángsters que solía mirar tarde por la noche se agolparon en su mente. Barras de acero, guardias severos, Jimmy Cagney en el papel de un loco asesino. Solía deleitarse con ellos.

—Tenemos dos caminos posibles —continuó Henry Bartlett—. Podemos aferrarnos a tu historia original...

—¡Mi historia original! —exclamó Ted.

—¡Escúchame! Dejaste el apartamento de Leila alrededor de las nueve y diez. Fuiste al tuyo, trataste de llamar a Craig. —Se volvió hacia Craig—. Es una maldita lástima que no hayas contestado el teléfono.

—Estaba mirando un programa que quería ver. Estaba conectado el contestador. Pensé que luego llamaría a cualquiera que me dejara un mensaje. Y puedo jurar que el teléfono sonó justo a las nueve y media, tal como dice Ted.

—¿Por qué no dejaste un mensaje, Ted?

—Porque odio hablar con un aparato, y más aún con ése en particular. —La boca adoptó un gesto de tensión. La costumbre que tenía Craig de imitar a un sirviente japonés en el contestador irritaba mucho a Ted, a pesar de ser una excelente imitación. Craig podía imitar a cualquiera. Hasta podía llegar a ganarse la vida con eso.

—¿Y para qué llamabas a Craig?

—Es confuso. Estaba borracho. Mi impresión es que quería decirle que me alejaría por un tiempo.

—Eso no nos ayuda. Tal vez, si te hubiera respondido tampoco nos ayudaría. No, a menos que pudieras probar que estabas hablando con él a las nueve y treinta y uno.

Craig pegó un puñetazo sobre la mesa.

—Entonces, lo diré. No estoy a favor de mentir bajo juramento, y tampoco estoy a favor de que Ted sea acusado de algo que no cometió.

—Es demasiado tarde para eso. Ya hiciste tu declaración. Si la cambias ahora, empeora la situación. —Bartlett revisó los papeles que había extraído de su maletín. Ted se puso de pie y se acercó a la ventana. Tenía planeado ir al gimnasio y hacer un poco de ejercicio. Pero Bartlett había insistido en tener esa reunión. Ya veía limitada su libertad.

¿Cuántas veces había ido a Cypress Point con Leila durante los tres años que duró la relación? Ocho, tal vez diez. A Leila le encantaba ese lugar. Le encantaba ver cómo mandoneaba Min y la presunción del barón. También había disfrutado de largas caminatas junto a los acantilados. «Muy bien, Halcón, si no quieres venir conmigo, juega a tu maldito golf y nos veremos luego en mi cama.» Aquel guiño malicioso, esa deliberada mirada de soslayo, los dedos delgados sobre sus hombros. «Mi Dios, Halcón, tú sí que me excitas.» Estar recostado con ella en sus brazos sobre el sofá mirando alguna película. «Min sabe darnos algo mejor que esas malditas antigüedades. Sabe que me gusta estar acurrucada con mi compañero.» Allí había descubierto a la Leila que amaba; la Leila que ella misma quería ser.

¿Qué estaba diciendo Bartlett?

—O bien contradecimos lo que dicen Elizabeth Lange y la testigo ocular o tratamos de volcar el testimonio a nuestro favor.

—¿Y eso cómo se hace?

Dios, cómo odio a este hombre —pensó Ted—.

Está allí sentado, fresco y cómodo como si estuviera discutiendo una partida de ajedrez y no el resto de mi vida. Una furia irracional casi lo ahogó. Tenía que salir de allí. Estar en una habitación con alguien que odiaba también le producía claustrofobia. ¿Cómo podría compartir una celda con otro hombre durante dos o tres décadas? No podría. A cualquier precio, no podría.

—¿Recuerdas haber llamado un taxi y el viaje a Connecticut?

—No, no recuerdo nada en absoluto.

—Vuelve a contarme el último recuerdo consciente de aquella noche.

—Había estado con Leila durante varias horas. Estaba histérica. Todo el tiempo me acusaba de estar engañándola.

—¿Y la engañabas?

—No.

—¿Entonces, por qué te acusaba?

—Leila era... muy insegura. Había tenido malas experiencias con los hombres. Estaba convencida de que jamás podría confiar en nadie. Yo pensé que no era así, en lo que a nuestra relación se refería, pero cada tanto tenía un ataque de celos. —Esa escena en el apartamento. Leila lanzándose sobre él, arañándole la cara; sus terribles acusaciones. Él la tomó de las muñecas para detenerla. ¿Qué había sentido? Rabia. Furia. Y disgusto.

—¿Trataste de devolverle el anillo de compromiso?

—Sí, y ella lo rechazó.

—¿Y luego qué sucedió?

—Llamó Elizabeth. Leila comenzó a sollozar por teléfono y a gritarme que me fuera. Yo le dije que colgara. Quería llegar al fondo de lo que había provocado todo eso. Vi que era inútil y me fui. Llegué a mi apartamento. Creo que me cambié la camisa e intenté llamar a Craig. Luego salí. Pero no recuerdo nada más hasta el día siguiente que desperté en Connecticut.

—¿Teddy, te das cuenta de lo que el fiscal hará con tu historia? ¿Sabes cuántos casos hay de personas que mataron en un ataque de rabia y que luego sufren un brote psicótico donde no recuerdan nada porque bloquean el hecho? Como abogado, tengo que decirte algo: esa historia apesta. No es una defensa. Claro que si no fuera por Elizabeth Lange, no habría problema... Diablos, ni siquiera habría un caso. Podría destrozar a esa tal testigo ocular. Está loca, loca de verdad. Pero con Elizabeth, que jura que estabas en el apartamento peleando con Leila a las nueve y media, la loca se vuelve creíble cuando dice que arrojaste a Leila por el balcón a las nueve y treinta y uno.

—¿Y entonces qué podemos hacer? —preguntó Craig.

—Negociemos —respondió Bartlett—. Ted está de acuerdo con la historia de Elizabeth. Ahora recuerda haber vuelto a subir. Leila seguía histérica, colgó el teléfono de un golpe y salió corriendo a la terraza. Cualquiera que haya estado en Elaine's la noche anterior puede dar testimonio del estado emocional en que se encontraba. Su hermana admite que había estado bebiendo. Se sentía desanimada con su carrera. Había decidido romper la relación que tenía contigo. Se sentía acabada. No sería la primera en saltar ante una situación así.

Ted parpadeó. Saltar. Dios, ¿todos los abogados eran tan insensibles? Y luego, la imagen del cuerpo deshecho de Leila; las fotos de la policía. Sintió su cuerpo bañado en sudor.

Craig pareció esperanzado.

—Podría funcionar. Lo que vio esa testigo fue a Ted luchando por salvar a Leila y cuando Leila cayó, él perdió la memoria. Fue entonces cuando sufrió el brote psicótico. Eso explica por qué fue tan incoherente en el taxi.

Ted miró a través de la ventana, hacia el océano. Estaba tranquilo, pero sabía que pronto subiría la marea. La calma que antecede a la tormenta —pensó—. Ahora estamos en una discusión clínica. En diez días, estaré en el juicio. *El Estado de Nueva York contra Andrew Edward Winters III.*

—Hay un enorme bache en tu teoría —dijo—. Si admito haber regresado al apartamento y estado en la terraza con Leila, estoy poniendo la cabeza en el lazo. Si el jurado decide que estuve en el proceso de su asesinato, podrían hallarme culpable de asesinato en segundo grado.

—Es un riesgo que tendrás que correr.

Ted regresó a la mesa y comenzó a guardar los legajos abiertos en el maletín de Bartlett. Su sonrisa no era de complacencia.

—No estoy seguro de poder correr ese riesgo. Tiene que haber una solución mejor, y voy a encontrarla cueste lo que cueste. No iré a prisión.

8

Min suspiró con ímpetu.

—Ah, qué bueno. Te juro que tienes mejores manos que todas las masajistas de aquí.

Helmut se inclinó y la besó en la mejilla.

—*Liebchen*, me encanta tocarte, aunque sea para darte un masaje en la espalda.

Estaban en su apartamento, que cubría el tercer piso de la mansión principal. Min estaba sentada delante de su tocador, con un quimono suelto. Se había desatado el largo cabello negro que ahora le cubría los hombros. Miró su imagen en el espejo. Ese día no era ninguna publicidad para el lugar. Tenía ojeras. ¿Cuánto hacía que se había retocado los ojos? ¿Cinco años? Era difícil de aceptar lo que le estaba sucediendo. Tenía cincuenta y nueve años. Hasta el año anterior había aparentado diez menos. Pero ya no.

Helmut le sonreía a su imagen en el espejo. Deliberadamente, apoyó el mentón sobre la cabeza de Min. El azul de sus ojos siempre le recordaba el mar Adriático que rodeaba Dubrovnik, donde ella había nacido. Ese rostro largo y distinguido, con su bronceado perfecto no tenía una sola línea, las largas y oscuras patillas no mostraban ni una sola cana. Helmut era quince años más joven que ella. Durante los primeros años de matrimonio, no había importado. ¿Pero ahora?

Lo había conocido en un establecimiento de descanso en Baden-Baden, después de la muerte de Samuel. Cinco años de complacer a aquel anciano habían valido la pena. Le había dejado doce millones de dólares y su propiedad.

No fue estúpida ante la repentina atención que Helmut le prestaba. Ningún hombre se enamora de una mujer quince años mayor a menos que quiera algo. Al principio, había aceptado sus intenciones con cinismo, pero al cabo de dos semanas se dio cuenta de que comenzaba a interesarse demasiado en él y en su sugerencia de que convirtiera el hotel Cypress Point en un establecimiento de gimnasia y cuidados... Le había costado una fortuna, pero Helmut le había dicho que lo considerara una inversión y no un gasto. El día en que inauguraron el nuevo Cypress Point, él le propuso matrimonio.

Ella suspiró aliviada.

—¿Minna, qué te sucede?

¿Cuánto tiempo había estado mirándose en el espejo?

—Ya lo sabes.

Él se inclinó y la besó en la mejilla.

Por increíble que pareciera, habían sido felices juntos. Ella nunca se atrevió a confesarle lo mucho que lo amaba, por temor a entregarle esa arma, esperando siempre algún signo de inquietud. Pero Helmut ignoraba a las jóvenes mujeres que flirteaban con él. Sólo Leila había logrado encandilarlo. Sólo Leila, quien la había hecho sufrir una terrible agonía...

Quizá se había equivocado. Si alguien podía creerle, a Helmut le disgustaba Leila, incluso la odiaba. Leila casi lo había despreciado, pero ella despreciaba a casi todos los hombres que conocía bien...

El cuarto estaba oscuro. La brisa proveniente del mar comenzaba a ser fresca. Helmut la tomó del codo.

—Descansa un poco. En menos de una hora tendrás que enfrentarte a todos ellos.

Min le tomó la mano con fuerza.

—¿Helmut, cómo crees que reaccionará ella?

—Muy mal.

—No me digas eso —respondió Min—. Helmut, sabes por qué tengo que intentarlo. Es nuestra única oportunidad.

9

A las siete en punto, un repique de campanas proveniente de la casa principal anunció la hora del cóctel y de inmediato, los pasillos se llenaron de gente: personas solas, en pareja o en grupos de tres o de cuatro. Todos estaban bien vestidos, con ropa poco formal: las mujeres con elegantes túnicas sueltas y los hombres con pantalones, camisas y chaquetas deportivas. Gemas auténticas se mezclaban con alegres fantasías. Famosas se saludaban entre sí con afecto o con una distante inclinación de cabeza. Había algunas luces encendidas en la galería, donde los camareros uniformados de azul y marfil, servían delicados canapés y bebidas sin alcohol.

Elizabeth decidió ponerse el traje rosa agrisado con

la faja color magenta que Leila le había regalado en su último cumpleaños. Leila siempre escribía una nota en su papel personal. Elizabeth siempre llevaba la nota que había acompañado ese traje en el fondo de su cartera, como un talismán de amor. Decía: «Hay un largo, largo camino desde mayo a diciembre. Amor y felicitaciones para mi querida hermana capricorniana, de la muchacha de tauro.»

De alguna manera, ponerse ese traje y volver a leer la nota hizo que fuera más fácil para Elizabeth abandonar su bungalow y dirigirse hacia la casa principal. Mantuvo una sonrisa a medias en el rostro mientras reconocía a algunos de los clientes habituales. La señora Lowell, de Boston, que iba siempre desde que Min había abierto el lugar; la condesa d'Aronne, la madura belleza que ya tenía más de setenta años. La condesa tenía dieciocho años cuando mataron a su marido, que era mucho mayor que ella. Se había casado cuatro veces desde entonces, pero después de cada divorcio, pedía a las cortes francesas que le restituyeran el título de condesa.

—Estás espléndida. Yo misma ayudé a Leila a elegir ese traje en Rodeo Drive —le murmuró Min al oído. El brazo de Min se aferraba con fuerza al de Elizabeth. Elizabeth sintió como si la empujara hacia adelante. El olor del océano se mezclaba con el perfume de las buganvillas. Voces fuertes y risas provenientes de la galería murmuraban alrededor. La música de fondo era de Serber que tocaba el *Concierto para violín en mi menor*. Leila dejaba cualquier cosa para asistir a un concierto de Serber.

El camarero le ofreció una bebida: vino sin alcohol o algún refresco. Elizabeth eligió el vino. Leila se había mostrado bastante cínica con respecto a la firme regla de Min que prohibía el alcohol.

—*Mira, Sparrow, muchos de los que vienen aquí son bebedores. Todos traen algo, pero a pesar de eso, ba-*

jan bastante el nivel de bebida. Así que pierden peso y Min reclama la cuenta de Cypress Point. ¿Crees que el barón no tiene una buena provisión en su oficina? ¡Por supuesto que sí!

Tendría que haber ido a East Hampton, pensó Elizabeth. A cualquier otro lugar menos aquí. Era como si Leila estuviera allí, tratando de comunicarse con ella...

—Elizabeth. —La voz de Min era aguda. Aguda y tensa—. La condesa te está hablando.

—Oh, lo siento mucho —se disculpó Elizabeth y tomó la mano aristocrática que le tendía la condesa.

La condesa sonrió afectuosa.

—Vi tu última película. Te estás convirtiendo en una excelente actriz, *chérie*.

Fue muy típico de la condesa d'Aronne darse cuenta de que no quería hablar de Leila.

—Era un buen papel. Tuve suerte. —Y luego, Elizabeth sintió que se le agrandaban los ojos—. Min, los que vienen por el pasillo, ¿no son Syd y Cheryl?

—Sí, me llamaron esta mañana. Olvidé decírtelo. Espero que no te moleste que estén aquí...

—Claro que no. Es sólo que... —No terminó la oración. Se sentía avergonzada por la forma en que Leila había humillado a Syd aquella noche en Elaine's. Syd había convertido a Leila en una estrella. No importaba cuántos errores había cometido durante todos esos años, no tenían valor si se los comparaba con las veces que había conseguido los papeles que Leila quería...

¿Y Cheryl? Bajo un velo de amistad, ella y Leila habían mantenido una intensa rivalidad tanto personal como profesional. Leila le había quitado a Ted. Y Cheryl casi arruinó su carrera al reemplazar a Leila en su papel...

Inconscientemente, Elizabeth se puso tensa. Por otra parte, Syd había hecho una fortuna gracias a las ganancias de Leila. Cheryl había intentado todos los trucos posibles para recuperar a Ted. Si lo hubiera conseguido, Leila seguiría con vida..., pensó Elizabeth.

La habían visto. Ambos parecieron tan sorprendidos como ella. La condesa murmuró:

—No, esa desagradable buscona, Cheryl Manning...

Subían en su dirección. Elizabeth estudió a Cheryl con objetividad. Una masa de cabello le rodeaba el rostro. Lo tenía más oscuro que la última vez que la había visto y le quedaba bien. ¿La última vez? Eso fue en el funeral de Leila.

Elizabeth tuvo que aceptar que Cheryl nunca había lucido mejor. Su sonrisa era deslumbrante; los famosos ojos color ámbar asumieron una expresión tierna. Su saludo hubiera engañado a cualquiera que no la conociera.

—Elizabeth, querida, nunca imaginé encontrarte aquí, ¡me parece maravilloso! ¿Cómo estás?

Luego, fue el turno de Syd. Syd, con su mirada cínica y expresión sombría. Sabía que había invertido un millón de dólares de su propio dinero en la obra de Leila, dinero que probablemente había pedido prestado. Leila lo había bautizado *El negociante*: «Claro que trabaja duro para mí, Sparrow, pero lo hace porque le hago ganar mucho dinero. El día que deje de representar un ingreso para él, pasará por encima de mi cadáver.»

Elizabeth sintió un escalofrío cuando Syd le dio un indiferente beso de compromiso.

—Estás bien. Tal vez tenga que robarte a tu agente. No esperaba verte hasta la semana próxima.

La semana próxima. Por supuesto. La defensa sin duda usaría a Cheryl y a Syd para testimoniar el estado emocional de Leila aquella noche en Elaine's.

—¿Te has apuntado con alguno de los instructores? —preguntó Cheryl.

—Elizabeth está aquí porque yo la invité —respondió Min.

Elizabeth se preguntó por qué Min parecía tan nerviosa. Min observaba ansiosa a la gente y seguía aferrada al brazo de Elizabeth como si temiera perderla.

Les ofrecieron bebidas. Algunos amigos de la condesa se acercaron al grupo. Un famoso publicista se acercó a saludar a Syd:

—La próxima vez que quieras que contratemos a uno de tus clientes, asegúrate de que esté sobrio.

—Ése nunca está sobrio.

Luego, oyó una voz familiar que provenía de atrás, una voz sorprendida.

—¿Elizabeth, qué estás haciendo aquí?

Se volvió y sintió que la rodeaban los brazos de Craig... Los brazos sólidos y de confianza del hombre que había corrido hacia ella cuando se enteró de la noticia, que se quedó con ella en el apartamento de Leila escuchando cómo descargaba su dolor, que la había ayudado a responder a las preguntas de la policía y que por fin había localizado a Ted...

Había visto a Craig unas tres o cuatro veces el año anterior. La última vez mientras rodaba. «No puedo estar en la misma ciudad sin pasar a saludarte», le había dicho. Por un acuerdo tácito, evitaban discutir sobre el próximo juicio, pero nunca terminaban una comida sin nombrarlo. Por Craig se había enterado de que Ted estaba en Maui, se encontraba nervioso e irritable, prácticamente ignoraba el negocio y no veía a nadie. Y fue a través de Craig, inevitablemente, que oyó la pregunta: «¿Estás segura?»

La última vez que lo vio, había estallado: «¿Cómo se puede estar segura de algo o de alguien?»

Luego le pidió que no se comunicara con ella hasta después del juicio. «Sé dónde debe estar tu lealtad.»

¿Pero qué estaba haciendo allí, ahora? Imaginaba

que estaría con Ted preparando el juicio. Y luego, cuando Craig la soltó, vio que Ted subía la escalera que daba a la galería.

Sintió que se le secaba la boca. Comenzaron a temblarle las manos y las piernas y el corazón le latía con tanta fuerza que le retumbaba en los oídos. En esos meses, había logrado borrar su imagen de la conciencia, y en sus pesadillas siempre aparecía borroso: sólo había visto las manos asesinas que empujaban a Leila, los ojos despiadados que la miraban caer...

Ahora, subía la escalera hacia ella con su imponente presencia habitual. Andrew Edward Winters III, con el cabello oscuro que contrastaba con la chaqueta blanca, los rasgos fuertes, la piel bronceada; se lo veía demasiado bien después de su autoexilio en Maui.

Un sentimiento de rabia y odio hizo que Elizabeth quisiera lanzarse sobre él; arrojarlo por esa escalera tal como él había arrojado a Leila, arañarle ese rostro compuesto y bien parecido tal como lo había hecho Leila al tratar de salvarse. Sintió el gusto amargo de la bilis en su boca y tuvo que tragar saliva para luchar contra las náuseas.

—¡Aquí está! —exclamó Cheryl. En un momento, se deslizó por entre los grupos de gente allí reunidos, los tacones golpeando contra el suelo, la chalina de seda roja flotando detrás de ella. La conversación se detuvo y todas las cabezas se volvieron cuando se arrojó a los brazos de Ted.

Como un robot, Elizabeth los miró. Era como si estuviera mirando a través de un calidoscopio. Fragmentos de colores e impresiones giraban alrededor de ella. El blanco de la chaqueta de Ted; el rojo del vestido de Cheryl; el cabello oscuro de Ted; sus manos largas y bien formadas mientras trataba de liberarse.

Elizabeth recordó que en la audiencia ante el gran jurado había pasado junto a él y entonces se odió por haber creído en la actuación de Ted durante el funeral de Leila, simulando ser un novio dolorido. Alzó la mirada y supo que él ya la había visto. Parecía sorprendido y desalentado, ¿o era otra de sus actuaciones? Se soltó de las garras de Cheryl y terminó de subir la escalera. Sin poder moverse, fue consciente del silencio que la rodeaba, de los murmullos y las risas de aquellos más alejados que no sabían qué estaba sucediendo, de los últimos acordes del concierto y de las mezclas de fragancias a flores y océano.

Parecía haber envejecido. Las líneas alrededor de los ojos y la boca que habían aparecido con la muerte de Leila eran ahora más profundas, marco permanente de su rostro. Leila lo había amado tanto, y él la había asesinado. Elizabeth sintió que una nueva ola de odio le sacudía el cuerpo. Todo el dolor intolerable, la sensación de pérdida, la culpa que le perforaban el alma como un cáncer, porque sentía que en el final, le había fallado a Leila. Este hombre era la causa de todo.

—Elizabeth...

¿Cómo se atrevía a hablarle? Elizabeth salió de su inmovilidad, se volvió, cruzó la galería con paso vacilante y entró en el vestíbulo. Sintió el resonar de unos pasos detrás de ella. Min la había seguido. Elizabeth se volvió y la miró furiosa.

—Al diablo contigo, Min. ¿Qué demonios crees que estás haciendo?

—Vamos allí. —Min le señaló la sala de música. No habló hasta que cerró la puerta detrás de ella—. Elizabeth, sé lo que hago.

—Pues yo no lo creo. —Elizabeth la miró sintiéndose traicionada. Por eso estaba tan nerviosa. Y ahora lo estaba aún más. Siempre perdía ese aire de autosuficiencia cuando estaba así. Min temblaba como una hoja.

—Elizabeth, cuando nos vimos en Venecia me dijiste que algo dentro de ti no podía creer que Ted hubiera lastimado a Leila. No me importa cómo suene. Yo lo conozco mejor que tú, y desde hace más tiempo... Estás cometiendo un error. No olvides que esa noche yo también estuve en Elaine's. Escucha, Leila se había vuelto loca. No hay otra forma de decirlo. ¡Y tú lo sabías! Dijiste que al día siguiente pusiste el reloj en hora. Estabas aturdida, ¿eres tan infalible que no pudiste haberlo puesto mal? Cuando Leila hablaba contigo antes de morir, ¿estabas mirando la hora? Durante estos días trata de mirar a Ted como si fuera un ser humano y no un monstruo. Piensa en lo bueno que fue con Leila.

La expresión de Min era apasionada. Su voz intensa y baja era más penetrante que un grito. Tomó a Elizabeth del brazo.

—Eres una de las personas más honestas que conozco. Siempre has dicho la verdad, desde que eras una niña. ¿No puedes enfrentarte al hecho de que tu error hará que Ted se pudra en la cárcel durante el resto de su vida?

El melodioso sonido de unas campanillas resonó en la habitación. Estaba a punto de servirse la cena. Elizabeth asió la muñeca de Min y luchó para que la soltara. En ese momento recordó cómo unos minutos antes Ted había luchado para zafarse de Cheryl.

—Min, la semana que viene un jurado comenzará a decidir quién está diciendo la verdad. Crees que puedes dirigirlo todo, pero esta vez no estás en tu campo. Haz que me llamen un taxi.

—¡Elizabeth, no puedes irte!

—¿No? ¿Tienes un número donde pueda comunicarme con Sammy?

—No.

—¿Exactamente cuándo va a regresar?

—Mañana, después de la cena. —Min unió las manos en gesto de súplica—. Elizabeth, te lo ruego.

Detrás de ella, Elizabeth sintió que abrían la puerta. Era Helmut. Rodeó con sus brazos a Elizabeth en un gesto que era a la vez un abrazo y un intento por retenerla.

—Elizabeth —dijo en tono suave y perentorio—, traté de advertir a Minna. Tenía la loca idea de que si veías a Ted, pensarías en todos los buenos momentos, recordarías cuánto amaba a Leila. Le rogué que no lo hiciera. Ted se siente tan sorprendido y perturbado como tú.

—Tiene razón para estarlo. ¿Puedes soltarme, por favor?

La voz de Helmut se tornó suplicante:

—Elizabeth, la semana que viene es el día del Trabajador. La península se llena de turistas. Vienen muchos estudiantes en la última escapada antes de que comiencen las clases. Podrías conducir toda la noche y no hallar una sola habitación. Quédate aquí. Ponte cómoda. Habla con Sammy mañana por la noche, y luego podrás irte si quieres.

Es verdad —pensó Elizabeth—. Carmel y Monterrey son mecas para los turistas a fines de agosto.

—Elizabeth, por favor —imploró Min llorando—. Fui una tonta..., pensé..., creí que si veías a Ted..., no en el juicio sino aquí... Lo siento.

Elizabeth sintió que desaparecía su furia y un vacío enorme le invadía el cuerpo. Min era Min. Recordó la vez que ella había enviado a una renuente Leila a una selección para un anuncio de cosméticos. Min había explotado: «Escucha, Leila, no necesito que me digas que ellos no te llamaron. Ve allí. Entra a la fuerza. Eres lo que ellos están buscando. En este mundo, cada uno debe abrirse su propio camino.»

Leila consiguió el trabajo y se convirtió en la modelo que la compañía usó para todos sus anuncios durante los siguientes tres años.

Elizabeth se encogió de hombros.

—¿En qué comedor cenará Ted?

—El Cypress —respondió Helmut esperanzado.

—¿Syd y Cheryl?

—El mismo.

—¿Dónde planearon ponerme?

—También con nosotros. Pero la condesa te invitó a su mesa en el comedor Océano.

—Muy bien. Me quedaré hasta ver a Sammy. —Elizabeth miró con dureza a Min, que parecía encogida—. Min, ahora soy yo la que te hace una advertencia. Ted es el hombre que mató a mi hermana. No te atrevas a arreglar otro encuentro *accidental* entre él y yo.

10

Cinco años antes, al intentar resolver las vociferantes diferencias entre fumadores y no fumadores, Min había dividido el espacioso comedor en dos, separando ambas partes con una pared de cristal. El Cypress Room era para no fumadores y el Océano, para cualquiera de los dos. Cada uno elegía su lugar, excepto los huéspedes invitados a compartir la mesa de Min y Helmut. Cuando Elizabeth apareció en el comedor Océano, la condesa d'Aronne le hizo señas para que se acercara. Pronto se dio cuenta de que desde su lugar podía divisar la mesa de Min en la otra habitación. Fue como una sensación de *déjà vu*, al verlos sentados todos juntos: Min, Helmut, Syd, Cheryl, Ted, Craig.

Las otras dos personas que compartían la mesa eran la señora Meehan, la ganadora de la lotería, y un anciano de apariencia distinguida. Varias veces se dio cuenta de que Ted la observaba.

Pudo pasar la cena, probando apenas la cerveza y la ensalada e intentó también conversar un poco con la condesa y sus amistades. Pero, como si estuviera atraída por un imán, no podía apartar la mirada de Ted.

La condesa, naturalmente, se dio cuenta de la situación.

—A pesar de todo, está muy bien, ¿no es verdad? Oh, lo siento querida, me prometí a mí misma no mencionarlo en absoluto. Pero como te darás cuenta, conozco a Ted desde que era un niño. Sus abuelos solían traerlo aquí, cuando este lugar era un hotel.

Como siempre, incluso entre celebridades, Ted era el centro de atención. Todo lo hace sin esfuerzo, pensó Elizabeth. La forma de inclinar la cabeza hacia la señora Meehan, la sonrisa fácil para las personas que se acercan a saludarlo, la forma en que permitió que Cheryl deslizara la mano debajo de la suya y luego se soltó con indiferencia. Fue un alivio ver que él, Craig y el hombre mayor se retiraron temprano.

Elizabeth no esperó el café que se servía en la sala de música. Salió sin llamar la atención hacia la galería y luego se dirigió a su bungalow. La niebla se había disipado y el cielo oscuro estaba cubierto de estrellas brillantes. El sonido del oleaje se confundía con los débiles acordes del violoncelo. Siempre había un programa musical después de la cena.

De repente, la invadió una intensa sensación de soledad, una tristeza indefinible que iba más allá de la muerte de Leila, más allá de la incongruencia de la compañía de esas personas que habían sido parte de su vida. Syd, Cheryl, Min. Los conocía desde que tenía ocho años y la llamaban «señorita Coleta». El barón, Craig, Ted.

Todos se remontaban a mucho tiempo atrás. Todas esas personas que había considerado sus amigos, que ahora la dejaban de lado para unirse al asesino de Leila, y que testimoniarían a su favor en Nueva York...

Cuando llegó a su bungalow, dudó y decidió quedarse sentada fuera durante unos momentos. Los muebles de la galería eran muy cómodos: un sofá hamaca acolchado y sillas haciendo juego. Se acomodó en uno de los extremos del sofá hamaca y empujándose con un pie en el suelo, comenzó a balancearse. Allí, en esa penumbra, podía ver las luces de la casa principal y pensar tranquilamente en las personas que habían sido reunidas allí.

¿Quién las había reunido?

¿Y por qué?

11

—Para una cena de novecientas calorías no estuvo mal —comentó Henry Bartlett al salir de su bungalow con un elegante maletín de cuero. Lo apoyó sobre la mesa de la sala de Ted y lo abrió. Dentro había un bar portátil. Sacó el Courvoisier y las copitas de licor—. ¿Caballeros?

Craig afirmó con la cabeza. Ted se negó.

—Creo que debería saber que una de las reglas de la casa es nada de alcohol.

—Cuando yo, o mejor dicho tú, pagas más de setecientos dólares por día por estar en este lugar, yo decido lo que tomo.

Sirvió una medida generosa en ambas copas, le entregó una a Craig y caminó hasta los ventanales corredizos. Una luna llena y cremosa y una constelación de brillantes estrellas plateadas iluminaban la oscuridad del océano, que por el sonido que llegaba desde él parecía embravecido.

—Nunca sabré por qué Balboa lo denominó océano Pacífico —comentó Bartlett—. No cuando se oye el sonido que proviene de él. —Se volvió hacia Ted—. Tener a Elizabeth Lange aquí podría ser la gran oportunidad del siglo para ti. Es una muchacha interesante.

Ted aguardó. Craig hizo girar la copa entre las manos. Bartlett parecía reflexionar.

—Es interesante en muchos aspectos y en particular por algo que ninguno de ustedes debe de haber notado. Cuando te vio, cada una de las cosas que sintió se reflejó en su rostro, Teddy. Tristeza. Incertidumbre. Odio. Ha estado pensando mucho y algo me dice que en su interior hay algo que no encaja bien.

—No sabes de qué estás hablando —dijo Craig en tono cortante.

Henry abrió la puerta de vidrio. El rumor del océano se había convertido en un rugido.

—¿Lo oís? —preguntó—. Hace difícil poder concentrarse, ¿no? Me pagan mucho dinero por sacar a Ted de este embrollo. Una de las mejores formas de hacerlo es saber qué es lo que tengo en contra y qué a favor.

Una ola de aire frío lo interrumpió. Bartlett cerró la puerta de golpe y regresó a la mesa.

—Tuvimos suerte en la distribución de lugares durante la cena. Pasé buena parte del tiempo estudiando a Elizabeth Lange. Las expresiones del rostro y el lenguaje corporal dicen muchas cosas. Nunca apartó la mirada de ti, Teddy. Si alguna vez una mujer se sintió atrapada en una situación de amor y odio, ésa es ella. Ahora, mi trabajo es idear cómo volcarlo a tu favor.

12

Syd acompañó a una Cheryl extrañamente silenciosa hasta su bungalow. Sabía que aquella cena había sido una dura prueba para ella. Nunca había olvidado el hecho de perder a Ted Winters por culpa de Leila. Ahora debía de sentirse muy mal al saber que aun sin Leila, Ted no le respondía. En cierta forma, la ganadora de la lotería había sido una buena diversión para

Cheryl. Alvirah Meehan sabía todo acerca de las series y le dijo que era perfecta para el papel de Amanda.

—Uno sabe cuándo una actriz no pega en el papel —le había dicho Alvirah—. Leí *Till Tomorrow* en edición de bolsillo y dije: «Willy, eso podría ser una gran serie de televisión y sólo hay una persona en el mundo que podría hacer el papel de Amanda, y ésa es Cheryl Manning.»

Claro que, lamentablemente, también le dijo que Leila era su actriz favorita.

Caminaban por el terreno más alto de la propiedad, hacia el bungalow de Cheryl. Los senderos estaban iluminados con faroles japoneses colocados a ras del suelo, que arrojaban sombras sobre los cipreses. La noche estaba estrellada, pero el tiempo cambiaría y en el aire ya se sentía el toque de humedad que precedía la típica niebla de la península de Monterrey. Contrariamente a la gente que consideraba Pebble Beach el lugar más cercano al Paraíso, Syd siempre se había sentido incómodo entre los cipreses, con esas formas tan retorcidas. Era natural que un poeta los hubiese comparado con fantasmas.

Con indiferencia, tomó a Cheryl del brazo cuando estuvieron cerca de su bungalow. Aún aguardaba que ella comenzara la conversación, pero permaneció en silencio. Syd se consoló con la idea de que ya había soportado suficientes humores por ese día, pero cuando iba a saludarla, ella lo detuvo.

—Entra.

Él la siguió, protestando en silencio. Ella aún no estaba preparada para dejarlo ir.

—¿Dónde está la vodka? —preguntó Syd.

—En mi joyero. Es el único sitio donde estas malditas criadas no buscan para ver si encuentran alcohol. —Le arrojó la llave y se sentó en el sofá de seda rayada. Syd preparó dos vodkas con hielo, le entregó un vaso a

Cheryl, se sentó frente a ella y tomó un sorbo—. ¿Qué opinas de esta noche?

—No estoy seguro de entenderte.

Ella lo miró irritada.

—Por supuesto que sí. Cuando Ted baja la guardia, parece atrapado. Es obvio que Craig está muy preocupado. Min y el barón me hacen pensar en un par de malabaristas sobre una cuerda floja. Ese abogado no apartó ni un solo momento la mirada de Elizabeth, y ella estuvo espiando nuestra mesa toda la noche. Siempre pensé que sentía algo por Ted. Y en cuanto a la ganadora de la lotería, si Min la sienta junto a mí mañana por la noche, la mato.

—Por supuesto que no. Escucha Cheryl, puedes conseguir el papel. Excelente. Sin embargo, siempre existe la posibilidad de que las series desaparezcan por falta de dinero. Una posibilidad remota, pero posibilidad al fin. Si eso sucede, necesitarás un papel en una película. Hay muchas películas por ahí, pero necesitan financiación. Esa dama tendrá muchos dólares para invertir. Así que continúa sonriéndole.

Cheryl entrecerró los ojos.

—Ted podría financiar una de mis películas. Sé que lo haría. Me dijo que no fue justo que me pusieran en la obra el año pasado.

—Entiende bien esto: Craig es mucho más cauteloso que Ted. Si Ted va a prisión, será él quien dirija el negocio. Y otra cosa: Estás loca si crees que Elizabeth desea a Ted. ¿Si así fuera, por qué diablos querría ponerle la soga al cuello? Lo único que tiene que hacer es decir que se confundió y lo bueno que Ted era con Leila y punto. Caso cerrado.

Cheryl terminó su bebida y extendió luego el brazo con la copa vacía. Sin decir nada, Syd se puso de pie, volvió a llenársela y agregó una buena medida de vodka a su copa.

—Los hombres son muy tontos como para darse cuenta —dijo Cheryl mientras Syd le entregaba la copa—. Recuerda el tipo de muchacha que era Elizabeth: educada, pero si le hacías una pregunta directa, obtenías una respuesta directa. Y nunca se disculpa. No sabe mentir. Nunca ha mentido por sí misma y, lamentablemente, no lo hará por Ted. Pero antes de que esto termine removerá cielo y tierra para tratar de encontrar alguna prueba positiva de lo que sucedió aquella noche. Eso la hace muy peligrosa.

»Algo más, Syd. ¿Oíste que la loca esa de Alvirah Meehan dijo haber leído en una revista que el apartamento de Leila LaSalle era como un hotel? ¿Que Leila repartía llaves a todos sus amigos por si deseaban quedarse?

Cheryl se puso de pie, se acercó a Syd, se sentó junto a él y le puso las manos en las rodillas.

—Tú tenías una llave del apartamento, ¿no es así, Syd?

—Y también tú.

—Lo sé. Leila se encaprichó en protegerme, sabiendo que no podía pagar un apartamento en ese edificio y mucho menos un dúplex. Pero cuando ella murió, el camarero del Jockey Club puede atestiguar que estaba allí, tomando una copa. La persona que esperaba para cenar se había retrasado. Y tú eras esa persona, Syd. ¿Cuánto pusiste para esa maldita película?

Syd sintió que se le endurecían los nudillos y deseó que Cheryl no se percatara de la repentina rigidez de su cuerpo.

—¿Adónde quieres llegar?

—La tarde en que Leila murió, me dijiste que irías a verla para rogarle que reconsiderara su decisión. Por lo menos tenías invertido un millón en esa obra. ¿Tu millón o era dinero prestado, Syd? Me arrojaste a esa basura para que la reemplazara, al igual que se envía un carnero al matadero. ¿Por qué? Porque quisiste arriesgar mi carrera por la remota posibilidad de que la obra pudiera tener éxito. Y mi memoria ha mejorado mucho. Tú siempre eres puntual, Syd. Esa noche, llegaste quince minutos tarde. Llegaste al Jockey Club a las nueve y cuarenta y cinco. Estabas pálido como una hoja y te temblaban las manos. Derramaste la bebida sobre el mantel. Leila murió a las nueve y treinta y uno. Su apartamento está a diez minutos del Jockey Club.

Cheryl se cogió el rostro con ambas manos.

—Syd, quiero dos cosas. Primero ese papel. Haz que lo consiga. Si lo hago, te prometo que, ebria o sobria, jamás recordaré que esa noche llegaste tarde, que estabas nervioso, que tenías la llave del apartamento de Leila y que ella te había dejado prácticamente en la bancarrota. Ahora, sal de aquí. Necesito dormir para estar bella.

13

Min y Helmut mantuvieron la sonrisa hasta que estuvieron en la seguridad de su apartamento. Luego, sin decir nada, se miraron. Helmut rodeó a Min con los brazos y le rozó la mejilla con los labios. Con mucha práctica, le masajeó el cuello.

—*Liebchen*.

—Helmut, ¿fue tan malo como creo?

Él le respondió con voz suave:

—Minna, traté de advertirte que sería un error traer a Elizabeth aquí, ¿no? Tú la entiendes. Ahora, ella está enojada contigo, pero además, algo ha sucedido. Tú le dabas la espalda durante la cena, pero yo pude observar cómo nos miraba desde su mesa. Era como si lo hiciera por primera vez.

—Pensé que si veía a Ted... Sabes cuánto lo quería... Siempre sospeché que ella estaba enamorada de él.

—Sé lo que pensaste. Pero no funcionó. Bueno, por esta noche es suficiente, Minna. Ve a la cama. Te prepararé un vaso de leche caliente y te daré una pastilla para dormir. Mañana serás la misma altiva de siempre.

Min sonrió y permitió que Helmut la condujera hacia el dormitorio. Todavía la rodeaba con sus brazos y ella se apoyaba en él, con la cabeza en su hombro. Después de diez años seguía gustándole su aroma, esa sugestión a colonia costosa, el tacto de la tela de su chaqueta. En sus brazos podía olvidar a su predecesor, con sus manos frías y su petulancia.

Cuando Helmut regresó con la leche, Min ya estaba acomodada en la cama, con el cabello suelto sobre las almohadas de seda. Sabía que la pantalla rosada de la lámpara junto a su cama daba un tono de luz especial sobre sus pómulos salientes y ojos oscuros. El aprecio que leyó en los ojos de su marido cuando éste le entregó la delicada taza de Limoges fue gratificante.

—*Liebchen* —le susurró—, quisiera que supieras lo que siento por ti. Después de todo este tiempo, sigues sin confiar en ese sentimiento, ¿no es así?

Aprovechó el momento. Tenía que hacerlo.

—Helmut, hay un grave problema, algo que no me has dicho. ¿Qué es?

Él se encogió de hombros.

—Ya sabes cuál es el problema. Están apareciendo establecimientos similares a éste por todo el país. Los ricos son personas inquietas... El costo del baño romano ha excedido mis expectativas... Lo admito. Sin embargo, estoy seguro de que cuando lo abramos...

—Helmut, prométeme una cosa. No importa lo que suceda, pero no tocaremos la cuenta de Suiza. Preferiría perder este lugar. A mi edad, no puedo volver a quedarme en bancarrota. —Min trataba de no alzar el tono de voz.

—No la tocaremos, Minna, te lo prometo. —Le entregó una pastilla para dormir—. Así que como tu marido y como tu doctor..., te ordeno que bebas esto de inmediato.

—La tomaré con gusto.

Helmut se sentó en el borde de la cama mientras ella bebía la leche.

—¿No te acuestas? —le preguntó ya soñolienta.

—Todavía no. Leeré un rato. Ése es mi somnífero.

Después de que Helmut apagó la luz y la dejó sola, Minna sintió que se dormía profundamente. Su último pensamiento consciente fue un murmullo inaudible:

—Helmut, ¿qué me estás ocultando?

14

A las diez y cuarto, Elizabeth vio que los huéspedes comenzaban a retirarse de la casa principal. Sabía que en pocos minutos, todo quedaría en silencio, las cortinas corridas, las luces apagadas. El día comenzaba temprano en Cypress Point. Después de las extenuantes clases de gimnasia y los relajantes tratamientos de belleza, la mayoría de la gente estaba preparada para retirarse a las diez.

Suspiró cuando vio que una de las figuras tomaba la dirección del sendero de su bungalow. Instintivamente supo que se trataba de la señora Meehan.

—Pensé que se sentiría sola —le dijo Alvirah y sin que la invitaran se sentó en uno de los sillones—. Fue buena la cena, ¿verdad? Nadie diría que era baja en calorías. No pesaría 82 kilos si siempre hubiera comido así.

Se arregló la chaqueta que llevaba sobre los hombros.

—Esto siempre se me cae. —Miró alrededor—. Es una hermosa noche, ¿no cree? Todas esas estrellas. Apuesto a que aquí no tienen tanta contaminación como en Queens. Y el océano. Me encanta escucharlo. ¿Qué estaba diciendo? Ah, sí, la cena. Casi me desmayo cuando el camarero —¿o era el mayordomo?— me puso la fuente frente a mí con la cuchara y el tenedor. En casa nos servimos con los dedos. Quiero decir, para qué usar una cuchara y un tenedor para servirse alubias. Pero entonces recordé cómo Greer Garson se había servido de una lujosa fuente de plata en *Valley of Decision*, y pude arreglármelas. Siempre se puede contar con las películas.

Sin quererlo, Elizabeth sonrió. Alvirah Meehan tenía una honestidad genuina. Y ésa era una rara virtud en Cypress Point.

—Estoy segura de que lo hizo bien.

Alvirah jugueteó con su broche en forma de sol.

—A decir verdad, no podía apartar los ojos de Ted Winters. Estaba preparada para odiarlo, pero fue tan bueno conmigo. Y Dios, quedé sorprendida al ver lo arrogante que es esa Cheryl Manning. Ciertamente odiaba a Leila, ¿no es así?

Elizabeth se humedeció los labios.

—Es que en la cena dije que Leila se convertiría en una leyenda como Marilyn Monroe y ella dijo que si está de moda considerar a una borracha perdida una leyenda, Leila lo conseguiría. —Alvirah se arrepintió de habérselo contado a la hermana de Leila. Pero tal como había leído, un buen periodista consigue la historia.

—¿Y los otros qué dijeron? —preguntó Elizabeth.

—Todos rieron, excepto Ted Winters. Dijo que era repugnante decir eso.

—No va a decirme que a Min y a Helmut les resultó gracioso.

—Es difícil de saber —respondió Alvirah con severidad—. A veces, la gente se ríe cuando está confundida. Pero hasta el abogado que está con Ted Winters dijo algo así como que Leila no ganaría ningún concurso de popularidad aquí.

Elizabeth se puso de pie.

—Fue muy amable al pasar por aquí, señora Meehan. Pero ahora deseo cambiarme de ropa. Me gusta nadar un poco antes de irme a dormir.

—Lo sé. Hablaron de eso en la cena. Craig, así se llama, el ayudante del señor Winters...

—Sí.

—Le preguntó a la baronesa cuántos días pensaba quedarse usted. Ella le dijo que quizás hasta pasado mañana porque quería ver a alguien llamado Sammy.

—Así es.

—Y Syd Melnick dijo que tenía el presentimiento de que trataría de evitar cruzarse con ellos. Entonces la baronesa aclaró que siempre podían encontrarla nadando en la piscina olímpica alrededor de las diez de la noche. Supongo que tenía razón.

—Sabe que me gusta nadar. ¿Conoce el camino hasta su cabaña, señora Meehan? Si no, puedo acompañarla. Es un poco confuso en la oscuridad.

—No, no se preocupe. Me gustó conversar con usted. —Alvirah se puso de pie y, sin prestarle atención al camino, comenzó a caminar por el césped en dirección a su bungalow. Estaba desilusionada de que Elizabeth no hubiera dicho nada útil para sus artículos. Pero por otra parte, había conseguido mucho material durante la cena. ¡Podría escribir un jugoso artículo sobre los celos!

¿Al público lector no le interesaría saber que los mejores amigos de Leila LaSalle actuaban como si estuvieran contentos de su muerte?

15

Con cuidado, cerró las celosías y apagó las luces. Quería apresurarse. Podría ser demasiado tarde, pero de ninguna manera se hubiera aventurado a salir antes. Cuando abrió la puerta exterior, sintió un escalofrío.

Corría un aire fresco y sólo llevaba una bata de baño y una camiseta de algodón oscura.

Los jardines estaban tranquilos, iluminados apenas por la tenue luz de los faroles a lo largo de los senderos y en los árboles. Era fácil mantenerse oculto entre las sombras y corrió hasta la piscina olímpica. ¿Ella seguiría allí?

El cambio de viento había cubierto el ambiente con una niebla marina. En minutos, las estrellas habían quedado ocultas tras las nubes y la luna había desaparecido. Aun si había alguien asomado a una ventana, no podría verlo.

Elizabeth pensaba quedarse en Cypress Point hasta que viera a Sammy a la noche siguiente. Eso le dejaba sólo un día y medio, hasta el martes a la mañana, para arreglar su muerte.

Se detuvo junto a los arbustos que rodeaban el patio junto a la piscina olímpica. En la oscuridad, apenas podía ver la figura de Elizabeth deslizándose con brazadas seguras de un extremo a otro de la piscina. Con cuidado, calculó sus probabilidades de éxito. Se le había ocurrido la idea cuando Min dijo que Elizabeth siempre nadaba a las diez de la noche. Hasta los buenos nadadores sufren accidentes. Un calambre repentino, nadie alrededor para oír sus gritos de auxilio, ninguna marca, ningún signo de lucha... Su plan era deslizarse dentro de la piscina cuando Elizabeth estuviera en el extremo opuesto, aguardar y abalanzarse sobre ella cuando pasara a su lado. Luego, la mantendría bajo el agua hasta que dejara de luchar. Salió de su escondite. La oscuridad le permitía estudiar el lugar más de cerca.

Había olvidado lo rápido que nadaba. A pesar de ser delgada, los músculos de sus brazos eran como el acero. ¿Y si lograba luchar y aguantar lo suficiente como para llamar la atención de alguien? Seguramente llevaba uno de esos malditos silbatos que Min insistía que usaran todos los nadadores solitarios...

Entrecerró los ojos con furia y frustración al aga-
charse junto al borde de la piscina, sin estar seguro de si
era el momento adecuado. En el agua, ella podría aven-
tajarlo...

No podía permitirse un segundo error.

«*In aqua sanitas.*» Los romanos habían tallado ese lema
en las paredes de sus casas de baños. Si creyera en la
reencarnación, pensaría que he vivido en aquellos tiempos, se dijo Elizabeth mientras se deslizaba en la oscuridad de la piscina. Cuando comenzó a nadar, no sólo
podía ver el perímetro de la piscina sino también los alrededores; con las hamacas, las mesas con sus sombrillas
y los setos con flores. Ahora, sólo eran oscuras siluetas.

La jaqueca que había tenido toda la noche comenzó
a disiparse, así como también la sensación de encierro;
una vez más comenzaba a sentir la tranquilidad que
le proporcionaba el agua. «¿Crees que comenzó en el
vientre materno —le había preguntado una vez a Leila—. Me refiero a esta sensación de libertad que siento
cuando estoy en el agua.»

La respuesta de Leila la había sorprendido: «Tal
vez, mamá era feliz cuando te tenía en el vientre, Sparrow. Siempre pensé que tu padre era el senador Lange.
Él y mamá tuvieron una seria relación después de que
mi querido papá abandonó el escenario. Supongo que
cuando yo estaba en su vientre me llamaban "la equivo-
cación".»

Fue Leila quien le sugirió que utilizara el nombre
artístico Lange. «Tal vez sea tu verdadero nombre,
Sparrow —le había dicho—. ¿Por qué no?»

En cuanto Leila comenzó a ganar dinero, le envió
un cheque a su madre cada mes. Un día, el último de
sus novios le devolvió el cheque sin cobrar. Ella había
muerto por alcoholismo agudo.

Elizabeth tocó el extremo de la piscina, alzó las rodillas contra el pecho y cambió del estilo espalda al estilo braza, en un solo movimiento. ¿Era posible que el temor de Leila a las relaciones personales hubiera comenzado en el momento de su concepción? ¿Una partícula de protoplasma podía sentir que el ambiente era hostil y afectar así toda su vida? ¿No era acaso gracias a Leila que ella nunca había sentido el rechazo paterno? Recordó la descripción de su madre al llevarla a casa a la salida del hospital: «Leila me la sacó de los brazos. Llevó la cuna a su habitación. Sólo tenía once años pero se convirtió en la madre de esa criatura. Yo quería llamarla Laverne, pero Leila dio una patada en el suelo y dijo que su nombre era Elizabeth.» Una razón más para estarle agradecida, pensó Elizabeth.

El leve chapoteo que producía su cuerpo en el agua ocultó el ruido de los pasos que descendían por el otro sector de la piscina. Había llegado al extremo norte y comenzaba en dirección al otro lado. Por alguna razón, se puso a nadar con furia, como si presintiera el peligro.

La oscura figura caminó a lo largo de la pared. Con frialdad, calculó la velocidad con que avanzaba Elizabeth. El tiempo era esencial. La sorprendería desde atrás cuando pasara, se quedaría encima de ella hasta que dejara de luchar. ¿Cuánto tardaría? ¿Un minuto? ¿Dos? ¿Y si no era tan fácil de someter? Tenía que parecer ahogada por accidente.

Luego, se le ocurrió una idea y en la oscuridad, sus labios dibujaron una sonrisa. ¿Por qué no había pensado antes en el equipo de buceo? Al llevar la botella de oxígeno, le resultaría más fácil mantenerla en el fondo de la piscina hasta que estuviera muerta. El traje mojado, los guantes, la máscara, las gafas protectoras eran el disfraz perfecto si es que alguien llegaba a verlo.

Observó mientras Elizabeth nadaba hacia los escalones. El impulso de librarse de ella era casi irresistible. «Mañana a la noche», se prometió. Con cuidado se acercó a ella mientras colocaba el pie sobre el escalón inferior de la escalerilla y comenzaba a subir. Entrecerró los ojos para poder observarla bien mientras se colocaba la bata y emprendía el camino a su bungalow.

Mañana por la noche estaría esperándola. Y a la mañana siguiente, alguien hallaría su cuerpo en el fondo de la piscina, tal como el portero había descubierto el cuerpo de Leila en el patio.

Y ya no tendría nada que temer.

LUNES

31 de agosto

Una mujer ingeniosa es un tesoro; una beldad ingeniosa es una potencia.

GEORGE MEREDITH

Buenos días queridos huéspedes:
Esperamos que hayan dormido bien. El parte meteorológico nos promete otro hermoso día en Cypress Point.
Una llamada de atención. Algunos de nosotros olvidamos llenar el menú para el almuerzo. Y no queremos que nos hagan esperar después de todos los vigorosos ejercicios y deliciosas actividades de la mañana. Así que por favor, tómense un momento y marquen con un círculo los platos que elijan antes de abandonar el cuarto.
En un minuto, estaremos saludándolos durante el paseo de la mañana. Apresúrense y reúnanse con nosotros.
Y recuerden, otro día en Cypress Point significa otro día de chispeantes momentos dedicados a convertirlos en personas más hermosas, el tipo de persona con quien los demás desean estar, a quien desean tocar y amar.

BARÓN Y BARONESA VON SCHREIBER

1

Elizabeth caminó un buen rato antes del amanecer del lunes. Ni siquiera la natación había ejercido su magia usual. Durante casi toda la noche se sintió turbada, con sueños incompletos, fragmentos que aparecían y desaparecían en forma intermitente. Todos estaban en los sueños: su madre, Leila, Ted, Craig, Syd, Cheryl, Min, Sammy, Helmut... Hasta los dos maridos de Leila, esos charlatanes transitorios que habían usado el éxito de Leila para poder brillar: el primero, un actor; el segundo, un supuesto productor y persona de sociedad...

A las seis de la mañana se levantó, corrió la persiana y regresó a la cama. Hacía frío, pero le gustaba ver amanecer. Sentía que esa hora temprana de la mañana tenía una cierta ensoñación, la tranquilidad humana era tan absoluta. Los únicos sonidos que se oían eran las aves de la costa.

A las seis y media sintió que llamaban a la puerta. Era Vicky, la camarera, que le llevaba el zumo de la mañana y que hacía años que trabajaba en Cypress Point. Era una mujer robusta de sesenta años, que complementaba la pensión de su esposo con lo que ella irónicamente denominaba: «Llevar rosas en el desayuno a flores marchitas.» Se saludaron con la alegría de dos viejas amigas.

—Me resulta extraño estar del lado de los huéspedes —comentó Elizabeth.

—Te has ganado el derecho a estar aquí. Te vi en *Hilltop*. Eres muy buena actriz.

—Sin embargo, me siento más segura dando clases de ballet acuático.

—Y la princesa Diana puede conseguir trabajo como maestra jardinera. Vamos.

Aguardó adrede hasta estar segura de que la procesión diaria llamada «el paseo Cypress» estaba en marcha. Cuando salió, los caminantes, con Min y el barón a la cabeza, se acercaban al sendero que conducía a la costa. El paseo incluía el terreno de Cypress Point, la zona boscosa, Pebble Beach Golf Course, la casa del guarda y regresar. En total, era un ejercicio de treinta y cinco minutos, seguido por el desayuno.

Elizabeth aguardó hasta perderlos de vista y luego se puso a trotar en dirección opuesta. Todavía era temprano y había poco tránsito. Hubiera preferido correr por la costa, donde podía tener una vista interminable del océano, pero se habría arriesgado a que la vieran.

Si Sammy estuviera aquí —pensó mientras aceleraba la marcha—. Podría hablar con ella y tomar un avión esta misma tarde. Deseaba irse de allí. Si creía lo que Alvirah Meehan le había contado, Cheryl había dicho que Leila era una «borracha perdida». Y todos, excepto Ted, su asesino, se habían reído.

Min, Helmut, Syd, Cheryl, Craig, Ted. Las personas más cercanas a Leila; las mismas que lloraron durante su funeral. ¡Oh, Leila!, pensó Elizabeth y de repente, acudieron a su mente frases de una canción que había aprendido de niña:

A pesar de que todo el mundo te traicione,
un arpa leal cantará tus loas...

¡Yo cantaré tus loas, Leila! Se le llenaron los ojos de lágrimas y se secó con un gesto impaciente. Comenzó a correr más aprisa, como si quisiera con ello borrar sus pensamientos. La niebla de la mañana comenzaba a disiparse bajo el sol; los arbustos que rodeaban las casas a lo largo del camino estaban bañados de rocío; las gaviotas sobrevolaban el lugar y luego regresaban a la playa. ¿Qué precisión podía tener Alvirah Meehan como testigo? Esa mujer tenía algo intenso, algo que iba más allá de su excitación por estar allí.

Pasó por los campos de golf de Pebble Beach donde ya había algunos jugadores. Había aprendido a jugar al golf en el colegio. Leila nunca lo jugó. Solía decirle a Ted que algún día se haría con tiempo para aprenderlo. Nunca lo habría hecho, pensó Elizabeth, y una sonrisa se dibujó en sus labios. Leila era demasiado impaciente como para correr detrás de una pelotita durante cuatro o cinco horas...

Comenzaba a respirar con dificultad y disminuyó el paso. Estoy en baja forma, se dijo. Ese día iría al gimnasio de mujeres y haría un programa completo de ejercicios y tratamientos. Sería una forma útil de pasar el tiempo. Giró para tomar el camino de regreso y al hacerlo... se topó con Ted. Él la sostuvo de los brazos para evitar que se cayera. Jadeante por la fuerza del impacto luchó para alejarlo de su lado.

—Suéltame. —Subió el tono de voz—. Te he dicho que me sueltes. —Era consciente de que no había nadie más en el camino. Él estaba sudoroso y tenía la camiseta pegada al cuerpo. El costoso reloj que Leila le había regalado brillaba bajo el sol.

La soltó. Sorprendida y asustada, Elizabeth vio que Ted la observaba con una expresión indescifrable.

—Elizabeth, tengo que hablarte.

Ni siquiera iba a simular no haberlo planeado, pensó ella.

—Di lo que tengas que decir en el juicio. —Elizabeth trató de reanudar su camino, pero él le bloqueó el paso. ¿Así se había sentido Leila en el final, atrapada?

—Te he pedido que me escuches. —Era como si hubiese presentido el miedo de Elizabeth y estuviera molesto por ello.

»Elizabeth, no me has dado una oportunidad. Sé lo que todo parece ser. Tal vez, y eso es algo que no sé, tal vez tengas razón y yo haya vuelto a su apartamento. Estaba borracho y enojado, pero también muy preocupado por ella. Elizabeth, piensa esto: si tienes razón, si realmente regresé, si esa mujer que dice haberme visto luchando con Leila tiene razón, ¿no me concederás al menos que podría haber estado luchando para salvarla? Sabes lo deprimida que estaba Leila aquel día. Estaba fuera de sí.

—«Si realmente regresé.» ¿Me estás diciendo que aceptas haber regresado al apartamento? —Elizabeth sintió que le oprimían los pulmones. El aire parecía de repente húmedo y pesado, con la humedad de la tierra y de las hojas de los cipreses. Ted medía un metro ochenta, pero los pocos centímetros de diferencia entre ellos parecían no existir mientras se miraban a los ojos. Elizabeth era consciente de la intensidad de las líneas alrededor de los ojos y la boca.

—Elizabeth, sé cómo debes sentirte con respecto a mí, pero hay algo que tienes que entender. No recuerdo qué sucedió esa noche. Estaba tan borracho, tan triste. Durante estos meses, tuve la impresión de haber estado en el piso de Leila y de haber abierto la puerta. Así que tal vez, tengas razón, tal vez sí me oíste gritarle algo. ¡Pero no recuerdo nada más que eso! Ésa es la verdad. La siguiente pregunta es: ¿Crees que soy capaz de matar, estando sobrio o ebrio?

Sus ojos azul oscuro estaban empañados por el dolor. Se mordió los labios y extendió las manos en gesto de súplica.

—¿Y bien, Elizabeth?

Con un movimiento rápido, ella lo esquivó y se echó a correr hacia Cypress Point. El fiscal de distrito se lo había advertido. Si Ted pensaba que su mentira sobre no haber estado en la terraza con Leila no tenía eco, diría que había tratado de salvarla.

No se volvió hasta llegar a la puerta. Ted no había intentado seguirla. Permaneció donde lo dejó, mirándola, con las manos en las caderas.

Todavía le ardían los brazos por la fuerza con que la había sostenido. Recordó algo más que le había dicho el fiscal de distrito.

Sin ella como testigo, Ted saldría libre.

2

A las ocho de la mañana, Dora «Sammy» Samuels sacó su automóvil de la casa de su prima Elsie y con un suspiro de alivio inició el trayecto desde Napa Valley hasta la península de Monterrey. Con suerte, estaría allí a las dos de la tarde. En un principio, había pensado salir a última hora de la tarde y Elsie se disgustó por el cambio de planes, pero estaba ansiosa por regresar a Cypress Point y terminar de revisar la correspondencia.

Era una mujer fuerte, de setenta años, con cabello del color del acero recogido en un apretado rodete. Usaba gafas anticuadas, sin montura, en la punta de la nariz pequeña y recta.

Había pasado un año y medio desde que estuvo a punto de morir a causa de una aneurisma, y la operación la había dejado con un permanente aspecto de fragilidad, pero hasta el momento, había rechazado tajantemente cualquier sugerencia acerca de su jubilación.

Había sido un fin de semana inquietante. Su prima nunca había aprobado el trabajo de Dora con Leila. «Contestar las cartas de los admiradores de mujeres insulsas», así denominaba ella el trabajo de Dora.

—Con tu inteligencia podrías encontrar un trabajo mejor. ¿Por qué no te haces maestra voluntaria?

Hacía tiempo que Dora había abandonado la lucha por tratar de explicarle a Elsie que, después de treinta y cinco años de enseñanza, no quería volver a ver un libro de texto nunca más, y que los ocho que llevaba trabajando con Leila habían sido los más excitantes de toda una monótona existencia.

Ese fin de semana había sido bastante abrumador, porque cuando Elsie la descubrió con aquella bolsa llena de correspondencia de los admiradores de Leila, quedó atónita.

—¿Quieres decir que dieciséis meses después de la muerte de esa mujer sigues escribiendo a sus admiradores? ¿Estás loca?

No, no lo estaba, se dijo Dora mientras sin pasar el límite de velocidad, atravesaba la zona vitivinícola. Era un día caluroso y lánguido, pero igual vio unos cuantos autobuses repletos de turistas que se dirigían a visitar los viñedos.

No le había explicado a su prima que el hecho de enviar notas personales a quienes habían amado a Leila era una forma de mitigar el sentimiento de pérdida. Tampoco le había contado la razón por la cual había llevado consigo el pesado saco de correspondencia. Quería saber si le habían enviado otra de esas cartas anónimas como la que había encontrado.

Ésa había sido enviada tres días antes de que Leila muriera. La dirección del sobre y la nota habían sido redactadas con palabras y frases recortadas de diarios y revistas.

Decía así:

Leila:

¿Cuántas veces tengo que escribirte? NO entiendes que Ted está cansado de Ti? SU nueva NOVIA es Hermosa y muCHO más Joven que Tú. TE diJe que eL collar de esmerAldas QUE Le regAló Hace Juego con eL BRAZALeTe QUE te dio a Ti. LE cosTÓ el dOblE y es muCHO meJOR QUE el TUYO. Oí QUE tu OBRA es un deSAstRe. TenDRíAS QUE APReNdeR el LIBreTO. VOLVEré A escRiBiRTe pronTO.

tu Amigo

Al pensar en esa nota y en las otras que debieron de haberla precedido, sintió una nueva oleada de odio.

—Leila, Leila —susurró—. ¿Quién te haría una cosa así?

Ella había comprendido su terrible vulnerabilidad y que esa confianza externa, esa fascinante imagen pública era la fachada de una mujer muy insegura.

Recordó cuando Elizabeth tuvo que irse a estudiar, justamente cuando ella había empezado a trabajar con Leila. Había visto a Leila regresar del aeropuerto desconsolada y bañada en lágrimas.

—Dios, Sammy —le dijo—, no puedo creer que no veré a Sparrow durante meses. ¡Un internado suizo! ¿No será una experiencia extraordinaria para ella? Una gran diferencia con el Lumber Creek High, mi *alma mater*. —Luego agregó dudosa—: Sammy, no tengo programa para esta noche. ¿No quieres quedarte y comer algo juntas?

Los años pasaron tan de prisa, pensó Sammy mientras un autobús le tocaba el claxon y le adelantaba, impaciente. Por alguna razón, ese día, el recuerdo de ella estaba vivo en su memoria. Leila con sus locas extravagancias, gastando el dinero con la misma rapidez con la que lo ganaba. Los dos matrimonios de Leila... Dora le había rogado que no se casara con el segundo.

¿Todavía no has aprendido la lección? No puedes permitirte otro vividor.

Leila abrazada a sus rodillas.

—Sammy, no es malo y me hace reír mucho. Eso es una virtud.

—Si quieres reír, contrata a un payaso.

El abrazo fuerte de Leila.

—Oh, Sammy, prométeme que siempre me dirás la verdad. Quizá tengas razón, pero supongo que lo haré de todos modos.

Librarse de aquel gracioso le costó dos millones de dólares.

Leila con Ted.

—Sammy, no va a durar. Nadie puede ser tan maravilloso. ¿Qué verá en mí?

—¿Estás loca? ¿Has dejado de mirarte al espejo?

Leila siempre tan nerviosa cuando empezaba una nueva película.

—Sammy, estoy pésima en este papel. No tendría que haberlo aceptado. No es para mí.

—Vamos, yo también he leído las críticas. Estás maravillosa.

Había ganado un Oscar por esa actuación.

Pero en esos últimos años le habían dado un papel inapropiado en tres películas. La preocupación por su carrera se convirtió en una obsesión. Su amor por Ted sólo era igualado por su temor a perderlo. Y luego Syd le había llevado la obra de teatro.

«—Sammy, te juro que no tengo que actuar en esta obra. Sólo debo ser yo misma. Es maravilloso.»

Y luego, todo terminó, pensó Dora. Al final, todos la dejamos sola. Yo estaba enferma; Elizabeth estaba de gira con su propia obra; Ted siempre en viajes de negocios. Y alguien que conocía bien a Leila la atacaba con esas cartas malditas, rompiendo su frágil ego y precipitándola a la bebida...

Dora se dio cuenta de que le temblaban las manos. Miró alrededor de ella en busca de un restaurante. Tal vez se sentiría mejor si se detenía a beber una taza de té. Cuando llegara a Cypress Point revisaría el resto de la correspondencia.

Sabía que, de alguna manera, Elizabeth hallaría la forma de descubrir a la persona que había enviado esas malditas cartas.

3

Cuando Elizabeth regresó a su bungalow, halló una nota de Min pinchada junto a su programa en el albornoz.

Decía:

> Mi querida Elizabeth:
> Espero que mientras estés aquí disfrutes de un día de tratamientos y ejercicios. Como sabrás, es necesario que todos los nuevos huéspedes tengan una breve consulta con Helmut antes de comenzar cualquier actividad. Te anoté para su primera cita.
> Por favor, quiero que sepas que tu felicidad y tu bienestar son muy importantes para mí.

La carta estaba escrita con la florida letra de Min. Elizabeth echó un rápido vistazo a su programa. Entrevista con el doctor Helmut von Schreiber a las 8.45, clase de danza aeróbica a las 9.00, masaje a las 9.30, trampolín a las 10.00; ballet acuático, nivel avanzado, a las

10.30 (ésa era la clase que daba ella cuando trabajaba en Cypress Point); masaje facial a las 11.00, masaje corporal a las 11.30 y un baño de hierbas al mediodía. El programa de la tarde incluía manicura, clase de yoga, pedicura y dos ejercicios acuáticos más...

Hubiera preferido no ver a Helmut pero no quería hacer un problema por ello. Su entrevista con él fue breve. Él le tomó el pulso, la presión sanguínea y luego le examinó la piel bajo la luz de un potente foco.

—Tu rostro es como una fina escultura —le dijo—. Eres una de esas personas afortunadas que se tornan más bellas con la edad. Todo depende de la estructura ósea.

Luego, como si estuviera pensando en voz alta, murmuró:

—Salvajemente hermosa, como Leila. Su belleza era del tipo que llega a un punto culminante y luego comienza a desaparecer. La última vez que estuvo aquí, le sugerí un tratamiento con colágeno y también habíamos pensado estirarle los ojos. ¿Lo sabías?

—No. —Elizabeth se dio cuenta con remordimiento de que su reacción ante el comentario del barón era la de sentirse herida porque Leila no le había confiado sus planes. ¿O él le mentía?

—Lo siento —se disculpó Helmut—. No tendría que haberla mencionado. Y si te preguntas sobre por qué no te lo dijo, creo que debes darte cuenta de que ella era muy consciente de la diferencia entre su edad y la de Ted. Yo le aseguré honestamente que eso no importaba entre personas que se aman, después de todo, yo debería saberlo, pero a pesar de eso, empezó a preocuparse. Y verte a ti cada vez más hermosa mientras que ella comenzaba a descubrirse pequeños signos de la edad..., fue un problema para ella.

Elizabeth se puso de pie. Como el resto de las oficinas, ésa tenía el aspecto de una sala bien amueblada. Los estampados azules y verdes de los sillones y las sillas eran claros y sosegados y las cortinas estaban abiertas para permitir que entrara la luz del sol. La vista incluía el campo de golf y el océano...

Sabía que Helmut la estudiaba con interés. Sus cumplidos extravagantes eran la cobertura dulce de una amarga píldora. Trataba de hacerle creer que Leila había comenzado a verla como una competidora. Pero ¿por qué? Recordó con qué hostilidad había estudiado la fotografía de Leila cuando no sabía que lo observaba. Se preguntó si Helmut trataba de vengarse de los comentarios irónicos de Leila sugiriendo que su belleza había comenzado a declinar.

De pronto, el rostro de ella se dibujó en su mente: la exquisita boca, la deslumbrante sonrisa, los ojos color verde esmeralda, el glorioso cabello rojizo como un fuego ardiente sobre sus hombros. Para tranquilizarse, fingió estar leyendo uno de los anuncios publicitarios de Cypress Point. Una frase le llamó la atención: «Como una mariposa que flotaba en una nube.» ¿Por qué le resultaba familiar?

Se le había aflojado el cinturón de la bata y mientras se lo ajustaba se volvió hacia Helmut.

—Si el diez por ciento de las mujeres que gastan una fortuna en este lugar tuvieran tan sólo un fragmento de la belleza de Leila, no tendrías trabajo, barón.

Él no respondió.

El sector femenino estaba más concurrido que la tarde anterior, pero no al punto que lo fuera en otros tiempos. Elizabeth pasó de la clase de ejercicios al tratamiento, contenta de poder hacer gimnasia y también de relajarse bajo las manos expertas de la masajista. Se encontró varias veces con Cheryl en los recreos de diez minutos entre las distintas citas. «Una borracha perdida.» No fue muy amable con ella, pero Cheryl pareció no darse cuenta ya que actuaba en forma despreocupada.

¿Y por qué no? Ted estaba allí y era obvio que ella seguía obnubilada por él.

Alvirah Meehan estuvo en la misma clase de aeróbic que ella, una sorprendente Alvirah muy ágil y con sentido del ritmo. ¿Pero por qué usaba ese broche de forma de sol? Elizabeth se dio cuenta de que Alvirah jugueteaba con el broche cada vez que entablaba una conversación. Y también notó, divertida, los inútiles esfuerzos de Cheryl por librarse de la señora Meehan.

Regresó a su bungalow para almorzar; no quería volver a cruzarse con Ted junto a las piscinas. Mientras comía la ensalada de frutas y bebía té helado, llamó a la compañía y cambió su reserva. Podría tomar el vuelo de las diez desde San Francisco a Nueva York a la mañana siguiente.

Había estado desesperada por salir de Nueva York. Ahora ansiaba regresar con el mismo fervor.

Se puso la bata y se preparó para la sesión de la tarde. Había estado tratando de apartar la imagen de Ted de su mente durante toda la mañana. Ahora volvía a ver su rostro. Dolorido, furioso, implorante. ¿Qué expresión había descubierto? ¿Se pasaría el resto de la vida tratando de apartar esa imagen, después del juicio y el veredicto?

4

Alvirah se dejó caer sobre la cama con un suspiro de alivio. Se moría por dormir un rato, pero sabía que era importante grabar sus impresiones mientras estaban frescas en su memoria. Se acomodó sobre las almohadas, tomó el casete y comenzó a hablar.

—Son las cuatro de la tarde y estoy descansando en mi bungalow. Acabo de terminar mi primer día completo de actividades y debo reconocer que estoy agotada. Prosigamos. Comenzamos con una caminata, luego regresé aquí y la camarera me trajo el programa del día con la bandeja del desayuno, que consistió en un huevo escalfado, un par de tostadas de pan negro y café. Mi programa, que figura en una tarjeta que uno se prende a la bata, me incluía en dos clases de gimnasia acuática, una clase de yoga, un masaje facial, uno corporal, dos clases de baile, un tratamiento con chorros de agua tibia, quince minutos en la sauna y *jacuzzi*.

»Las clases de gimnasia acuática son muy interesantes. Hay que empujar una pelota de playa por el agua, lo que parece ser fácil, pero ahora me duelen los hombros y los músculos de las piernas que ni siquiera sabía que existían. La clase de yoga no estuvo mal, pero no pude poner mis rodillas en la posición del loto. La clase de baile fue divertida. Tengo que confesar que siempre fui buena bailarina, y a pesar de que esto es saltar de un pie al otro y patear en el aire, dejo atrás a muchas mujeres jóvenes. Tal vez tendría que haber sido bailarina de rock.

»El tratamiento con los chorros de agua es algo que sirve para el control de la obesidad. Encienden las poderosas mangueras sobre el cuerpo desnudo y hay que agarrarse a una barra de metal, rezando para no ser barrido por el agua. Se supone que esto rompe las células grasas y si es verdad, estoy dispuesta a soportar tratamientos diarios.

»La clínica es un edificio muy interesante. Desde fuera parece la casa principal, pero dentro es muy diferente. Todas las salas de tratamiento tienen entradas individuales y los senderos que conducen a ellas están disimulados por arbustos. La idea es que la gente no se cruce cuando se dirigen a sus citas o salen de ellas. A mí no me importa si todo el mundo se entera de que van a aplicarme inyecciones de colágeno para suavizar las líneas alrededor de la boca, pero entiendo que alguien como Cheryl Manning se molestase si fuera de conocimiento público.

»Tuve una entrevista con el barón Von Schreiber esta mañana acerca de las inyecciones de colágeno. El barón es un hombre apuesto y encantador. Me halaga la forma como se inclina para saludarme. Si fuera su esposa, temería poder perderlo, en especial si fuera quince años mayor que él. Creo que son quince años, pero lo verificaré cuando escriba mi artículo.

»El barón me examinó el rostro bajo una luz muy fuerte y me dijo que tenía la piel bastante tersa y que el único tratamiento que sugería, además de los masajes faciales y las máscaras de belleza, eran las inyecciones de colágeno. Le expliqué que cuando hice la reserva, la recepcionista, Dora Samuels, me sugirió que me hiciera una prueba para ver si era alérgica al colágeno y lo hice. No soy alérgica, pero le dije al barón que las agujas me asustan y le pregunté cuántas aplicaciones serían necesarias.

»Fue muy amable. Me dijo que a muchas personas les asustan las agujas, por esa razón, cuando reciba el tratamiento, la enfermera me dará un Valium doble y cuando comience con las inyecciones sólo sentiré como si fueran picaduras de mosquitos.

»Ah, una cosa más. La oficina del barón tiene hermosas pinturas, pero quedé realmente fascinada por la publicidad para Cypress Point que apareció en revistas tales como *Architectural Digest*, *Town and Country* y *Vogue*. Me dijo que había una copia en cada bungalow. ¡Está tan bien redactado!

»El barón parecía complacido de que lo hubiera notado. Y me dijo que él mismo había participado en su creación.

5

Ted pasó la tarde trabajando en el gimnasio de hombres. Con Craig a su lado, remó en botes estáticos, pedaleó en bicicletas estáticas y corrió en los aparatos de gimnasia.

Decidieron terminar con natación y encontraron a Syd en la piscina cubierta. Impulsivamente, Ted los desafió a una carrera. Había estado nadando todos los días en Hawai, pero llegaba apenas antes que Craig. Para su sorpresa, hasta Syd llegó a pocos centímetros detrás de él.

—Te mantienes en forma —le dijo. Siempre había pensado que Syd era sedentario, pero el hombre tenía una fuerza sorprendente.

—Tuve tiempo de mantenerme en forma. Estar todo el día sentado en una oficina esperando que suene el teléfono es aburrido. —Con un tácito acuerdo, se dirigieron hacia las sillas más alejadas de la piscina para evitar ser oídos.

—Me sorprendí al encontrarte aquí, Syd. Cuando hablamos la semana pasada no me dijiste que vendrías. —Ted lo miró con frialdad.

Syd se encogió de hombros.

—Vosotros tampoco me dijisteis que vendríais. No fue idea mía. Cheryl tomó la decisión. —Miró a Ted—. Debe de haber escuchado que estarías aquí.

—Min tendría que empezar por callarse la boca...

Syd interrumpió a Ted. Le hizo señas al camarero que iba de mesa en mesa ofreciendo bebidas.

—Perrier.

—Que sean tres —dijo Craig.

—¿Piensas tragarla por mí también? —preguntó Ted—. Yo quiero un refresco —le dijo al camarero.

—Nunca tomas refrescos —comentó Craig con suavidad. Lo miró con ojos tolerantes y cambió de opinión—. Traiga dos Perrier y un zumo de naranja.

Syd prefirió ignorar el juego.

—No creo que Min hablara, pero hay empleados que reciben dinero de los columnistas a cambio de información. Bettina Scuda llamó a Cheryl ayer por la mañana. Seguramente le dijo que vosotros estabais en camino. ¿Qué diferencia hay? Ella trata de atraparte otra vez. ¿Acaso es algo nuevo? Úsala. Se muere por salir de testigo por ti en el juicio. Si alguien puede convencer al jurado de lo loca que estuvo Leila en Elaine's, ésa es Cheryl. Y yo la apoyaré.

Puso una mano sobre el hombro de Ted en gesto amistoso.

—Todo esto apesta. Te ayudaremos a vencerlo. Puedes contar con nosotros.

—Traducido, eso significa que le debes una —comentó Craig mientras se dirigían al bungalow de Ted—. No dejes que te afecte. ¿Qué hay si perdió un millón de dólares en esa maldita obra? Tú perdiste cuatro millones y fue él quien te convenció de que invirtieras.

—Invertí porque leí la obra, y sentí que alguien había logrado captar la esencia de Leila; había creado un personaje que era divertido, vulnerable, obstinado, imposible y compasivo a la vez. Tendría que haber sido todo un éxito para ella.

—Fue un error de cuatro millones —dijo Craig—. Lo siento Ted, pero me pagas para que te aconseje.

Henry Bartlett se pasó la mañana en el bungalow de Ted revisando la transcripción de la audiencia con el gran jurado y hablando por teléfono con su oficina de Park Avenue.

—Si decidimos la defensa por locura temporal, necesitaremos mucha documentación acerca de casos similares que hayan tenido éxito —les dijo—. Llevaba una camiseta de algodón de cuello abierto y pantalones cortos color caqui. «¡El *sahib*!», pensó Ted. Se preguntó si Bartlett usaba pantalones hasta la rodilla en el campo de golf.

La mesa estaba cubierta de papeles escritos.

—¿Recuerdas cuando Leila, Elizabeth, tú y yo jugábamos al Scrabble en esta mesa? —le preguntó a Craig.

—Y tú y Leila ganabais siempre. Elizabeth perdía conmigo. Tal como Leila decía: «Los bulldogs no saben deletrear.»

—¿Y eso qué quiere decir? —preguntó Henry.

—Oh, Leila le ponía sobrenombres a todos sus amigos íntimos —le explicó Craig—. El mío era Bulldog.

—No estoy seguro de que me hubiese gustado que me llamara así.

—Sí, le hubiese gustado. Cuando Leila apodaba a alguien era que ese alguien formaba parte de su círculo íntimo.

¿Era eso verdad?, se preguntó Ted. Si se analizaban los sobrenombres que Leila ponía, siempre tenían un doble sentido. Halcón: ave entrenada para cazar y matar. Bulldog: un perro de pelo corto, mandíbulas cuadradas, musculatura pesada y fuertes garras.

—¿Qué os parece si almorzamos? —propuso Henry—. Nos espera una larga tarde de trabajo.

Mientras comían un emparedado, Ted explicó su encuentro con Elizabeth.

—Así que puedes olvidar la sugerencia de ayer —le dijo a Henry—. Es como pensaba. Si admito la posibilidad de que regresé al apartamento de Leila, cuando Elizabeth termine con su testimonio estaré camino a Ática.

De hecho fue una tarde larga. Ted escuchó la teoría sobre locura temporal que explicó Henry Bartlett.

—Leila te rechazó en público y, además, había abandonado la obra donde invertiste cuatro millones de dólares. Al día siguiente, trataste de convencerla para que os reconciliarais, pero ella siguió insultándote.

—Podía permitirme esa pérdida de dinero —lo interrumpió Ted.

—Tú lo sabes. Yo lo sé. Pero el tipo del jurado que está atrasado en los pagos del coche no lo creerá.

—Me niego a aceptar que pude haber matado a Leila. Ni siquiera lo consideraré.

El rostro de Bartlett comenzaba a encenderse.

—Ted, es mejor que entiendas que estoy tratando de ayudarte. No podemos admitir que pudiste haber regresado al apartamento de Leila. Si no admitimos un bloqueo total de tu parte, tenemos que destruir el testimonio de Elizabeth Lange o el de la testigo. Pero ambos, no. Ya te lo dije antes.

—Hay una posibilidad que me gustaría examinar —sugirió Craig—. Tenemos información psiquiátrica acerca de esa testigo. Yo le había sugerido al primer abogado de Ted que pusiera un detective para que la siguiera y tener así un panorama más completo sobre ella. Sigo pensando que es una buena idea.

—Lo es. —Los ojos de Bartlett desaparecieron bajo el entrecejo fruncido—. Quisiera que se hubiese hecho hace mucho tiempo.

Están hablando de mí —pensó Ted—. Están discutiendo lo que puede o no hacerse para ganar mi eventual libertad como si yo no estuviera aquí. Sintió una furia que ya le era familiar y deseos de darles una patada. ¿Darles una patada? ¿Al abogado que supuestamente ganaría su caso? ¿Al amigo que había sido sus ojos, sus oídos y su voz durante esos últimos meses? Pero no quiero que me saquen la vida de las manos —pensó Ted y sintió un gusto amargo en la boca—. No puedo culparlos, pero tampoco puedo confiar en ellos. No importa cómo, pero será lo que he sabido desde siempre: tendré que cuidarme solo.

Bartlett seguía hablando con Craig.

—¿Tienes alguna agencia en mente?

—Dos o tres. Las usamos cuando tuvimos un problema interno y no quisimos que trascendiera. —Le nombró las agencias de investigación.

Bartlett asintió.

—Todas son buenas. Averigua cuál puede ocuparse de inmediato del caso. Quiero saber si Sally Ross bebe; si tiene amigos en los que confía; si ha discutido el caso con ellos; si alguien estuvo con ella la noche en que murió Leila LaSalle. No olvides que todos creen que estaba en su piso mirando hacia la terraza de Leila en el preciso momento en que la empujaron.

Miró a Ted.

Con la ayuda de Teddy o sin ella, pensó.

Cuando por fin Craig y Henry lo dejaron, a las cinco y cuarto, Ted se sentía exhausto. Encendió el televisor pero lo apagó al instante. Por cierto que no aclararía sus ideas mirando melodramas. Un paseo le haría bien, un largo paseo a fin de poder respirar el aire salado del mar y pasar quizá por la casa de sus abuelos, donde habían transcurrido tantos momentos felices de su niñez.

Sin embargo, prefirió darse una ducha. Fue hasta el baño y se quedó mirando su imagen en el espejo. Tenía algunas canas en las sienes, marcas de cansancio alrededor de los ojos y tirantez alrededor de la boca. «La tensión se manifiesta tanto mental como físicamente.» Había oído decir esa frase a un psicólogo en un programa de noticias matutino. No miente, pensó.

Craig le había sugerido que compartieran un bungalow con dos dormitorios, pero no obtuvo respuesta y captó el mensaje.

¿No sería agradable que todos entendieran, sin tener que decirlo, que necesitaba un poco de espacio? Se desvistió y arrojó la ropa sucia al cesto.

Con una sonrisa a medias recordó cómo Kathy, su

primera esposa, le había quitado la costumbre de ir arrojando la ropa por doquier a medida que se desvestía. Recordaba muy bien cómo le gritaba:

—No me importa lo rica que sea tu familia. Creo que es desagradable esperar que otro ser humano vaya recogiendo lo que dejas tirado por ahí.

—Pero es ropa distinguida.

Su rostro en el cabello de ella. Su perfume de veinte dólares.

—Ahorra tu dinero. No puedo usar perfumes caros. Me trastornan.

La ducha helada lo alivió del fuerte dolor de cabeza. Sintiéndose un poco mejor, Ted se envolvió en la bata y llamó a la camarera para que le llevara un poco de té helado. Hubiera sido agradable disfrutarlo fuera, pero era demasiado riesgo. No quería entablar conversación con nadie. Cheryl. Sería típico de ella pasar «por casualidad» por allí. ¿Nunca se repondría de esa relación pasajera que habían tenido? Era hermosa, había sido divertida y tenía una cierta habilidad para lograr lo que quería pero, aun cuando no estuviera pendiente el juicio, no volvería a salir con ella.

Se acomodó en el sofá desde donde podía observar las gaviotas sobrevolando la espuma del mar, alejadas de la amenaza de las mareas y del poder de las olas que podían estrellarlas contra las rocas.

Sintió que empezaba a sudar al pensar en el juicio. Impaciente, se puso de pie y abrió la puerta que daba a uno de los lados. Los últimos días de agosto solían tener ese aire fresco. Se apoyó contra la barandilla.

¿Cuándo había empezado a darse cuenta de que, después de todo, él y Leila no lo lograrían? La desconfianza en los hombres tan arraigada en su mente se había tornado insoportable. ¿Era ésa la razón por la que sin escuchar el consejo de Craig había invertido todo ese dinero en su obra? ¿Inconscientemente había deseado que ella alcanzara un éxito tan grande que le hiciera olvidar los requerimientos sociales de su vida o su deseo de formar una familia? Leila era actriz, en primer y último lugar, siempre lo había sido. Hablaba de querer tener un hijo, pero no era verdad. Había satisfecho sus instintos maternales al criar a Elizabeth.

Comenzaba a caer el sol sobre el Pacífico. Un rumor de grillos y saltamontes llenaba el aire. Noche. Cena. Ya podía imaginar la expresión de los rostros alrededor de la mesa. Min y Helmut, sonrisas tontas, miradas preocupadas. Craig tratando de leerle la mente. Syd, con un cierto nerviosismo desafiante. ¿Cuánto les debía Syd a las personas que equivocadamente habían invertido dinero en sus obras? ¿Cuánto le pediría prestado? ¿Cuánto valía su testimonio? Cheryl, toda seducción. Alvirah Meehan, jugando con ese maldito broche en forma de sol, y mirándolo todo con curiosidad. Henry, mirando a Elizabeth a través de los cristales que dividían el comedor. Y finalmente, Elizabeth, con el rostro frío y lleno de desprecio, estudiándolos a todos.

Ted bajó la mirada. El bungalow había sido construido sobre una loma y desde allí podía observar los arbustos con sus flores rojas. Ciertas imágenes acudieron a su mente y se apresuró a entrar.

Todavía temblaba cuando la camarera le llevó el té helado. Sin prestarle atención a la delicada colcha de satén, se arrojó sobre la cama. Deseó que la noche, con todo lo que acarreaba, hubiera terminado.

Sus labios se curvaron en un débil intento por sonreír. ¿Por qué quería que finalizara el día? ¿Qué tipo de comidas sirven en la prisión?

Tendría mucho tiempo para descubrirlo.

6

Dora llegó a las dos y media de la tarde, dejó la maleta en su habitación y se dirigió directamente a su escritorio en la recepción.

Min le había permitido guardar la correspondencia sin contestar de los admiradores de Leila en el cuarto de archivos. Dora solía sacar un grupo de cartas por vez y las guardaba en el último cajón de su escritorio. Sabía que ver la correspondencia de Leila irritaba a Min, pero en ese momento no le importaba. Tenía el resto del día libre y quería otras cartas.

Una vez más, Dora estudió la carta anónima. Cada vez que la leía, aumentaba su convicción de que en ella había algo de verdad. A pesar de lo feliz que Leila había sido con Ted, su aflicción por las últimas tres o cuatro películas la había convertido en un ser temperamental y malhumorado. Dora había notado la creciente impaciencia de Ted ante sus estallidos. ¿Se habría relacionado con otra mujer?

Eso es en lo que Leila pensaría al leer las cartas. Eso explicaría la ansiedad, la bebida, el desaliento de los últimos meses. Leila solía decirle: «Sólo hay dos personas en las que de verdad puedo confiar en este mundo: Sparrow y Halcón. Y ahora en ti también, Sammy.» Dora se sintió honrada. «Y Queen Elizabeth II (así llamaba Leila a La baronesa Von Schreiber) es una amiga entrañable siempre que haya dinero de por medio y si no contradice lo que su Soldadito de juguete quiere.»

Dora llegó a la oficina y se alegró de que Helmut y Min no estuvieran allí. Era un día soleado y corría una leve brisa del Pacífico. A lo lejos, sobre el terraplén encima del océano, veía las escarchadas, esas plantas que vivían del agua y el aire.

Elizabeth y Ted habían sido como el agua y el aire para Leila.

128

Se apresuró a entrar en el archivo. Con la pasión de Min por la decoración, hasta ese pequeño cuarto tenía un diseño extravagante. Los archivadores hechos por encargo eran de color amarillo y el piso de cerámica de color oro y ámbar, un aparador jacobino se había convertido en un armario para guardar cosas.

Todavía quedaban dos sacos llenos de correspondencia. Iban desde hojas arrancadas de cuadernos de algún niño hasta papeles exquisitamente perfumados. Dora tomó algunos sobres y los llevó hasta su escritorio.

Era un proceso lento. No podía suponer que otra carta anónima estaría escrita con las mismas letras y números recortados como la que ya había encontrado. Comenzó con las que Leila ya había visto. Después de cuarenta minutos, no había encontrado nada. La mayoría de las cartas decían lo usual: «Eres mi actriz preferida... Le puse su nombre a mi hija. La vi en el programa de Johnny Carson. Estaba hermosa y fue muy graciosa...» Sin embargo, también había duras críticas: «Es la última vez que gasto cinco dólares para verla. Qué película tan mala... ¿Lees los guiones, Leila, o aceptas todo lo que puedas conseguir?»

Estaba tan concentrada que no se dio cuenta de la llegada de Min y Helmut a las cuatro de la tarde. Un minuto antes estaba sola y ahora ellos se acercaban a su escritorio. Alzó la mirada y trató de adoptar una sonrisa natural; con un movimiento rápido, ocultó la carta anónima en la pila de sobres.

Era evidente que Min estaba molesta. Pareció no notar que Dora había llegado temprano.

—Sammy, tráeme el archivo de la casa de baños.

Min aguardó a que Sammy fuera a buscarlo. Cuando regresó, Helmut extendió la mano para tomar el sobre manila, pero Min se le adelantó. Estaba muy pálida. Helmut le palmeó el brazo.

—Min, por favor, te estás poniendo muy nerviosa.

Ella lo ignoró.

—Ven adentro —le ordenó a Dora.

—Primero ordenaré un poco —respondió indicándole el escritorio.

—Olvídalo, no importa.

No había nada que hacer. Si intentaba esconder la carta en su cajón, Min le exigiría que se la mostrara. Dora se acomodó el cabello y siguió a Min y Helmut a su oficina privada. Algo andaba muy mal y tenía que ver con el maldito baño romano.

Min fue a su escritorio, abrió el archivo y comenzó a buscar entre los papeles. La mayoría eran cuentas del contratista.

—Quinientos mil dólares, trescientos mil, veinticinco mil... —repetía alzando cada vez más el tono de voz—. ¡Y ahora otros cuatrocientos mil antes de empezar a trabajar en el interior! —Arrojó los papeles sobre el escritorio y dejó caer el puño sobre ellos.

Dora fue a buscar un vaso con agua fría a la nevera. Helmut dio la vuelta al escritorio, puso las manos sobre las sienes de Min y comenzó a masajearla suavemente para que se tranquilizara.

—Minna, Minna, debes relajarte. Piensa en algo agradable. Te subirá la tensión.

Dora le entregó el vaso de agua a Min y miró con desprecio a Helmut. Este despilfarrador llevará a Min a la tumba con sus locos proyectos, pensó. Min había tenido razón cuando sugirió que pusieran una tarifa menor para la parte de atrás de Cypress Point. Eso hubiera funcionado. En esos días, tanto las secretarias como los de la alta sociedad iban a los establecimientos de descanso. En su lugar, ese estúpido pomposo había convencido a Min para que construyera la casa de baños. «Será algo de lo que hablará todo el mundo», era su frase favorita. Dora conocía las finanzas del lugar tan bien como ellos. Y no podía continuar así. Interrumpió los ruegos de Helmut.

—Minna, Minna...

—Suspendan los trabajos en la casa de baños de inmediato —sugirió Dora—. La fachada está terminada así que no queda mal. Digan que el mármol que encargaron del exterior se ha retrasado. Nadie notará la diferencia. El contratista ya ha recibido bastante dinero, ¿no es así?

—En efecto —asintió Helmut. Y le dedicó una amplia sonrisa a Dora como si ella acabara de resolver un intrincado problema—. Dora tiene razón Min. Suspenderemos los trabajos en la casa de baños.

Min lo ignoró.

—Quiero revisar los números otra vez. —Durante la siguiente media hora estuvieron revisando y comparando los contratos, las cifras estimativas y las reales. En un momento, Min abandonó la habitación y después lo hizo Helmut. Que no se acerquen a mi escritorio, rogó Dora. Sabía que en cuanto Min se calmara, se molestaría por el desorden en el escritorio.

Por fin, Min arrojó los bocetos originales sobre su escritorio.

—Quiero hablar con ese maldito abogado. Parece como si el contratista pudiera cobrar suplementos por cada fase del trabajo.

—Este contratista tiene alma —explicó Helmut—. Comprende el concepto de lo que estamos haciendo. Minna, dejemos la obra por el momento. Dora tiene razón. Convirtamos el problema en una virtud. Estamos aguardando un cargamento de mármol de Carrara. No nos conformamos con nada menos, ¿verdad? Seguirán admirándonos como puristas. *Liebchen*, ¿no sabes que crear el deseo por algo es tan importante como concretarlo?

De repente, Dora se dio cuenta de que había otra persona en la oficina. Alzó la mirada. Cheryl estaba de pie con su sinuoso cuerpo contra el marco de la puerta y una mirada divertida.

—¿Vine en un mal momento? —preguntó con tono alegre. Sin esperar una respuesta, se acercó al escritorio y se inclinó por encima de Dora—. Oh, veo que está revisando los planos del baño romano. —Se puso a estudiarlos.

»Cuatro piscinas, cuartos de vapor, saunas, más salas de masajes, cuartos de descanso... Me encanta la idea de dormir una siesta después de un baño de aguas minerales. A propósito, ¿no saldrá una fortuna poner verdadera agua mineral en los baños? ¿Piensan inventarla o traerla desde Baden-Baden? —Se enderezó con gracia—. Me parece que necesitáis un poco de capital. Ted respeta mi opinión, ¿sabéis? De hecho, él solía escucharme antes de que Leila lo atrapara en sus garras. Nos veremos en la cena.

Cuanto llegó a la puerta se detuvo y se volvió.

—Oh, a propósito, Min, querida, dejé mi cuenta sobre el escritorio de Dora. Estoy segura de que por error la dejaron en mi bungalow. Sé que querías que fuera tu invitada.

Cheryl efectivamente lo había hecho. Dora sabía que eso significaba que había revisado la correspondencia. Cheryl era lo que era. Y seguramente había visto la carta anónima.

Min miró a Helmut con los ojos anegados de lágrimas de frustración.

—Sabe que estamos atravesando por un problema financiero y sería típico de ella hacer correr la noticia. Ahora tenemos otro huésped que no paga, y no creas que no usará Cypress Point como su segundo hogar. —Con desesperación, Min guardó las cuentas y bocetos en el sobre.

Dora lo archivó nuevamente. El corazón le latía con fuerza cuando se acercó a su escritorio. Las cartas estaban todas desparramadas y faltaba la que le habían enviado a Leila.

Consternada, Dora trató de pensar qué daños podría causar esa carta. ¿Podrían utilizarla para chantajear a Ted? ¿O el que la había enviado estaba ansioso por recuperarla por miedo a que la rastrearan?

¡Si no hubiese estado leyéndola cuando Min y Helmut llegaron! Sólo entonces notó que, pegado a su calendario, estaba la cuenta de Cheryl por la semana en Cypress Point.

Y además había escrito en ella «PAGADO.»

7

A las seis y media sonó el teléfono en el bungalow de Elizabeth. Era Min.

—Quiero que esta noche cenes conmigo y con Helmut. Ted, su abogado, Craig, Cheryl y Syd se irán a cenar fuera. —Por un momento pareció la Min de siempre: imperiosa, sin aceptar nunca una negativa. Pero luego, antes de que Elizabeth pudiera responder, su tono se suavizó—. Por favor, Elizabeth. Te irás a casa mañana por la mañana. Te hemos extrañado durante todo este tiempo.

—¿Es otro de tus juegos, Min?

—Me equivoqué al forzar el encuentro de anoche. Sólo puedo decir que lo siento.

Min parecía cansada y Elizabeth sintió pena por ella. Si había elegido creer en la inocencia de Ted, era su problema. Su plan para que se encontraran había sido atroz, pero así era Min.

—¿Estás segura de que ninguno de ellos estará en el comedor?

—Lo estoy. Ven con nosotros. Te irás mañana y casi no te hemos visto.

No era típico de Min tener que rogar. Ésa sería la única ocasión para estar con ella y, además, a Elizabeth no le entusiasmaba demasiado la idea de cenar sola.

Había tenido una tarde completa en el salón, incluyendo un tratamiento de belleza, dos clases de gimnasia, pedicuro, manicura y, por último, una clase de yoga en la que había tratado de liberar su mente, pero por más que se concentrara, no podía obedecer las relajantes sugerencias del instructor. Una y otra vez, contra su voluntad, escuchaba la pregunta de Ted: «Si admito haber regresado a su apartamento, ¿no pude haber estado tratando de salvarla?»

—¿Elizabeth...?

Elizabeth apretó con fuerza el teléfono y miró alrededor, observando el monocromático decorado de ese costoso bungalow. Min lo llamaba «verde Leila». Había sido bastante despótica la noche anterior, pero ciertamente había amado a Leila. Elizabeth aceptó la invitación.

El espacioso baño incluía una profunda bañera, *jacuzzi*, ducha escocesa y una instalación de vapor. Eligió la forma preferida de Leila para relajarse. Recostada en la bañera aprovechaba el *jacuzzi* y el vapor al mismo tiempo. Con los ojos cerrados y la cabeza apoyada sobre una almohadilla blanda, sintió que la tensión comenzaba a ceder bajo el vapor relajante y el masaje del agua.

Volvió a maravillarse de lo costoso del lugar. Min debió de haber gastado los millones que heredó. Era notorio que los empleados más antiguos estaban preocupados por lo mismo. Rita, la manicura, le había contado la misma historia que la masajista.

—Te digo algo, Elizabeth, Cypress Point no es lo mismo desde que Leila murió. Ahora, los que siguen a las celebridades van a «la costa». Por cierto que ves a algunas estrellas por aquí, pero te aseguro que ninguna de ellas paga la cuenta.

A los veinte minutos, el vapor se apagaba en forma automática. Elizabeth se dio una ducha fría rápida y luego se envolvió en un esponjoso toallón y se puso una toalla en la cabeza. Pero había algo que pasó por alto debido a su furia por hallar a Ted allí. Min había amado a Leila de verdad. Su angustia después de su muerte no fue ficticia. ¿Pero Helmut? La forma hostil en que observaba la fotografía, la sutil sugerencia de que estaba perdiendo su belleza..., ese odio... No podían ser las bromas que Leila le hacía llamándolo «Soldadito de juguete». Siempre se reía cuando las oía. Recordó la vez en que se presentó a cenar en el apartamento de Leila llevando un viejo sombrero de soldadito de juguete.

—Pasé por una tienda de disfraces, vi el sombrero en el escaparate y no pude resistirme —explicó mientras todos lo aplaudían. Leila rió hasta el cansancio y lo besó.

—Sois un buen muchacho, mi lord... —le dijo...

¿Qué había provocado entonces su ira? Elizabeth se secó el cabello con la toalla, se lo cepilló hacia atrás y lo recogió en un rodete. Mientras se maquillaba y se aplicaba brillo en los labios y las mejillas, le parecía oír la voz de Leila: «Por Dios, Sparrow, cada día estás más bonita. Tuviste suerte de que mamá tuviera un romance con el senador Lange cuando te concibió. ¿Recuerdas a algunos de los demás hombres? ¿Qué te parecería haber sido hija de Matt?»

El año anterior había participado en el repertorio de verano. Cuando el espectáculo llegó a Kentucky, fue al diario más importante de Louisville y buscó referencias de Everett Lange. Su necrología de cuatro años antes, daba detalles de su familia, medio ambiente, educación, su casamiento con una mujer de la alta sociedad, sus logros en el Congreso. En la fotografía, descubrió una versión masculina de sus rasgos... ¿Su vida hubiera sido diferente de haber conocido a su padre? Descartó ese pensamiento.

Todos se vestían de gala para la cena en Cypress Point. Había elegido una túnica de seda blanca con un cinturón anudado y sandalias plateadas. Se preguntó si Ted y los demás habrían ido al Cannery en Monterrey. Era su lugar favorito.

Una noche, tres años atrás, cuando Leila tuvo que salir inesperadamente para rodar algunas escenas adicionales, Ted la había llevado al Cannery. Se quedaron conversando durante varias horas y él le contó acerca de los veranos que había pasado en Monterrey en casa de sus abuelos, del suicidio de su madre cuando él tenía doce años, de cuánto había odiado a su padre. Y también del mortal accidente que le costó la vida a su esposa y a su hijo.

—No podía funcionar —le dijo—. Durante dos años estuve como un zombi. Si no hubiese sido por Craig, habría pasado el control ejecutivo de mi empresa a otra persona. Él funcionó por mí. Se convirtió en mi voz. Era prácticamente yo.

Al día siguiente, Ted le dijo:

—Sabes escuchar.

Sabía que se sentía incómodo por haber revelado tantas cosas íntimas sobre su vida.

Ella aguardó deliberadamente a que la hora del cóctel hubiera terminado para salir del bungalow. Cuando llegó hasta el sendero que conducía a la casa principal, se detuvo para apreciar la escena que se desarrollaba en la galería. La casa iluminada, las personas elegantes reunidas en grupos de dos o tres, bebiendo sus cócteles sin alcohol, riendo, conversando, separándose, reuniéndose en nuevas unidades sociales.

Era consciente de la deslumbrante claridad de las estrellas contra la oscuridad del cielo, de los faroles situados con gracia para iluminar los caminos y acentuar las flores de los setos, del sonido plácido del Pacífico al bañar el borde de la playa, de la sombra vaga de la casa de baños, con su exterior de mármol negro que brillaba bajo el reflejo de la luz.

¿Adónde pertenecía?, se preguntó Elizabeth. Mientras trabajaba en Europa le había resultado más fácil olvidar su soledad. En cuanto la película estuvo terminada, regresó de inmediato a su apartamento, segura de que allí encontraría el paraíso, y que la familiaridad de Nueva York le daría una cálida bienvenida. Pero a los diez minutos, la asaltó la imperiosa necesidad de huir de allí y se aferró a la invitación de Min como una ahogada a un salvavidas. Ahora contaba las horas que le faltaban para regresar a Nueva York. Se sentía como si no tuviera hogar.

¿Sería el juicio como una purga para sus emociones? ¿El hecho de saber que había colaborado en el castigo del asesino de Leila la ayudaría a relajarse, a comunicarse con otras personas, a comenzar una nueva vida?

—Disculpe. —Una joven pareja estaba detrás de ella. Elizabeth reconoció al muchacho: era un conocido jugador de tenis. ¿Durante cuánto tiempo había estado bloqueándoles el camino?

—Lo siento. Estaba distraída. —Elizabeth se hizo a un lado y los jóvenes pasaron junto a ella con las manos entrelazadas. Ella los siguió lentamente hasta la terraza al final del sendero. Un camarero le ofreció una bebida. La aceptó y se acercó al extremo más alejado. No sentía deseos de conversar banalidades.

Min y Helmut caminaban por entre sus invitados con la habilidad de veteranos anfitriones. Min llevaba una túnica de seda color amarillo y pendientes de diamantes que caían en cascada. Un tanto sorprendida, Elizabeth notó que en realidad Min era delgada y que era su abundante pecho y su andar soberbio lo que la convertía en una figura imponente.

Como siempre, Helmut estaba impecable con una chaqueta de seda azul marino y pantalones de franela color borgoña. Rezumaba encanto, se inclinaba al tomar las manos, sonreía, levantaba una ceja perfectamente arqueada... El caballero ideal. Pero ¿por qué odiaba a Leila?

Esa noche, los salones del comedor estaban decorados de tonos rosados: manteles, servilletas, centros de mesa y una delicada porcelana Lenox engamados en el mismo color. La mesa de Min estaba preparada para cuatro personas. Cuando Elizabeth se acercó, vio que el *maître* le tocaba el brazo a Min y la dirigía hacia el teléfono de su escritorio.

Cuando Min regresó se la veía que estaba molesta. A pesar de eso, su saludo pareció genuino:

—Elizabeth, al fin un rato para estar juntas. Quería daros a ti y a Sammy una agradable sorpresa. Sammy regresó temprano. No debió de haber visto la nota que le dejé y no se ha enterado de que estabas aquí. La invité a nuestra mesa para que cenemos juntos, pero acaba de llamar para disculparse porque no se siente bien. Le he dicho que tú estabas con nosotros e irá a buscarte a tu bungalow después de la cena.

—¿Está enferma? —preguntó preocupada.

—Tuvo un largo viaje. De todas formas, tiene que comer. Esperaba que hiciera el esfuerzo. —Era evidente que Min no quería seguir hablando sobre el tema.

Elizabeth observó cómo vigilaba los alrededores. Les hacía señas a los camareros que no estaban correctamente vestidos, volcaban alguna copa o rozaban la silla de algún huésped. Luego, se le ocurrió que no era propio de Min invitar a Sammy a su mesa. ¿Era posible

que Min sospechara que existía una razón en especial
por la que había esperado ver a Sammy y quería averiguar cuál era?

¿Y era Sammy capaz de eludir la trampa?

—Siento llegar tarde. —Alvirah Meehan corrió la
silla antes de darle tiempo al camarero para que la ayudara—. La cosmetóloga me hizo un maquillaje especial después de vestirme —comentó radiante—. ¿Cómo estoy?

Alvirah llevaba un caftán de cuello alto color beige
con una intrincada guarda en marrón. Parecía una
prenda costosa. Lo compré en la boutique —explicó—.
Tienen cosas hermosas. Y compré todos los productos
que me indicó la cosmetóloga. Me ayudó mucho.

Cuando Helmut se acercó a la mesa, Elizabeth estudió divertida el rostro de Min. Uno tenía que ser invitado a sentarse a la mesa de Min y Helmut, cosa que
la señora Meehan parecía no comprender. Min podía
explicárselo y llevarla a otra mesa. Pero, por otra parte,
la señora Meehan ocupaba el bungalow más costoso de
todo Cypress Point; era obvio que compraba todo lo
que veía y ofenderla sería una tontería. Una sonrisa
profesional se dibujó en los labios de Min.

—Está elegantísima —le dijo a Alvirah—. Mañana,
la ayudaré personalmente a elegir otras cosas.

—Es muy amable. —Alvirah jugó con su broche y
se volvió hacia Helmut—. Barón, tengo que decirle que
estuve releyendo su publicidad, ya sabe, la que ha puesto en el bungalow?

—¿Sí?

Elizabeth se preguntó si sería su imaginación o
Helmut se mostraba precavido.

—Bien, déjeme decirle que todo lo que dice sobre
este lugar es verdad. Recuerde: «Después de una semana aquí, se sentirá libre y sin problemas como una mariposa flotando en una nube.»

—Sí, el anuncio dice algo parecido.

—Pero fue usted quien lo escribió, ¿no?

—Dije que había participado, pero tenemos una agencia.

—Tonterías, Helmut. La señora Meehan está obviamente de acuerdo con el texto del anuncio. Sí, señora Meehan, mi esposo es muy creativo. Él personalmente escribe el saludo de todos los días, y hace diez años, cuando convertimos el hotel en lo que es ahora, no aceptaba la copia que nos habían dado de la publicidad y la reescribió por completo. El anuncio ganó varios premios, y es por eso que pusimos una copia del mismo en cada habitación.

—Hizo que personas importantes quisieran venir aquí —dijo Alvirah—. Cómo me hubiese gustado ser una mosca en la pared para escucharlos a todos... —Miró a Helmut—. «O una mariposa flotando en una nube.»

Estaban comiendo el postre de bajas calorías cuando Elizabeth pensó en lo hábil que había sido la señora Meehan para provocar a Helmut y a Min. Le habían relatado historias que Elizabeth jamás había oído antes: acerca de un millonario excéntrico que se presentó el día de la inauguración en bicicleta arrastrado por su majestuoso Rolls-Royce, o sobre cómo habían enviado un avión especialmente de Arabia Saudí para recoger una fortuna en joyas que una de las cuatro esposas de un jeque había olvidado detrás de una mesa cerca de la piscina...

Cuando estaban por dejar la mesa, Alvirah formuló una última pregunta:

—¿Quién fue el huésped más excitante que han tenido?

Sin dudarlo, sin ni siquiera mirarse entre sí, ambos respondieron:

—Leila LaSalle.

Por alguna razón, Elizabeth tuvo un escalofrío.

Elizabeth no esperó el café ni el programa musical. En cuanto llegó a su bungalow, llamó a Sammy por teléfono. No respondió nadie. Sorprendida, marcó el número de su oficina.

La voz de Sammy tenía un acento de urgencia.

—Elizabeth, casi me desmayo cuando Min me dijo que estabas aquí. No, estoy muy bien. Iré en seguida.

Diez minutos después, Elizabeth abría la puerta de su cabaña para abrazar a la mujer frágil y ferozmente leal que había compartido con ella los últimos diez años de la vida de Leila.

Se sentaron en sillones opuestos y se observaron. Elizabeth quedó anonadada al notar lo mucho que Dora había cambiado.

—Lo sé —comentó Dora con una agria sonrisa—. No estoy tan bien.

—No te veo muy bien, Sammy —le dijo Elizabeth—. ¿Cómo te encuentras?

—Todavía me siento tan culpable. Tú no estabas y no podías ver cómo Leila iba cambiando diariamente. Cuando fue a visitarme al hospital, me di cuenta. Algo estaba destruyéndola, pero no quiso hablarme de ello. Debería haberme puesto en contacto contigo. Siento que la dejé caer. Y ahora tengo que descubrir lo que ocurrió. No descansaré hasta conseguirlo.

A Elizabeth se le llenaron los ojos de lágrimas.

—No me hagas empezar —le dijo—. Durante el primer año tuve que usar gafas oscuras. Nunca sabía cuándo comenzaría a llorar. Las llamaba mi «equipo para el dolor». Elizabeth entrelazó las manos.

—Sammy, dime una cosa, ¿existe la posibilidad de que esté equivocada con respecto a Ted? No me equivoqué con la hora y si fue él quien empujó a Elizabeth por la terraza tiene que pagar por ello. ¿Pero es posible que haya tratado de sostenerla? ¿Por qué estaba tan molesta? ¿Por qué bebía? Tú sabes cómo le disgustaba la gente que bebía demasiado. Esa noche, minutos antes de su muerte, no me porté bien con ella. Traté de hacer lo que ella le hacía a mi madre: golpearla, tratar de que se diera cuenta de lo que estaba haciéndose a sí misma. Tal vez, si hubiera mostrado más compasión... ¡Oh, Sammy, si tan sólo le hubiese preguntado por qué!

Ambas se movieron al unísono en un gesto espontáneo. Los brazos delgados de Dora rodearon el cuerpo esbelto y tembloroso de Elizabeth y recordó lo mucho que había adorado a su hermana mayor durante su juventud.

—Oh, Sparrow —dijo sin pensar el nombre que Leila solía utilizar para Elizabeth—, ¿qué pensaría Leila de nosotras si nos viera así?

—Diría: dejad de lamentaros y haced algo. —Elizabeth se secó los ojos y esbozó una sonrisa.

—Exacto. —Con movimientos rápidos y nerviosos, Dora se arregló el cabello que le caía del rodete—. Recapitulemos. ¿Leila había comenzado a actuar así antes de que partieras de gira?

Elizabeth frunció el entrecejo mientras trataba de recordar.

—El divorcio de Leila llegó antes de que yo partiera. Ella había estado con su administrador. Era la primera vez en años que la veía preocupada por el dinero. Me dijo algo así como: «Sparrow, he hecho mucho dinero, pero para ser honesta, ahora estoy en aprietos.»

»Le dije que los dos aprovechados que había tenido por esposos la habían puesto en esa situación, y que no consideraba que estuviera en aprietos ya que estaba a punto de casarse con un multimillonario como era Ted. Ella dijo algo así como: «Ted me ama de verdad, ¿no es así?» Le dije que acabara con eso. Recuerdo que le dije que si seguía poniéndolo en duda lo espantaría, y que lo mejor que podía hacer era ir a ganarse los cuatro millones que él había invertido en su obra.

—¿Y ella qué respondió? —quiso saber Dora.

—Se echó a reír… Con esa risa estupenda, profunda, que tenía. «Como siempre, tienes razón, Sparrow», me dijo. Estaba muy excitada con la obra.

—Y luego, cuando tú te fuiste, aprovechando que yo estaba enferma y Ted de viaje, alguien comenzó una campaña para destruirla. —Dora buscó en el bolsillo de su chaqueta—. Hoy desapareció de mi escritorio la carta sobre la que te había escrito. Pero justo antes de que me llamaras encontré otra en la correspondencia de Leila. Ella no llegó a leerla; todavía estaba cerrada, pero habla por sí sola.

Horrorizada, Elizabeth leyó una y otra vez las palabras pegadas sin cuidado sobre el papel.

Leila.
¿Por qué NO Admites Que Ted eSTÁ tRatando de dejaRte?

su nueva novia se está CAnsando de esPeRAr. EsOs CuAtro mIllones de dóLares FueRON su AdióS. y más de lo que Tú VAles. NO los desperdicies queRida. Se diCe que es uNA ObRA mAla y Tú eres diez Años mAyOR PARa ese PApel.

Tu AmIgo

Dora observó cómo Elizabeth palidecía.

—¿Leila no la vio? —preguntó con calma.

—No, pero debió de haber recibido toda una serie de ellas.

—¿Quién pudo haberse llevado hoy la otra carta?

Dora le resumió en pocas palabras la explosión de Min acerca de los gastos de la casa de baños y de la inesperada llegada de Cheryl.

—Sé que Cheryl estuvo en mi escritorio. Dejó allí su cuenta. Pero cualquiera pudo haberla cogido.

—Esto es característico de Cheryl. —Elizabeth sostenía la carta por uno de los extremos, sin poder casi tocarla—. Me pregunto si podrá rastrearse.

—¿Huellas digitales?

—Eso y el tipo de letra tiene un código. Saber de qué revistas y diarios fueron recortadas podría ayudarnos. Aguarda un momento. —Elizabeth entró en el dormitorio y regresó con una bolsa de plástico. Con cuidado, envolvió en ella la carta anónima—. Averiguaré adónde hay que enviarla para que la analicen. —Volvió a sentarse y cruzó los brazos sobre las piernas—. Sammy, ¿recuerdas exactamente lo que decía la otra carta?

—Eso creo.

—Entonces, escríbelo. Espera un segundo. Hay papel sobre el escritorio.

Dora escribía y luego tachaba las palabras unas cuantas veces hasta que por fin le entregó el papel.

—Es muy parecida.

Leila:

¿Cuántas veces tengo que escribir? ¿No entiendes que Ted se cansó de ti? Su nueva novia es hermosa y mucho más joven que tú. Te dije que la gargantilla de esmeraldas que le regaló hace juego con el brazalete que te dio a ti. Le costó el doble y es diez veces mejor. Me dijeron que tu obra es horrible. Tendrías que aprenderte la letra. Volveré a escribirte pronto.

Tu Amigo.

Elizabeth estudió con cuidado la carta.

—Sammy, el brazalete. ¿Cuándo se lo dio Ted?

—Después de Navidad, para el aniversario de su primera cita. Me dijo que se lo guardara en la caja de seguridad porque estaba ensayando y sabía que no lo usaría.

—A eso me refiero. ¿Cuántas personas estaban enteradas del brazalete? Ted se lo entregó durante una cena. ¿Quiénes estaban allí?

—Los de siempre. Min, Helmut, Craig, Cheryl, Syd, Ted, tú y yo.

—Los mismos que sabíamos la suma que Ted había invertido en la obra. Recuerda que él no quería que se hiciera publicidad sobre ello. Sammy, ¿has terminado de revisar el correo?

—Aparte del que comencé esta tarde, hay otro saco enorme. Puede tener unas seiscientas o setecientas cartas.

—Mañana por la mañana te ayudaré a revisarlo. Sammy, piensa en quién pudo haber escrito estas cartas. Min y el barón no tienen nada que ver con la obra: a ellos les convenía que Ted y Leila estuvieran aquí juntos, con todas las personas que ellos atraían. Syd había invertido un millón de dólares en la obra. Craig actuaba como si los cuatro millones que invirtió Ted hubieran salido de su bolsillo. No haría nada que pudiera arruinar la obra. Pero Cheryl jamás perdonó a Leila por haberle quitado a Ted. Nunca le perdonó que se convirtiese en una superestrella. Ella conocía las vulnerabilidades de Leila. Y podría ser ella quien quisiera recuperar las cartas ahora.

—¿Y para qué las quiere?

Elizabeth se puso lentamente de pie. Se acercó a la ventana y corrió la cortina. La noche seguía siendo brillante.

—Porque si la pista llevara hasta ella, su carrera se

vería arruinada. ¿Cómo se sentiría el público si supiera que Leila llegó al suicidio impulsada por una mujer que ella consideraba una amiga?

—Elizabeth, ¿tienes conciencia de lo que acabas de decir?

Elizabeth se volvió.

—¿No crees que tengo razón?

—Acabas de aceptar el hecho de que Leila pudo haberse suicidado.

Elizabeth contuvo el aliento. Caminó a tientas por el cuarto, se arrodilló y apoyó la cabeza sobre las piernas de Sammy.

—Sammy, ayúdame —le rogó—. Ya no sé qué creer. Ya no sé qué hacer.

8

Fue por sugerencia de Henry Bartlett que salieron a cenar e invitaron a Cheryl y a Syd para que fueran con ellos. Cuando Ted protestó argumentando que no quería verse comprometido con Cheryl, Henry lo interrumpió con dureza.

—Teddy, te guste o no, estás comprometido con Cheryl. Ella y Syd Melnick pueden ser testigos importantes para ti.

—No veo cómo.

—Si no admitimos que pudiste haber regresado al piso de Leila, debemos probar que Elizabeth Lange se confundió con respecto a la hora exacta de la conversación telefónica y tenemos que hacer que el jurado crea que Leila pudo haberse suicidado.

—¿Y qué pasa con la testigo ocular?

—Ella vio que se movía un árbol en la terraza. Su intensa imaginación decidió que eras tú luchando con Leila. Ella está loca.

Fueron al Cannery. Una multitud alegre y conversadora llenaba el popular restaurante; pero Craig había hecho una reserva por teléfono y tenían una mesa junto a la ventana desde donde se veía todo el puerto de Monterrey. Cheryl se sentó junto a Ted y le apoyó una mano en la rodilla.

—Como en los viejos tiempos —le murmuró a Ted en el oído. Llevaba un sombrero de lamé que hacía juego con los pantalones apretados del mismo material. Un murmullo de excitación la había seguido mientras atravesaba el salón.

Durante todos esos meses en que no se habían visto, Cheryl lo llamó varias veces, pero él jamás contestó a la llamada. Ahora, mientras sus cálidos dedos le acariciaban la rodilla, Ted se preguntó si no era un tonto al no tomar lo que le ofrecían. Cheryl diría cualquier cosa que lo ayudara en su defensa. ¿Pero a qué precio?

Era evidente que Syd, Bartlett y Craig se sentían aliviados de estar allí y no en Cypress Point.

—Espera sólo unos momentos —le comentó Syd a Henry—. Sabrás qué es comer marisco y pescado.

Llegó el camarero y Bartlett pidió un Johnnie Walker etiqueta negra. Su chaqueta de lino color champaña estaba impecable, al igual que la camisa a juego y los pantalones color canela, todo obviamente hecho a medida. El cabello blanco, grueso pero meticulosamente cortado, contrastaba con el rostro bronceado y sin arrugas. Ted lo imaginó hablando con el jurado, explicando, aleccionando. Un personaje que impresionaba al auditorio. Obviamente, le iba bien. ¿Pero durante cuánto tiempo? Comenzó pidiendo un martini con vodka pero luego lo cambió por una cerveza. No era momento de entorpecer sus facultades.

Era temprano para cenar, apenas las siete, pero había insistido en eso. Craig y Syd mantenían una animada conversación. Syd parecía casi alegre. Testimonio en venta —pensó Ted—. Hacer que Leila pareciera una borracha adicta. Todo podría salir mal, muchachos, y de ser así, seré yo quien pague.

Craig interrogaba a Syd acerca de su agencia y lo compadecía por el dinero perdido en la obra de Leila.

—A nosotros también nos fue mal —dijo. Miró a Cheryl y le sonrió—. Y creemos que fuiste muy buena en querer salvar la nave, Cheryl.

¡Por amor de Dios, no se lo des todo!, sintió deseos de gritarle a Craig. Pero todos sonreían con satisfacción. Él era el extraño del grupo, el extraterrestre. Podía sentir la mirada de los demás puesta en él. Casi podía sentir los comentarios hechos *sotto voce*: «Su juicio comienza la semana próxima...» «¿Crees que él lo haya hecho?» «Con el dinero que tiene, es probable que se salve. Siempre se salvan.»

No necesariamente.

Impaciente, Ted miró hacia la bahía. El puerto estaba lleno de botes, grandes, pequeños, veleros, yates. De niño, cada vez que su madre podía, lo llevaba a visitar el puerto. Era el único lugar donde ella se sentía feliz.

—La familia de la madre de Ted es de Monterrey —le decía Craig a Henry Bartlett.

Ted volvió a sentir esa salvaje irritación que Craig le provocaba desde hacía un tiempo. ¿Cuándo había comenzado? ¿En Hawai? ¿Antes que eso? No leas mis pensamientos. No hables por mí. Estoy harto de todo eso. Leila siempre le preguntaba si no estaba cansado de tener al Bulldog pegado a los talones todo el tiempo...

Llegaron las bebidas. Bartlett retomó la conversación.

—Como sabéis, todos sois testigos potenciales para la defensa de Teddy. Es obvio que podáis testificar por la escena en Elaine's. Pero en el estrado, quisiera que me ayudarais a pintar, para el jurado, un cuadro más completo de Leila. Todos conocéis su imagen pública. Pero también sabéis que era una mujer muy insegura, que no tenía fe en sí misma y que la perseguía el fantasma del fracaso.

—Una defensa al estilo de Marilyn Monroe —sugirió Syd—. Con todas las locas historias que se tejieron sobre la muerte de la Monroe, todos terminaron aceptando que pudo haberse suicidado.

—Exacto —afirmó Bartlett con una sonrisa amistosa—. Ahora, la cuestión es saber el motivo. Syd, cuéntame sobre la obra.

Syd se encogió de hombros.

—Era perfecta para ella. Podía haber sido su historia. A ella le encantaba el libreto. Y los ensayos comenzaron muy bien. Solía decirle que podíamos estrenar en una semana. Y luego sucedió algo. Llegó al teatro deshecha a las nueve de la mañana y, a partir de entonces, todo fue cuesta abajo.

—¿Miedo al público?

—Muchos sufren este miedo. Helen Hayes vomitaba antes de cada representación. Cuando Jimmy Stewart terminaba una película, estaba seguro de que nunca le pedirían que actuara en otra. Leila vomitaba y estaba preocupada. Así es el negocio.

—Eso es justo lo que no quiero oír en el estrado —lo interrumpió Henry con desagrado—. Trato de pintar el cuadro de una mujer con un problema de alcoholismo que sufría de una profunda depresión.

Un adolescente estaba de pie detrás de Cheryl.

—¿Podría darme su autógrafo? —Colocó un menú delante de ella.

—Por supuesto —aceptó Cheryl radiante y estampó su firma.

—¿Es verdad que tendrá el papel de Amanda en la nueva serie?

—Eso espero. Mantén los dedos cruzados. —La mirada de Cheryl bebió profundamente la admiración del adolescente.

—Estará fantástica. Gracias.

—Si tan sólo hubiésemos filmado esto para enviárselo a Bob Koening —comentó Syd con sequedad.

—¿Cuándo lo sabrás? —preguntó Craig.

—Tal vez en los próximos días.

Craig alzó su copa.

—Por Amanda.

Cheryl lo ignoró y se volvió hacia Ted.

—¿No piensas brindar?

Ted levantó el vaso.

—Por supuesto. —Y lo decía en serio. La esperanza que se dibujaba en sus ojos era conmovedora. Leila siempre le había hecho sombra a Cheryl. ¿Por qué mantuvieron la farsa de una amistad? ¿Era tal vez que la infatigable búsqueda de Cheryl por superar a Leila era un desafío para Leila, un estímulo constante que le hacía bien y la mantenía en forma?

Cheryl debió de ver algo en el rostro de Ted porque le rozó la mejilla con los labios. Y esta vez, él no se apartó.

Fue después del café que Cheryl apoyó los codos sobre la mesa y reclinó la cabeza en las manos. El champaña que había bebido le nublaba la mirada y ahora sus ojos parecían encendidos con promesas secretas. Tenía la voz un tanto pastosa cuando le dijo a Bartlett:

—Supongamos que Leila creía que Ted quería dejarla por otra mujer. ¿Eso ayudaría en la teoría del suicidio?

—No tuve nada que ver con ninguna otra mujer —respondió Ted con tono rotundo.

—Querido, esto no es *Confesiones verdaderas*. Tú no tienes que abrir la boca —replicó Cheryl—. Henry, responde a mi pregunta.

—Si tuviéramos una prueba de que Ted estaba interesado en otra persona, y que Leila lo sabía, le daríamos una razón para que estuviera desalentada. Destruiríamos la declaración del fiscal de que Ted mató a Leila porque ella lo rechazó. ¿Me estás diciendo que había algo entre tú y Ted antes de que Leila muriera? —preguntó Bartlett esperanzado.

—Yo responderé a eso —irrumpió Ted—. ¡No!

—No me habéis escuchado —protestó Cheryl—. Dije que podría tener pruebas de que Leila creía que Ted estaba a punto de dejarla por otra mujer.

—Cheryl, sugiero que te calles. No sabes de qué estás hablando —le dijo Syd—. Ahora, vámonos de aquí. Has bebido demasiado.

—Tienes razón —dijo Cheryl en tono amistoso—. No siempre la tienes, Syd, querido, pero esta vez, sí.

—Un momento —interrumpió Bartlett—. Cheryl, a menos que esto sea una especie de juego, será mejor que pongas tus cartas sobre la mesa. Cualquier cosa que nos aclare el estado mental de Leila es vital para la defensa de Ted. ¿A qué llamas «prueba»?

—Quizás algo que ni siquiera le interese —respondió Cheryl—. Lo consultaré con la almohada.

Craig hizo señas para que le llevaran la cuenta.

—Tengo la sensación de que esta conversación es una pérdida de tiempo.

Eran las nueve y media cuando la limusina los dejó en Cypress Point.

—Quiero que Ted me acompañe a mi bungalow —dijo Cheryl.

—Yo te acompañaré —se ofreció Syd.

—Ted me acompañará —insistió ella.

Se reclinó contra él mientras se dirigían a su bungalow. Los invitados comenzaban a salir del edificio principal.

—¿No fue divertido salir juntos? —murmuró.

—Cheryl, ¿lo que dijiste sobre la prueba es otro de tus juegos? —le preguntó Ted mientras le apartaba un mechón de cabello negro del rostro.

—Me gusta cuando me tocas el cabello. —Habían llegado a su bungalow—. Entra, querido.

—No. Te despediré aquí.

Ella inclinó la cabeza hasta que estuvo casi a la altura de sus labios. Bajo la luz de las estrellas, Cheryl lo miró con ojos radiantes. ¿Habría simulado estar bebida?, se preguntó Ted.

—Querido —le susurró al oído—, ¿no te das cuenta de que soy la única que puede ayudarte a salir libre del juicio?

Craig y Bartlett se despidieron de Syd y se dirigieron a sus bungalows. Era obvio que Henry Bartlett estaba satisfecho.

—Parece como si Teddy hubiera por fin captado el mensaje. Tener a esa damita de su lado en el juicio será importante. ¿Qué habrá querido decir con eso de que Ted estuviera complicado con otra mujer?

—Es un deseo. Seguramente querrá ofrecerse para desempeñar el papel.

—Entiendo. Si es inteligente, aceptará.

Llegaron al bungalow de Craig.

—Me gustaría entrar un momento —le dijo Bartlett—. Es una buena oportunidad para que conversemos. —Cuando estuvieron dentro, miró alrededor—. La decoración es diferente.

—Es el efecto rústico, masculino, de Min —le explicó Craig—. No se ha olvidado de ningún detalle: mesas de pino, tablas anchas en el suelo. Ella me pone automáticamente aquí. Creo que en su inconsciente me ve como un tipo simple.

—¿Y lo eres?

—No lo creo. Y a pesar de que me inclino por las camas *king size*, es un gran salto desde la avenida B y la calle Ocho, donde mi padre tenía una salchichería.

Bartlett estudió a Craig con atención. Decidió que bulldog era una descripción acertada de él. Cabello color arena, rasgos impersonales. Un ciudadano sólido. Una buena persona para tener al lado.

—Ted es afortunado al tenerte —le dijo—. No creo que lo aprecie.

—Te equivocas. Ted tiene que confiar en mí para seguir adelante con el negocio y eso lo resiente. Y él piensa que soy yo el resentido. El problema es que mi sola presencia en este lugar es un símbolo del problema en que está metido.

Craig caminó hasta el armario y extrajo un maletín.

—Al igual que tú, yo también traigo mis provisiones. —Sirvió dos vasos de Courvoisier, le entregó uno a Bartlett y se acomodó en el sofá, inclinado hacia adelante, con el vaso entre las manos—. Te daré el mejor ejemplo que pueda. Mi prima sufrió un accidente y estuvo postrada en un hospital durante casi un año. Su madre se mató cuidando a los niños. ¿Quieres saber algo? Mi prima estaba celosa de su madre. Dijo que su madre disfrutaba de sus hijos mientras que era ella quien tenía que estar con los niños. Sucede lo mismo con Ted y conmigo. En cuanto mi prima salió del hospital, llenó a su madre de elogios por el gran trabajo que había hecho. Cuando Ted sea absuelto, todo volverá a ser normal entre nosotros. Y déjame decirte algo, prefiero soportar sus arranques a estar en sus zapatos.

Bartlett se dio cuenta de que se había apresurado en hacer a un lado a Craig Babcock como un lacayo adulador.

El problema por ser demasiado engreído, se dijo. Eligió la respuesta con cuidado.

—Entiendo, y creo que eres bastante perceptivo.

—¿Inesperadamente perceptivo? —preguntó Craig con una semisonrisa.

Bartlett prefirió ignorar el golpe.

—Yo también comienzo a sentirme mejor acerca de este caso. Podríamos llegar a organizar una defensa que por lo menos creará una duda razonable en la mente del jurado. ¿Te ocupaste de la agencia de investigaciones?

—Sí, hay dos detectives buscando todo lo que haya acerca de esa mujer, Ross. Y otro la está siguiendo. Tal vez sea demasiado, pero nunca se sabe.

—Nada que pueda ayudarnos es demasiado. —Bartlett se acercó a la puerta—. Como verás, Ted Winters tiene el mismo resentimiento hacia mí y tal vez por las mismas razones que lo hacen sentirse así contigo. Ambos queremos que salga libre del juicio. Una línea de defensa que no había considerado hasta hoy es convencer al jurado de que poco antes de que Leila LaSalle muriera, él y Cheryl habían vuelto a salir juntos y que el dinero invertido en la obra era la despedida para Leila.

Bartlett abrió la puerta y se volvió para agregar:

—Piensa en ello y te espero mañana con algún plan de acción.

Hizo una pausa.

—Pero tenemos que convencer a Teddy para que esté de acuerdo con nosotros.

Cuando Syd llegó a su bungalow vio que estaba encendida la luz de mensajes en el contestador. De inmediato presintió que se trataba de Bob Koening. El presidente de la World Motion Pictures tenía fama de hacer llamadas telefónicas a cualquier hora. Sólo podía significar que se había llegado a una decisión en cuanto a Cheryl y el papel de Amanda. Sintió un sudor frío.

Con una mano sacó un cigarrillo y con la otra tomó el teléfono. Mientras pronunciaba su nombre, sostuvo el auricular con el hombro y encendió el cigarrillo.

—Me alegro de que me hayas llamado esta noche, Syd. Tenía pedida una llamada para ti a las seis de la mañana.

—Habría estado despierto. ¿Quién puede dormir en este negocio?

—Yo duermo. Syd, tengo que hacerte un par de preguntas.

Estaba seguro de que Cheryl había perdido el papel. La luz del teléfono había sido como la señal del desastre. Sin embargo, Bob tenía que hacerle preguntas. No se había tomado ninguna decisión.

Podía visualizar a Bob en el otro extremo de la línea, recostado sobre su sillón de cuero en la biblioteca de su casa. No había llegado a ser director del estudio dejándose llevar por los sentimientos. La prueba de Cheryl fue excelente —se dijo esperanzado Syd—. ¿Y entonces qué?

—Adelante —dijo tratando de parecer relajado.

—Seguimos estudiando a quién darle el papel, si a Cheryl o a Margo Dresher. Sabes lo difícil que es lanzar una serie. Margo es más conocida que Cheryl. Pero Cheryl estuvo muy bien, excelente en la prueba, tal vez mejor que Margo, aunque negaré haberlo dicho. Cheryl no ha hecho nada grande en años, y ese fiasco en Broadway aparecía una y otra vez en la reunión.

La obra. Otra vez la obra. El rostro de Leila cruzó por la mente de Syd. La forma en que le había gritado en Elaine's. En ese momento hubiera querido aporrearla, ahogar esa voz cínica y burlona para siempre...

—Esa obra fue un medio para Leila. Yo tengo la culpa de haber forzado a Cheryl a hacerla.

—Syd, ya hemos hablado de todo eso. Seré franco contigo. El año pasado, tal como salió publicado en todos los periódicos, Margo tuvo un problemita por drogas. El público se está cansando de las estrellas que se pasan la mitad de sus vidas en centros de rehabilitación. Te lo diré bien claro: ¿Cheryl tiene algo que pudiera comprometernos si la elegimos?

Syd se aferró al teléfono. Cheryl estaba en el buen camino. Un golpe de esperanza le aceleró el pulso. Le sudaban las manos.

—Bob, te juro que...

—Todo el mundo me jura. Trata de decirme la verdad. Si me la juego y elijo a Cheryl, ¿no se volverá en mi contra? Si llegara a suceder, Syd, sería tu fin.

—Te lo juro. Lo juro por la tumba de mi madre...

Syd colgó el auricular, se inclinó hacia adelante y hundió la cara en las manos. Estaba empapado en sudor. Una vez más, la sortija dorada estaba a su alcance.

Sólo que esta vez era Cheryl, y no Leila, quien podía arruinarlo todo...

9

Cuando dejó a Elizabeth, Dora llevaba la carta anónima envuelta en la bolsa de plástico dentro de su chaqueta. Habían decidido que Dora haría una copia de la carta en la fotocopiadora y por la mañana, Elizabeth llevaría el original a la oficina del sheriff, en Salinas.

Scott Alshorne, el sheriff del condado, era un invitado regular en las cenas de Cypress Point. Había sido amigo del primer marido de Min y siempre ayudaba cuando surgía un problema, como la desaparición de una joya. Leila lo adoraba.

—Estas malditas cartas no son lo mismo que una joya robada —le advirtió Dora a Elizabeth.

—Lo sé, pero Scott podrá decirme adónde puedo enviar la carta para que la analicen o si debo entregarla a la oficina del fiscal de distrito en Nueva York. Yo también quiero una copia.

—Entonces, déjame hacerla esta noche. Mañana, cuando Min esté cerca, no podemos arriesgarnos a que la lea.

Cuando Dora estaba por partir, Elizabeth la abrazó.

—Tú no crees que Ted sea culpable, ¿verdad, Sammy?

—¿De asesinato premeditado? No, no puedo creerlo. Y si estaba interesado en otra mujer, no tenía motivos para matar a Leila.

De todas formas, Dora tenía que regresar a la oficina. Había dejado las cartas desparramadas sobre el escritorio y la bolsa de plástico con la correspondencia sin revisar, en la oficina de recepción. Min podía sufrir un ataque si lo veía.

La bandeja con su cena seguía sobre una mesa cerca del escritorio sin que la hubiera probado. Era gracioso el poco apetito que tenía en esos días. Setenta y un años no eran tantos. Era sólo que con la operación y la muerte de Leila se había apagado una chispa, el entusiasmo con el que recibía las bromas de Leila.

La fotocopiadora estaba disimulada en un armario de nogal. Abrió la parte superior y encendió la máquina; sacó la carta del bolsillo y le quitó el envoltorio de plástico tomándola con cuidado por las puntas. Sus movimientos eran rápidos. Existía siempre la posibilidad de que Min se diera una vuelta por la oficina. Helmut, sin duda, estaría encerrado en su estudio. Sufría de insomnio y leía hasta muy tarde.

Miró por la ventana entreabierta. El rugido truculento del Pacífico y el olor a sal eran vigorizantes. No le molestaba la ráfaga de aire frío que la hacía temblar. Pero ¿qué le había llamado la atención?

Todos los invitados ya estaban en sus bungalows y podía ver la luz a través de las cortinas. Contra el horizonte pudo ver las siluetas de las mesas con sombrilla alrededor de la piscina olímpica. A la izquierda el contorno de la casa de baños se recortaba contra el cielo. La noche comenzaba a cubrirse de niebla. La visión se hacía difícil. Luego, Dora se inclinó hacia adelante. Alguien caminaba oculto bajo la sombra de los cipreses, como si temiera ser visto. Se ajustó los lentes y logró ver que la silueta llevaba un equipo de buceo. ¿Qué estaría haciendo allí? Parecía dirigirse hacia el sector de la piscina olímpica.

Elizabeth le había dicho que iría a nadar. Dora sintió una oleada de irracional temor. Guardó la carta en el bolsillo de la chaqueta y salió corriendo de la oficina. Bajó la escalera con toda la rapidez que le permitía su cuerpo reumático, atravesó el vestíbulo a oscuras y decidió salir por una puerta lateral que rara vez se utilizaba.

El intruso iba ya por la casa de baños. Sería probablemente uno de los estudiantes que paraban en la posada de Pebble Beach, se dijo. Cada tanto, se colaban en Cypress Point para nadar en la piscina olímpica. Pero no le gustaba la idea de que ése se encontrara con Elizabeth mientras ella estaba allí.

Se volvió y se dio cuenta de que la figura la había visto. Las luces del carrito del guardia de seguridad se acercaban desde la loma cerca de las puertas de acceso. La figura con el traje de buceo corrió hacia la casa de baños. Dora pudo ver que la puerta estaba entreabierta. Ese tonto de Helmut no se había molestado en cerrarla aquella tarde.

Le temblaban las rodillas cuando corrió detrás del hombre. El guardia pasaría por allí en cualquier momento y no quería que el intruso escapara. A tientas, dio unos pasos dentro de la casa de baños.

El vestíbulo de entrada era una extensión enorme con dos escaleras en el extremo. La luz que se filtraba de los faroles externos la ayudó a comprobar que estaba vacío. Las obras habían avanzado bastante desde la última vez que había estado allí, unas semanas atrás.

Por una puerta entreabierta de la izquierda, alcanzó a ver el haz de luz de una linterna. La arcada conducía a los armarios y más atrás, se encontraba la primera de las piscinas con agua salada.

Por un instante, la indignación dejó paso al temor. Decidió salir y esperar al guardia.

—¡Dora, aquí!

La voz familiar hizo que se sintiera aliviada. Con cuidado, avanzó por el vestíbulo a oscuras, atravesó el área de los armarios y llegó a la piscina cubierta.

Él estaba esperándola con la linterna en la mano. La oscuridad del traje mojado, las gruesas gafas para el agua, la inclinación de la cabeza, el repentino movimiento convulsivo de la linterna, la hicieron retroceder con inseguridad.

—Por Dios, no me apuntes con esa cosa que no me deja ver —le dijo ella.

Una mano gruesa y amenazadora con el pesado guante negro se extendió en dirección a su garganta. La otra le apuntaba la linterna directamente a los ojos, cegándola.

Horrorizada, Dora comenzó a retroceder. Levantó las manos como para protegerse sin darse cuenta de que había tirado la carta que llevaba en el bolsillo. Casi no sintió el vacío debajo de sus pies antes de que su cuerpo cayera hacia atrás.

Su último pensamiento antes de que su cabeza golpeara contra el suelo de cemento de la piscina fue que por fin sabía quién había matado a Leila.

Elizabeth nadaba de un extremo a otro de la piscina a un ritmo furioso. La niebla comenzaba a cubrir, por momentos, los alrededores de la piscina, pero era un vapor oscuro que aparecía y volvía a desaparecer. Ella prefería la plena oscuridad. Podía forzar cada centímetro de su cuerpo sabiendo que el esfuerzo físico borraría, de alguna manera, la ansiedad emocional.

Llegó al extremo norte de la piscina, tocó la pared, inhaló, giró, rebotó y con una furiosa brazada, comenzó a correr hacia el extremo contrario. Le latía el corazón con fuerza por el ritmo que se había impuesto. Era una locura. No estaba en condiciones para ese tipo de esfuerzo. Sin embargo, siguió nadando a ese ritmo, con la esperanza de que ese gasto de energía física borrara sus pensamientos.

Por fin sintió que empezaba a calmarse; entonces, se volvió de espaldas y comenzó a flotar impulsada por leves movimientos de los brazos.

Las cartas. La que tenían; la otra que alguien había robado; las demás que podían encontrar en la saca de correspondencia que aún quedaba por abrir. Aquellas que Leila seguramente había visto y destruido. ¿Por qué Leila no me habló de ellas? ¿Por qué no confió en mí? Siempre me utilizaba como tabla de salvación. Decía que yo podría convencerla de que no tomara las críticas demasiado en serio.

Leila no se lo había dicho porque creía que Ted salía con otra mujer, y no había nada que pudiera hacerse. Pero Sammy tenía razón: si Ted salía con otra, no tenía motivos para matar a Leila.

Pero no me equivoqué con respecto a la hora de la llamada.

¿Y si Leila había caído, se le había resbalado de los brazos, y él había perdido la memoria? ¿Y si esas cartas la habían llevado al suicidio? Tengo que encontrar a quien las haya enviado, pensó Elizabeth.

Era hora de regresar. Estaba muerta de cansancio y por fin, más calmada. Por la mañana revisaría el resto de la correspondencia con Sammy. Le mostraría la carta que encontraron a Scott Alshorne. Tal vez, él le aconsejaría que la llevara directamente al fiscal de distrito de Nueva York. ¿Le daría así una coartada a Ted? ¿Y con quién habría estado saliendo?

Mientras subía por la escalerilla de la piscina, comenzó a temblar. El aire que soplaba era helado y había permanecido en el agua más de lo que había pensado. Se puso la bata y buscó el reloj que había dejado en el bolsillo. La esfera luminosa le indicó que eran las diez y media.

Creyó oír algún ruido proveniente de los cipreses que bordeaban la terraza.

—¿Quién está ahí? —preguntó con voz nerviosa. No hubo respuesta. Caminó entonces hasta el extremo del patio para tratar de divisar algo por entre los setos y los árboles. Las siluetas de los cipreses se veían grotescas en la oscuridad, pero no había otro movimiento que el suave balanceo de las hojas. La brisa fría del mar era cada vez más fuerte. Era eso, claro.

Hizo un gesto con la mano como si desechara las malas ideas, se envolvió en la bata y se puso la capucha.

Sin embargo, la sensación de incomodidad persistía y aceleró la marcha a lo largo del sendero que iba hasta su bungalow.

Él no había tocado a Sammy pero se harían preguntas. ¿Qué hacía ella en la casa de baños? Maldijo el hecho de que la puerta estuviera entreabierta y de haber entrado allí. Si hubiera rodeado el edificio, ella nunca lo habría encontrado.

Algo tan simple podía traicionarlo.

Pero el hecho de que tuviera la carta con ella, que se le hubiera caído del bolsillo, había sido sólo buena suerte. ¿Debía destruirla? Era un arma de doble filo.

En ese momento, la carta estaba contra su piel, dentro del traje húmedo. Oyó que cerraban la puerta de la casa de baños con llave. El guardia había hecho su ronda habitual y ya por esa noche no regresaría. Lentamente, con infinito cuidado, regresó a la piscina. ¿Estaría ella allí? Era probable. ¿Debía arriesgarse esa noche? Dos accidentes. ¿Era más arriesgado que dejarla con vida? Elizabeth exigiría respuestas cuando hallaran el cuerpo de Sammy. ¿Elizabeth había visto la carta?

Oyó el chapoteo en el agua. Con precaución, se separó unos pasos del árbol para observar el cuerpo en movimiento. Tendría que esperar a que disminuyera la velocidad. Para entonces, ya estaría cansada. Podría ser el momento de hacerlo. Dos accidentes no relacionados entre sí en una sola noche. ¿La confusión subsiguiente mantendría a la gente fuera de la pista? Dio un paso en dirección a la piscina.

Y lo vio. De pie detrás de un arbusto. Estaba observando a Elizabeth. ¿Qué hacía él allí? ¿Sospechaba acaso que ella estaba en peligro? ¿O también él había decidido que era un riesgo inaceptable?

El traje húmedo se reflejó en la noche cuando la figura se escondió detrás de las ramas protectoras de los cipreses y desapareció.

MARTES

1 de septiembre

A la mejor, la más hermosa, que es mi alegría y mi bienestar.

CHARLES BAUDELAIRE

¡Buenos días! *Bonjour*, queridos huéspedes.

Esta mañana está un poco fresca, así que prepárense para el excitante estímulo del aire frío.

Para los amantes de la naturaleza, ofrecemos una caminata de treinta minutos después del almuerzo, a lo largo de nuestra hermosa costa del Pacífico, para explorar las flores naturales de nuestra amada península de Monterrey. Así que, si son decididos, únanse a nuestro guía experto en la entrada principal a las doce y media.

Una idea fugaz. Nuestro menú de esta noche es particularmente exquisito. Pónganse el vestido o traje más elegante que tengan y festejen nuestros deliciosos manjares sabiendo que los gustos están equilibrados por la cantidad de calorías que consumen.

Una idea fascinante: la belleza está en el ojo del espectador, pero cuando se mira en el espejo, el espectador es *usted*.

BARÓN Y BARONESA VON SCHREIBER

1

El primer rayo de luz de la mañana encontró a Min despierta en la cama que compartía con Helmut. Con cuidado para no despertarlo, volvió la cabeza y se apoyó sobre un codo. Aun dormido era un hombre apuesto. Dormía de costado, mirando hacia ella, con una mano extendida como si quisiera tocarla; su respiración era pausada y suave.

No había dormido así toda la noche. No sabía a qué hora se había acostado, pero a las dos se había despertado al oír un movimiento agitado, Helmut que movía la cabeza y se quejaba con voz sorda y enojada. Min no pudo volver a conciliar el sueño cuando oyó lo que él decía: «Maldita Leila, maldita.»

Instintivamente, ella le apoyó una mano en el hombro, murmuró algunas palabras tranquilizadoras y él volvió a calmarse. ¿Recordaría luego el sueño y lo que había gritado? Ella no mostró indicio alguno de haberlo oído. Sería inútil esperar que le contara la verdad. Por increíble que pudiera parecer, ¿había sucedido algo entre él y Leila después de todo? ¿O había sido una atracción sólo por parte de Helmut hacia Leila?

Eso no lo hacía más fácil.

La luz, más dorada que rosada ahora, comenzó a iluminar el cuarto. Con cuidado, Min salió de la cama.

Aun con su aflicción, apreció por un momento la belleza de la habitación. Helmut había elegido los muebles y el color de la decoración. ¿Quién otro podía haber equilibrado el exquisito gusto de las cortinas y cubrecama de satén color rosado contra el violeta oscuro de la alfombra?

¿Cuánto tiempo más seguiría viviendo allí? Ésa podía ser la última temporada juntos. El millón de dólares en la cuenta suiza —recordó ella—. Sólo el interés de eso será suficiente...

¿Suficiente para quién? ¿Para ella? Tal vez. ¿Helmut? ¡Nunca! Siempre supo que parte de la atracción que sentía por él era ese lugar, su habilidad para pavonearse en ese ambiente, para mezclarse con las celebridades. ¿Creía en realidad que se contentaría con llevar un estilo de vida simple junto a una esposa que envejecía?

Sin hacer ruido, Min atravesó el cuarto, se puso una bata y bajó las escaleras. Helmut dormiría otra media hora. Siempre tenía que despertarlo a las seis y media. En esa media hora, podía revisar tranquila alguna de las cuentas, en especial la de American Express. Durante las semanas anteriores a la muerte de Leila, Helmut se había ausentado con frecuencia de Cypress Point. Lo habían invitado a dar conferencias en varios seminarios y convenciones médicas; había prestado su nombre para algunos bailes de caridad y tuvo que presentarse en ellos. Eso era bueno para el negocio. ¿Pero qué otra cosa había estado haciendo durante su visita a la costa Este? Ésa fue la época en que Ted tuvo que viajar mucho. Ella entendía a Helmut. El evidente desprecio que Leila sentía por él sería un desafío. ¿La había estado viendo?

La noche antes de que Leila muriera, habían asistido al preestreno de su obra; también estuvieron en Elaine's. Se habían hospedado en el Plaza, y por la mañana, habían volado a Boston para asistir a un almuerzo de caridad. A las seis y media de la tarde, él la puso en un avión hacia San Francisco. ¿Había asistido a la cena a la que estaba invitado en Boston o había tomado el avión de las siete a Nueva York?

Esa posibilidad la atormentaba.

A medianoche, hora de California, tres de la mañana en el este, Helmut la llamó para ver si había llegado bien. Supuso que la llamaba desde el hotel de Boston.

Era algo que podía verificar.

Al pie de la escalera, Min se dirigió hacia la izquierda con la llave de la oficina en la mano. La puerta estaba abierta. Se sorprendió por el estado en que encontró el cuarto. Las luces estaban encendidas y había una bandeja con la cena sin tocar junto al escritorio de Dora, el cual estaba cubierto de cartas. En los extremos había bolsas de plástico cuyo contenido yacía desparramado por el suelo. La ventana estaba entreabierta y entraba una brisa fría que removía los papeles. Hasta la fotocopiadora estaba encendida.

Min revolvió un poco el escritorio y revisó las cartas. Enojada, se dio cuenta de que todas eran de los admiradores de Leila. Estaba harta de esa expresión sombría que adoptaba Dora cuando respondía las cartas. Por lo menos, hasta ahora había tenido la prudencia de no mezclar esa bobería con las cosas de la oficina. Desde ese momento en adelante, si quería contestar esas cartas, lo haría desde su propia habitación. Punto. ¿O tal vez había llegado el momento de librarse de alguien que insistía en canonizar a Leila? Qué fiesta se habría dado Cheryl si hubiese entrado allí y revisado los legajos personales. Probablemente Dora se sintió cansada y decidió ordenar todo por la mañana. Pero dejar la fotocopiadora y las luces encendidas era imperdonable. Decididamente, le diría a Dora que comenzara a hacer planes para su jubilación.

Pero ahora tenía que llevar a cabo el objetivo que la había conducido hasta allí. En el cuarto de archivo, Min sacó el legajo titulado: *Gastos de viaje, barón Von Schreiber*.

Le llevó menos de dos minutos encontrar lo que buscaba. La llamada de la costa Este a Cypress Point la noche en que Leila murió figuraba en la cuenta de teléfono de su tarjeta de crédito.

Había sido hecha desde Nueva York.

2

La fatiga hizo que Elizabeth se quedara dormida; pero no fue un sueño reposado pues estuvo lleno de imágenes. Leila estaba de pie frente a una hilera de sacas con correspondencia de sus admiradores; Leila le leía las cartas; Leila lloraba. «No puedo confiar en nadie... No puedo confiar en nadie...»

Por la mañana, ni se le pasó por la mente salir a hacer la caminata. Se duchó, se recogió el cabello en un moño, se puso un traje cómodo para hacer ejercicios y después de aguardar a que los caminantes hubiesen partido, se dirigió hacia la casa principal. Sabía que Sammy empezaba a trabajar unos minutos después de las siete.

Fue una sorpresa encontrar la oficina de recepción, por lo general impecable, llena de cartas desparramadas encima del escritorio de Dora y en el suelo. Una gran hoja de papel con las palabras «Ven a verme» firmadas por Min revelaba que había visto el desorden.

¡No era típico de Sammy! Ni una vez, en todos los años que la conocía, había dejado desordenado su escritorio. Era impensable que se arriesgara a dejar todo eso así en la oficina de recepción. Era una forma segura de desatar uno de los famosos exabruptos de Min.

Pero ¿y si no estaba bien? Elizabeth bajó las escaleras corriendo hacia el vestíbulo de la casa principal y se dirigió a la escalera que conducía al ala del personal. Dora tenía un apartamento en el segundo piso. Llamó con firmeza a la puerta, pero no obtuvo respuesta. Sintió que del otro lado del pasillo llegaba el ruido de una aspiradora. La camarera, Nelly, hacía mucho tiempo que trabajaba allí y había estado también cuando Elizabeth fue instructora. Fue fácil hacer que abriera la puerta. Con gran temor, Elizabeth atravesó las cómodas habitaciones: la sala decorada en verde claro y blanco con las plantas que Sammy tanto cuidaba en el borde de la ventana y encima de las mesas; la cama de una plaza bien hecha con su Biblia sobre la mesita de noche.

Nelly señaló la cama.

—No durmió aquí anoche, señorita Lange. ¡Y mire! —Nelly se acercó a la ventana—. Su coche está en el estacionamiento. ¿Cree que se sintió mal y pidió un taxi o algo para ir al hospital? Eso sería muy típico de la señorita Samuels. Ya sabe lo independiente que es.

Pero no había rastro de Dora Samuels en el hospital de Monterrey. Elizabeth aguardó a que Min regresara de la caminata matinal. En un esfuerzo por mantener la mente libre de malos pensamientos, comenzó a ojear la correspondencia de los admiradores. Había pedidos de autógrafos mezclados con cartas de condolencias. ¿Dónde estaba la carta anónima que Dora había planeado fotocopiar?

¿La tendría todavía con ella?

3

A las siete y cinco, Syd recorrió el sendero para unirse a los demás en la caminata matutina. Cheryl podía leer en su rostro como un libro abierto. Tendría que ser cuidadoso. Bob no tomaría la decisión final hasta esa tarde. Si no fuera por esa maldita obra, ya tendría el papel en el bolsillo.

¿Lo oís bien todos? Me voy. Y me destruiste, maldita, pensó. Logró dibujar en su rostro el esbozo de una sonrisa. Allí estaban todos preparados para la caminata, cada cabello en su lugar, la piel sin arrugas y las manos arregladas. Era obvio que ninguno de ellos se comía las uñas aguardando una llamada, ni había tenido que abrirse camino en un negocio tan duro, ni temido que alguien, con un solo movimiento de cabeza, lo arruinara para siempre.

Sería un espléndido día de playa. El sol comenzaba a calentar y el aire salado del Pacífico se mezclaba con la fragancia de los árboles en flor que rodeaban el edificio principal. Syd recordó la casa en Brooklyn donde había nacido. Tal vez tendrían que haberse quedado allí. Quizá él también debió quedarse allí.

Min y el barón se asomaron a la galería. Syd se dio cuenta de inmediato de lo ojerosa que estaba Min. La expresión de su rostro era la misma que adoptan las personas al presenciar un accidente y no pueden creer lo que ven. ¿Cuánto habría adivinado? No miró a Helmut y se volvió para ver que Ted y Cheryl llegaban juntos. Syd podía leer la mente de Ted. Siempre se había sentido culpable por haber dejado a Cheryl por Leila, pero era obvio que no quería volver a salir con ella. Obvio para todos, excepto para Cheryl.

¿Qué diablos había querido decir ella con ese tonto comentario sobre la «prueba» de que Ted era inocente? ¿Qué estaría planeando ahora?

—Buenos días, señor Melnick. —Se volvió y vio a una Alvirah radiante—. ¿No quiere que caminemos juntos? —le preguntó—. Sé lo desilusionado que debe sentirse de que a Margo Dresher le den el papel de Amanda. Le digo que cometen un grave error.

Syd no se dio cuenta de lo fuerte que la asía del brazo hasta que la vio hacer una mueca.

—Lo siento, señora Meehan, pero no sabe de qué está hablando.

Demasiado tarde, Alvirah se dio cuenta de que sólo los que estaban en el negocio tenían esa información. El periodista del *Globe* que era su contacto para el artículo le había dicho que estudiara la reacción de Cheryl Manning cuando recibiera la noticia. Había cometido un error.

—¿O me equivoco? —preguntó—. Tal vez es porque mi esposo leyó que la cosa estaba entre Cheryl y Margo Dresher.

Syd adoptó un tono de voz confidencial.

—Señora Meehan, ¿quiere hacerme un favor? No hable con nadie sobre eso. No es verdad y no se hace una idea de cómo puede afectar a la señorita Manning.

Cheryl tenía una mano apoyada sobre el brazo de Ted. Le había dicho algo que lo hizo reír. Era una excelente actriz, aunque no lo suficiente como para mantenerse en calma si perdía el papel de Amanda. Y se volvería contra él como un gato callejero. Luego, mientras Syd observaba, Ted levantó la mano a modo de saludo y echó a correr hacia la puerta principal.

—Buenos días a todos —saludó Min en un fallido intento por demostrar su vigor habitual—. En marcha, y recuerden, por favor, paso vivo y respiración profunda.

Alvirah retrocedió cuando Cheryl se unió a ellos. Formaron una línea por el sendero que conducía al bosque. Syd descubrió a Craig que caminaba junto al abogado, Henry Bartlett, unos metros más adelante. El jugador de tenis iba de la mano con su novia. El conductor del programa de juegos estaba con su pareja de la semana, una modelo de veinte años. Los demás invitados, en grupos de dos y tres, le eran desconocidos.

Cuando Leila eligió este lugar como su preferido, lo situó en el mapa, pensó Syd. Nunca se sabía cuándo se la podía encontrar aquí. Min necesita otra superestrella. Había notado cómo todas las miradas persiguieron a Ted cuando éste echó a correr. Ted era una superestrella.

Era obvio que Cheryl estaba de muy buen humor. El cabello oscuro le enmarcaba el rostro; las cejas negras como el carbón y arqueadas sobre los ojos color ámbar; la boca malhumorada tenía ahora una sonrisa seductora. Comenzó a susurrar una canción romántica. Tenía los pechos erguidos y se le marcaban debajo de su chándal. Nadie más se pondría uno que pareciera una segunda piel.

—Tenemos que hablar —se apresuró a decirle Syd.

—Adelante.

—Aquí no.

—Entonces, luego. No estés tan amargado, Syd. Respira profundamente. Libérate de las malas ideas.

—No te molestes en ser amable conmigo. Cuando regresemos, iré a verte a tu bungalow.

—¿De qué se trata? —Era evidente que Cheryl no quería que le cambiara el humor.

Syd echó una mirada por encima del hombro. Alvirah estaba justo detrás de ellos. Syd casi podía sentir su aliento en el cuello.

Le pellizcó levemente el brazo a Cheryl para advertírselo.

Cuando llegaron al camino, Min siguió a la cabeza del grupo en dirección al ciprés, y Helmut retrocedió para conversar un poco con el grupo.

—Buenos días... Hermoso día... Traten de acelerar el paso... Lo están haciendo muy bien...

Su alegría artificial irritaba a Syd. Leila tenía razón. El barón era un soldadito de juguete. Le daban cuerda y avanzaba hacia adelante.

Helmut se detuvo delante de Cheryl.

—Espero que hayáis disfrutado de la cena de anoche. —Su sonrisa era amplia y mecánica. Syd ni siquiera recordaba qué había comido.

—Estuvo bien.

—Me alegro. —Helmut retrocedió para unirse a Alvirah y preguntarle cómo se sentía.

—Perfectamente bien —dijo con tono estridente—. Podría decir que estoy tan contenta como una mariposa flotando en una nube. —Su risa resonante hizo que Syd tuviera un escalofrío.

¿Hasta Alvirah Meehan se habría dado cuenta?

Henry Bartlett no estaba muy feliz con su situación en particular. Cuando le pidieron que tomara el caso de Ted Winters, arregló de inmediato su agenda. Pocos abogados criminalistas estarían demasiado ocupados como para no representar a un prominente multimillonario. Pero existía un problema entre él y Ted Winters. La definición sería la palabra *química* y la de ellos no combinaba.

Mientras continuaba con esa forzada marcha detrás de Min y del barón, Henry tuvo que admitir que ese lugar era lujoso, que los alrededores eran hermosos y que bajo diferentes circunstancias podría apreciar los encantos de la península de Monterrey y el Cypress Point.

Pero ahora estaba en la cuenta regresiva. El juicio del *Estado de Nueva York contra Andrew Edward Winters III* comenzaría en una semana exactamente. La publicidad era algo deseable cuando se ganaba un caso, pero a menos que Ted Winters comenzara a cooperar, eso no sucedería.

Min estaba acelerando el paso. Henry hizo lo mismo. No había pasado por alto las miradas de aprecio de la rubia ceniza de unos cincuenta años que estaba con la condesa. Bajo otras circunstancias, se le habría acercado. Pero no en ese momento.

Craig lo seguía con paso firme y ritmo estable. Henry aún no había podido descubrir qué era lo que impulsaba a Craig Babcock. Por un lado, había hablado del almacén de su padre en el este, y por otro, era el hombre de confianza de Ted Winters. Era una lástima que fuera demasiado tarde como para declarar que Ted estaba hablando por teléfono con él cuando la testigo afirmó haberlo visto. Ese pensamiento le recordó a Henry algo que quería preguntarle a Craig.

—¿Qué pasó con el detective que se ocupaba de Ross?

—Puse a tres detectives para que se ocuparan de ella: dos para que buscaran antecedentes y uno para que la siguiera.

—Tendrían que haberlo hecho hace meses.

—Estoy de acuerdo, pero el primer abogado de Ted no lo creía necesario.

Estaban llegando al camino que conducía al Ciprés Solitario.

—¿Cómo quedó en recibir los informes?

—El que dirige todo quedó en llamarme todas las mañanas, a las nueve y media, hora de Nueva York, seis y media de aquí. Acabo de hablar con él. Todavía no tiene nada importante. Todo lo que ya sabemos. Ella se divorció un par de veces; se pelea con los vecinos, y siempre está acusando a los demás de que la observan. Y se pasa llamando a la policía todo el tiempo para informar sobre individuos sospechosos.

—Podría deshacerla y pisotearla en el estrado —dijo Bartlett—. Si no fuera por el testimonio de Elizabeth Lange, el fiscal estaría volando con una sola ala. A propósito, quiero saber cómo está de la vista, si usa anteojos, qué graduación, cuándo fue que los cambió por última vez, etc... Todo acerca de su vista.

—Bien. Llamaré para decírselo.

Durante unos minutos, siguieron caminando en silencio. Era una mañana cálida; el sol absorbía el rocío de las hojas y arbustos; el camino estaba tranquilo y sólo pasaba algún automóvil ocasional; el estrecho puente que conducía al Ciprés Solitario estaba vacío.

Bartlett se volvió para mirar atrás.

—Hubiera querido ver a Ted de la mano de Cheryl.

—Siempre corre de mañana. Tal vez estuvieron de la mano toda la noche.

—Eso espero. Tu amigo Syd no parece muy contento.

—Corre el rumor de que Syd está quebrado. Estaba bien cuando tenía a Leila de cliente. Había firmado un contrato para una película con ella y parte del trato era que usarían a un par de sus otros clientes en alguna otra. Así consiguió que Cheryl siguiera trabajando. Ahora está sin Leila y sin todo el dinero que perdió con la obra; tiene problemas. Le encantaría poner el brazo alrededor de Ted ahora. Pero no se lo permitiré.

—Él y Cheryl son los dos testigos más importantes que tenemos —lo interrumpió Henry—. Tal vez sería mejor que fueras más generoso. De hecho, se lo sugeriré a Ted luego.

Habían pasado por el Pebble Beach Club y ahora regresaban a Cypress Point.

—Nos pondremos a trabajar después del desayuno —le informó Bartlett—. Tengo que decidir la estrategia a seguir en este caso y si debo poner a Ted en el estrado. Opino que no será un buen testigo para sí mismo; pero no importa lo que el juez le instruya al jurado; hay una gran diferencia psicológica cuando un acusado no se somete al interrogatorio.

Syd caminó con Cheryl hasta su bungalow.

—Seamos breves —le dijo ella cuando cerró la

puerta tras ellos—. Quiero darme una ducha y además invité a Ted a desayunar. —Se quitó la camiseta de entrenamiento, los pantalones y se puso una bata—. ¿De qué se trata?

—Siempre practicando, ¿eh, querida? —le dijo Syd—. Ahórralo para los dopados, muñeca. Preferiría luchar con un tigre. —Se quedó estudiándola un momento. Se había oscurecido el cabello para la audición de Amanda, y el efecto era sorprendente. El color más suave le había borrado esa mirada desvergonzada y vulgar que nunca había podido dominar y acentuado esos ojos maravillosos. Aun en esa bata de toalla tenía clase. Pero Syd sabía que, por dentro, seguía siendo la putita barata con la que había tratado durante casi dos décadas.

Ella le sonrió complaciente.

—Oh, Syd, no peleemos. ¿Qué quieres?

—Seré breve. ¿Por qué sugeriste que Leila pudo haberse suicidado? ¿Por qué habría creído que Ted salía con otra mujer?

—Tengo pruebas.

—¿Qué tipo de pruebas?

—Una carta. —De inmediato, se lo explicó todo—. Ayer subí a ver a Min. Tuvieron el atrevimiento de dejarme la cuenta cuando saben muy bien que soy una atracción para este lugar. Ellos estaban dentro y entonces descubrí que sobre el escritorio de Sammy estaban las cartas de los admiradores de Leila. Me puse a mirarlas y descubrí una.

»Y la cogí.

—¡La cogiste!

—Por supuesto. Te la mostraré.

Cheryl corrió al dormitorio, se la trajo, se recostó sobre el hombro de Syd y empezó a leérsela.

Leila:

¿Cuántas veces tengo que escribirte? NO
entiendes que Ted está cansado de Ti? SU
nueva NOVIA es Hermosa y MUCHO más joven
que Tú. TE dije que el collar de esmeraldas que
Le regaló Hace Juego con eL BRAZALeTe
QUE te dio a Ti. LE COSTó el DOBLE y es mUcHO
meJOR que el TUYO. Oí que tu OBRA es un deSAstRe.
TenDRíAS QUE APRENdeR el LIbreTO. VOLVEré A
escRiBIRTe pronTO.

tu Amigo

—¿No te das cuenta? Ted pudo haber tenido una
relación con otra persona. ¿Y eso no lo habría alegrado
de poder romper con Leila? Y si quiere decir que salía
conmigo, está bien. Lo apoyaré.

—Eres una estúpida.

Cheryl se enderezó y caminó hasta el sofá. Se sentó,
se inclinó hacia adelante y le habló como si se estuviera
dirigiendo a un niño muy despierto.

—Pareces no darte cuenta de que esta carta es mi oportunidad para hacer que Ted entienda que estoy de su lado.

Syd se acercó a Cheryl, le quitó la carta y la hizo
pedazos.

—Hace una hora, Bob Koening me llamó para asegurarse de que no podía surgir nada desfavorable con
respecto a ti. ¿Sabes por qué? Porque desde ahora estás
en camino de conseguir el papel de Amanda. Margo
Dresher ha tenido demasiada publicidad desfavorable.
¿Qué tipo de publicidad crees que recibirías si los admiradores de Leila se enteraran de que la llevaste al suicidio con esta clase de cartas?

—Yo no escribí esa carta.

—¡Por supuesto que sí! ¿Cuántas personas sabían lo

del brazalete? Observé tu mirada cuando Ted se lo dio a Leila. Estabas dispuesta a destrozarla. Esos ensayos eran cerrados. ¿Cuántas personas sabían que Leila tenía problemas con el libreto? Tú lo sabías. ¿Por qué? Porque yo mismo te lo dije. Tú escribiste esa carta y otras como ésa. ¿Cuánto tiempo te llevó recortar las palabras y pegarlas? Me sorprende que hayas tenido tanta paciencia. ¿Cuántas otras cartas hay que puedan aparecer?

Cheryl parecía preocupada.

—Syd, te juro que yo no escribí esta carta ni ninguna otra. Ahora cuéntame lo de Bob Koening.

De forma pausada, repitió la conversación con Bob. Cuando terminó, Cheryl le extendió la mano.

—¿Tienes una cerilla? Ya sabes que dejé de fumar.

Syd observó cómo la carta hechas trizas, con sus desparejas palabras pegadas, desaparecía en el cenicero.

Cheryl se le acercó y lo abrazó.

—Sabía que me conseguirías ese papel, Syd. Tienes razón en que tengo que deshacerme de la carta. Sin embargo, pienso que debo prestar testimonio en el juicio. La publicidad será formidable. ¿Pero no crees que mi actitud debería ser de sorpresa al saber que mi querida amiga estaba tan deprimida y perturbada? Entonces tendría que explicar cómo incluso nosotros, los que estamos arriba, tenemos terribles períodos de ansiedad.

Abrió los ojos y dos lágrimas corrieron por las mejillas.

—Pienso que Bob Koening quedará satisfecho con ese enfoque, ¿no lo crees así?

4

—¡Elizabeth! —La voz sorprendida de Min le hizo dar un salto.

—¿Pasa algo malo? ¿Dónde está Sammy?

Los equipos deportivos de Min y Helmut hacían juego; Min llevaba el cabello negro recogido en un moño, pero el maquillaje apenas disimulaba las desacostumbradas arrugas alrededor de los ojos, los párpados hinchados. El barón, como siempre, parecía estar en pose, con las piernas ligeramente separadas, las manos entrelazadas en la espalda, la cabeza inclinada hacia adelante, los ojos con aire de sorpresa e inocencia.

Elizabeth les contó rápidamente lo sucedido. Sammy no estaba; no había dormido en su cama.

Min pareció alarmada.

—Yo bajé alrededor de las seis. Encontré las luces encendidas, la ventana abierta y la fotocopiadora funcionando. Me enojé. Pensé que Sammy estaba volviéndose descuidada.

—¡La fotocopiadora estaba encendida! Entonces bajó a la oficina anoche. —Elizabeth atravesó la habitación—. ¿Alcanzaste a ver si la carta que quería fotocopiar estaba en la máquina?

No estaba allí, pero junto a la fotocopiadora Elizabeth encontró la bolsa de plástico con la que habían envuelto la carta.

En quince minutos habían organizado un grupo de búsqueda. De mala gana, Elizabeth tuvo que aceptar los ruegos de Min para que no llamara de inmediato a la policía.

—Sammy estuvo muy enferma el año pasado —le recordó Min—. Tuvo un ataque leve y se sintió desorientada. Pudo haberle sucedido de nuevo. Ya sabes cómo odia molestar. Tratemos de encontrarla primero.

—Esperaré hasta el mediodía —anunció Elizabeth con tono rotundo—, y luego informaré sobre su desaparición. Por lo que sabemos, si tuvo algún tipo de ataque, puede estar perdida en algún lugar de la playa.

—Minna le dio trabajo a Sammy por lástima —intervino Helmut—. La esencia de este lugar es la privacidad y la reclusión. Si viene la policía, la mitad de los invitados harán las maletas y se marcharán.

Elizabeth enrojeció de rabia, pero fue Min quien respondió.

—Se han ocultado demasiadas cosas por aquí —dijo en un tono calmo—. Demoraremos en llamar a la policía por el bien de Sammy, no por el nuestro.

Juntos volvieron a colocar las cartas desparramadas en las bolsas.

—Ésta es la correspondencia de Leila —les dijo Elizabeth. Anudó los extremos de las bolsas—. Más tarde, las llevaré a mi bungalow. —Estudió los nudos y quedó satisfecha al comprobar que nadie podría deshacerlos sin romper las bolsas.

—¿Entonces, piensas quedarte? —Helmut trató de que su tono sonara jovial, pero no lo consiguió.

—Por lo menos, hasta encontrar a Sammy —respondió Elizabeth—. Ahora, consigamos ayuda.

El grupo de búsqueda estaba compuesto por los empleados más antiguos y de más confianza: Nelly, la camarera que le había abierto la puerta del apartamento de Dora; el chófer; el jardinero principal. Permanecían de pie, a una distancia prudencial del escritorio de Min, aguardando instrucciones.

Fue Elizabeth quien les habló.

—Para proteger la intimidad de la señorita Samuels, no queremos que nadie sospeche que existe algún problema. —Luego procedió a dividir las responsabilidades—. Nelly, busca en los bungalows desocupados. Pregunta a las demás empleadas si han visto a Dora. Hazlo con indiferencia. Jason, ponte en contacto con las compañías de taxi, pregunta si han venido a recoger aquí a una persona entre las nueve y media de anoche y las siete de esta mañana. —Le hizo señas al jardinero—. Quiero que se busque en cada rincón del jardín. —Se volvió hacia Min y el barón—. Min, tú revisa la casa y el área de mujeres. Helmut, comprueba si no está en algún lugar de la clínica. Yo recorreré los alrededores.

Consultó el reloj.

—Recuerden, tenemos hasta el mediodía para encontrarla.

Cuando Elizabeth se dirigió hacia la salida, se dio cuenta de que no había hecho la concesión por Min y por Helmut, sino porque sabía que ya era demasiado tarde para Sammy.

5

Ted se negó rotundamente a comenzar a trabajar en su defensa hasta no pasar una hora en el gimnasio. Cuando Bartlett y Craig llegaron a su bungalow, acababa de terminar de desayunar y llevaba una camiseta deportiva color azul y pantalones cortos blancos. Al verlo, Henry Bartlett entendió por qué mujeres como Cheryl se le arrojaban encima, por qué una superestrella como Leila LaSalle había estado locamente enamorada de él. Ted poseía esa indefinible combinación de apariencia, inteligencia y encanto que atraía tanto a las mujeres como a los hombres.

A través de los años, Bartlett había defendido a ricos y pobres. La experiencia lo había hecho cínico. Ningún hombre es un héroe para su criado. O su abogado. A Bartlett le daba cierto sentido de poder conseguir que acusados culpables resultaran absueltos, preparando una defensa con pretextos que la misma ley le proporcionaba. Sus clientes le estaban agradecidos y le pagaban enormes sumas de dinero con presteza.

Ted Winters era diferente. Trataba a Bartlett con desprecio. Era el abogado del diablo de su propia estrategia de defensa. No hacía caso de las alusiones que Bartlett le hacía, alusiones que, por ética, Bartlett no podía expresar en forma explícita. Esta vez le dijo:

—Empieza a preparar mi defensa, Henry. Yo me voy al gimnasio por una hora. Y luego tal vez nade un poco. Y puede ser que vuelva a correr. Cuando regrese, quiero ver cuál es exactamente la línea de defensa que vas a seguir, y si estoy de acuerdo con ella. Supongo que te darás cuenta de que no tengo intenciones de decir: sí, tal vez, quizá volví a subir.

—Teddy, yo...

Ted se puso de pie. Hizo a un lado la bandeja del desayuno. Le miró con actitud amenazadora.

—Déjame explicarte algo. Teddy es el nombre de un niño de dos años. Te lo describiré. Así era como mi abuela llamaba a un pequeño rubio, de pelo muy, muy claro. Era un niñito fuerte que comenzó a caminar a los nueve meses y a los quince ya decía oraciones. Él era mi hijo. Su madre era una joven muy dulce que lamentablemente no pudo adaptarse a la idea de que se había casado con un hombre muy rico. Se negaba a tomar un ama de llaves. Hacía las compras ella misma y no tenía chófer. Tampoco quería conducir un automóvil costoso. Kathy temía que la gente de Iowa creyera que se había vuelto engreída. Una noche lluviosa ella volvía de hacer las compras en el supermercado y pensamos que una maldita lata de tomates se le cayó de la bolsa y fue a parar bajo su pie. Así que no pudo detenerse cuando vio la señal de stop y un camión con remolque arrolló ese montón de chatarra que ella llamaba coche. Y ella y ese niñito rubio llamado Teddy murieron. Eso fue hace ocho años. ¿Ahora entiendes por qué cuando me llamas Teddy veo a un niñito rubio que empezó a caminar y a hablar temprano y que dentro de un mes cumpliría diez años?

A Ted le brillaban los ojos.

—Ahora planea mi defensa. Para eso te pago. Yo iré al gimnasio. Craig, haz lo que prefieras.

—Iré contigo.

Salieron del bungalow y se dirigieron al sector de hombres.

—¿De dónde lo sacaste? ¡Por Dios!

—Tranquilo, Ted. Es el mejor criminalista del país.

—No, no lo es. Y te diré por qué. Porque vino con una idea preconcebida y trata de amoldarme para que sea el acusado ideal. Y es estúpido.

El jugador de tenis salía del bungalow con su novia. Saludaron a Ted con amabilidad.

—Te eché de menos la última vez en Forest Hills —le dijo el jugador.

—El año que viene, seguro.

—Estamos contigo. —Esta vez fue la muchacha quien habló con su sonrisa de modelo.

Ted le devolvió la sonrisa.

—Si pudiera tenerlos en el jurado... —Hizo un gesto de asentimiento con la mano y siguió caminando. La sonrisa desapareció.

—Me pregunto si habrá celebridades del tenis en Attica.

—No tiene que importarte. No tendrá nada que ver contigo. —Craig se detuvo—. ¿Ésa no es Elizabeth?

Estaban casi frente a la casa principal. Desde el otro extremo observaron cómo la esbelta figura de Elizabeth bajaba la escalera de la terraza y se dirigía hacia la salida. El color miel del cabello, la posición de la barbilla, la gracia de sus movimientos eran inconfundibles. Estaba frotándose los ojos y, luego, sacó un par de gafas oscuras del bolsillo y se las puso.

—Pensé que volvía a su casa esta mañana —dijo Ted con tono impersonal—. Algo anda mal.

—¿Quieres averiguar qué es?

—Es obvio que mi presencia sólo empeorará más las cosas. ¿Por qué no la sigues tú? Ella no cree que tú hayas matado a Leila.

—¡Ted, por favor, basta! Pondría las manos en el fuego por ti y lo sabes, pero ser un saco de arena no me hará funcionar mejor. Y tampoco veo en qué puede servirte a ti.

Ted se encogió de hombros.

—Lo siento. Tienes razón. Ve si puedes ayudar a Elizabeth. Te veré en mi bungalow en una hora.

Craig la alcanzó en la entrada. Ella le explicó rápidamente lo sucedido. Su reacción la tranquilizó.

—¿Quieres decir que hace horas que Sammy pudo haber desaparecido y todavía no avisaron a la policía?

—Lo harán en cuanto revisen el lugar y yo pensé en buscar en caso de que tal vez... —Elizabeth no pudo terminar—. ¿Recuerdas cuando tuvo el primer ataque? Se sintió tan desorientada y tan avergonzada...

Craig la rodeó con un brazo.

—Muy bien, tranquilízate. Caminemos un poco. —Cruzaron el camino para dirigirse al sendero que conducía al Ciprés Solitario. El sol había dispersado toda la niebla de la mañana y el día era brillante y cálido. Las gaviotas volaban por encima de sus cabezas y regresaban a sus nidos en la costa rocosa. Las olas se estrellaban contra las piedras despidiendo espuma para luego regresar al mar. El Ciprés Solitario, una atracción turística constante, ya estaba rodeado de cámaras fotográficas.

Elizabeth comenzó a interrogar a las personas.

—Estamos buscando a una señora mayor... Puede estar enferma... Es pequeña...

—Chaqueta y blusa color beige y una falda oscura.

—Parece mi madre —comentó un turista de camiseta deportiva roja y cámara al hombro.

—Podría ser la madre de cualquiera —comentó Elizabeth.

Llamaron a las puertas de las casas ocultas tras los árboles del bosque. Las camareras, algunas molestas y otras amables, prometieron avisar si veían algo.

Fueron al Pebble Beach Lodge.

—Sammy desayuna aquí a veces, en su día libre —dijo Elizabeth. Esperanzada, revisó los comedores, rogando hallar la figura pequeña y erguida, y a una Sammy sorprendida por todo ese alboroto. Sin embargo, sólo encontraron veraneantes, vestidos con costosos equipos deportivos, la mayoría aguardando la hora del recreo.

Elizabeth se volvió para partir y Craig la tomó de un brazo.

—Apuesto a que no desayunaste. —Le hizo señas al camarero.

Mientras tomaban el café, se estudiaron mutuamente.

—Si no hay señales de ella cuando regresemos, insistiremos en llamar a la policía —le dijo él.

—Algo le ha sucedido.

—No puedes estar segura de eso. Dime exactamente cuándo la viste y si mencionó algo acerca de tener que salir.

Elizabeth dudó. No estaba segura de querer contarle a Craig lo de la carta que Sammy iba a copiar o de la que habían robado. Sentía, sin embargo, que la preocupación de su rostro la tranquilizaba bastante y que si era necesario, utilizaría todo el poder de las Empresas Winters para hallar a Sammy. Su respuesta fue medida.

—Cuando Sammy me dejó, dijo que regresaría a la oficina por un rato.

—No puedo creer que tuviera tanto trabajo acumulado y que ello la obligara a trabajar de noche.

Elizabeth sonrió.

—No toda, hasta las nueve y media. —Para evitar más preguntas, bebió lo que le quedaba del café.

»¿Craig, no te molesta si regresamos? Puede ser que ya tengan noticias.

Pero no las había. Y de acuerdo con el informe de las camareras, el jardinero y el chófer, se había registrado cada centímetro de los alrededores. En ese momento, incluso Helmut estuvo de acuerdo en no aguardar hasta el mediodía, y en informar a la policía sobre la desaparición.

—No es suficiente —les dijo Elizabeth—. Quiero llamar a Scott Alshorne.

Aguardó a Scott junto al escritorio de Sammy.

—¿Quieres que me quede? —le preguntó Craig.

—No.

Echó un vistazo al cesto de papeles.

—¿Qué es todo eso?

—La correspondencia de los admiradores de Leila. Dora se ocupaba de contestarla.

—No la mires, sólo te deprimirá. —Craig echó un vistazo hacia la oficina de Min y Helmut. Estaban sentados juntos en el sillón art déco, hablando en voz baja. Se inclinó hacia adelante y dijo—: Elizabeth, tienes que saber que estoy entre la espada y la pared. Pero cuando esto termine, sin importar cómo, tenemos que hablar. Te he extrañado mucho. —Con un movimiento ágil, se colocó del otro lado del escritorio, le apoyó una mano en el cabello y le dio un beso en la mejilla—. Estoy siempre para ti —le susurró—. Si algo le sucedió a Sammy y necesitas un hombre o un oído... Ya sabes dónde encontrarme.

Elizabeth le tomó la mano y la sostuvo un momento contra su mejilla. Sentía su fuerza a través de sus gruesos dedos. Sin querer, pensó en las manos gráciles y los dedos finos de Ted. Le quitó la mano y se apartó.

—Basta o me harás llorar —le dijo tratando de que su voz no traicionara la intensidad del momento.

Craig pareció comprender. Se enderezó y dijo con indiferencia:

—Estaré en el bungalow de Ted por si me necesitas.

La espera era lo peor. Recordó la noche en la que había permanecido sentada en el apartamento de Leila esperando, rezando para que Leila y Ted se arreglaran, salieran juntos, a pesar de que su instinto le decía que algo andaba mal. Estar sentada ante el escritorio de Sammy la llenaba de angustia. Quería echar a correr hacia cualquier parte, preguntar a la gente si la había visto, buscar en el Bosque Croker por si había entrado allí confundida.

En lugar de eso, Elizabeth abrió una de las sacas de correspondencia y sacó un manojo de sobres. Por lo menos, haría algo. Buscaría más cartas anónimas.

6

El comisario Scott Alshorne había sido el amigo de toda la vida de Samuel Edgers, el primer marido de Min, el hombre que había construido Cypress Point Hotel. Él y Min habían congeniado desde un principio y él se sintió complacido de que Min mantuviera su parte del trato. Durante los cinco años que estuvieron casados, Min le dio al avinagrado octogenario un nuevo incentivo para su vida.

Scott observó con admiración y curiosidad cómo Min y ese tonto con el que se casó se apoderaron de un hotel cómodo y rentable para convertirlo en un monstruo que iba consumiéndose a sí mismo. Min solía invitarlo por lo menos una vez al mes a cenar en Cypress Point y durante el último año y medio, había llegado a conocer muy bien a Dora Samuels. Ésa fue la razón por la cual, cuando Min lo llamó para comunicarle la noticia de su desaparición, temió lo peor.

Si Sammy hubiera tenido uno de sus ataques y hubiera comenzado a vagar sin rumbo la habrían visto. Las personas mayores y enfermas no pasan inadvertidas en la península de Monterrey. Scott estaba orgulloso de su jurisdicción.

Su oficina estaba situada en Salinas, la sede del condado de Monterrey, a quince kilómetros de Pebble Beach. De inmediato dio instrucciones para que se pusiera un aviso de desaparición y pidió que una patrulla se reuniera con él en Cypress Point.

Durante el trayecto permaneció en silencio. El policía que conducía el automóvil notó que tenía unas arrugas insólitas y profundas en la frente y que el rostro bronceado, debajo de ese manto de cabello blanco ingobernable, tenía un gesto de preocupación. Cuando el jefe estaba así era porque se aproximaba un problema grande.

A las diez y media atravesaron las puertas de entrada. Los edificios y los alrededores estaban tranquilos. Había algunas personas caminando. Scott sabía que la mayoría de los huéspedes estaría trabajando en el gimnasio o en alguna sesión de masaje o de belleza para que, cuando regresaran a sus casas, todos los familiares los felicitaran por lo bien que estaban. O bien estarían en la clínica, en uno de los sofisticados y costosos tratamientos de Helmut.

Según le habían dicho, el avión privado de Ted Winters había aterrizado en el aeropuerto el domingo por la tarde y Ted se encontraba allí. No sabía si llamarlo o no. Ted estaba acusado de asesinato en segundo grado, pero también era el muchacho que solía salir a navegar con su abuelo y Scott.

Como sabía que Ted estaba alojado en Cypress Point, quedó atónito al ver a Elizabeth sentada ante el escritorio de Sammy. Ella no lo oyó llegar y Scott aprovechó la oportunidad para observarla sin que se diera cuenta. Estaba muy pálida, tenía los ojos enrojecidos y algunos mechones de cabello le caían sobre el rostro. Iba sacando unas cartas de unas bolsas, las miraba y luego las hacía a un lado con impaciencia. Era obvio que buscaba algo. Notó que le temblaban las manos.

Llamó a la puerta y Elizabeth dio un respingo. En su expresión observó una mezcla de alivio y preocupación. En forma espontánea, se levantó rápidamente y corrió hacia él con los brazos extendidos. Justo antes de alcanzarlo, se detuvo de manera abrupta.

—Lo siento... Quiero decir, ¿cómo estás, Scott?

Él supo lo que ella estaba pensando. Debido a su larga amistad con Ted, podría considerarla como el enemigo. Pobrecita. Le dio un fuerte abrazo. Para disimular su propia emoción, le dijo entre dientes:

—Estás delgada. Espero que no estés siguiendo una de esas dietas de Min para famosos.

—Sigo una dieta para engordar rápido: trocitos de plátano y batidos de chocolate.

—Muy bien.

Juntos se dirigieron hacia la oficina de Min. Scott levantó las cejas con asombro cuando vio el rostro demacrado de Min y la mirada cautelosa del barón. Ambos estaban preocupados y Scott sintió que esa preocupación iba más allá de Sammy. Las preguntas directas que formuló reunieron la información que necesitaba.

—Me gustaría echar un vistazo al apartamento de Sammy.

Min lo guió hasta allí. Elizabeth y Helmut los si-

guieron también. De alguna manera, la presencia de
Scott le daba a Elizabeth una leve esperanza. Por lo menos se haría algo. Había visto la expresión de desaprobación en su rostro al enterarse de que habían aguardado tanto tiempo para llamarlo.

Scott observó la sala y pasó luego al dormitorio. Señaló la maleta en el suelo, cerca del armario.

—¿Tenía pensado ir a algún lado?

—Acababa de regresar —explicó y luego pareció sorprendida—. No es típico de Sammy dejar la maleta así.

Scott la abrió. Había una caja de cosméticos llena
de frascos de medicinas. Leyó las indicaciones:

—Una cada cuatro horas; dos por día; dos al acostarse. —Frunció el entrecejo—. Sammy era cuidadosa con
los medicamentos. No quería sufrir otro ataque. Min,
muéstrame en qué condiciones hallaste la oficina.

Lo que más lo intrigaba era la fotocopiadora encendida.

—La ventana estaba abierta y la máquina encendida.
—Se detuvo frente a ella—. Estaba por copiar algo. Se
asomó a la ventana, ¿y luego qué? ¿Se sintió mareada?
¿Salió a caminar? ¿Pero adónde quería ir? —Miró por la
ventana. Desde allí se veía el predio sur, los bungalows
distribuidos a lo largo del camino hacia la piscina olímpica y el baño romano... ¡Esa horrible monstruosidad!

—¿Dijeron que buscaron en todo el predio y en todos los edificios?

—Sí. —Helmut fue el primero en responder—. Yo
mismo me ocupé de eso.

Scott lo interrumpió.

—Comenzaremos todo de nuevo.

Elizabeth permaneció las horas siguientes sentada ante
el escritorio de Sammy. Tenía los dedos entumecidos
de tanto manipular sobres. Todas las cartas eran pareci-

das: pedidos de autógrafos o de una fotografía. Al parecer, no había ninguna otra carta anónima.

A las dos en punto, Elizabeth oyó un grito. Corrió hacia la ventana justo a tiempo para ver que un policía hacía señas desde la entrada a la casa de baños. Bajó la escalera velozmente y en el último escalón resbaló y cayó de lleno contra el suelo de baldosas. Sin prestar atención al dolor de los brazos y las piernas, atravesó el césped corriendo hasta llegar a la casa de baños y llegó justamente en el momento en que Scott desaparecía en su interior. Ella lo siguió a través de la zona de los armarios hacia la piscina.

Un policía estaba de pie junto al borde la piscina señalando el lugar donde yacía el cuerpo desplomado de Sammy.

Luego, recordaría vagamente haberse arrodillado junto a Sammy, haberle quitado el cabello ensangrentado de la frente, y también que Scott la había tomado de un brazo con fuerza y le había ordenado que no la tocara. Sammy tenía los ojos abiertos, sus rasgos denotaban una expresión de terror, las gafas aún permanecían colocadas, aunque caídas sobre la nariz; tenía las palmas extendidas como si quisiera empujar algo hacia atrás. Todavía tenía abotonada la chaqueta; los bolsillos parecían abultados.

—Vean si tiene la carta de Leila —se oyó que decía Elizabeth—. Busquen en los bolsillos. —De pronto le pareció que la chaqueta color beige se convertía en el pijama de satén blanco de Leila, y creyó estar otra vez junto al cuerpo sin vida de su hermana...

Afortunadamente, se desmayó.

Cuando recobró el conocimiento, estaba recostada en la cama de su bungalow. Helmut, inclinado sobre ella, sostenía algo con un olor muy fuerte debajo de la nariz de Elizabeth. Min le frotaba las manos. De repente, comenzó a sacudirse con incontrolables sollozos.

—Sammy también, no; Sammy también, no.

Min la abrazó con fuerza.

—Elizabeth, no…, no…

Helmut susurró:

—Esto te ayudará. —Y sintió un pinchazo en el brazo.

Cuando se despertó, el cuarto estaba en penumbras. Nelly, la camarera que la había ayudado, le tocaba el hombro.

—Siento molestarla, señorita —le dijo—, pero le traje un poco de té y algo para comer. El sheriff no puede esperar más y tiene que hablar con usted.

7

La noticia de la muerte de Dora se extendió por Cypress Point como una inesperada tormenta en un picnic familiar, despertó una leve curiosidad: ¿Qué hacía ella en ese lugar? Un sentido de moralidad: ¿Qué edad tenía? Un intento por ubicarla: ¿Oh, se refieren a esa señora de la oficina? Para luego regresar cada uno a sus agradables actividades. Después de todo, ése era un lugar muy costoso. La gente iba allí para olvidar los problemas y no para encontrarlos.

A media tarde, Ted había ido a darse un masaje, esperando hallar un poco de alivio a su tensión bajo las manos del masajista sueco. Acababa de regresar a su bungalow cuando Craig le dio la noticia.

—Hallaron su cuerpo en la casa de baños. Debe de haberse mareado y cayó.

Ted pensó en aquella tarde en Nueva York cuando Sammy tuvo su primer ataque. Estaban todos en el apartamento de Leila y en medio de una frase la voz de Sammy se apagó. Fue él quien se dio cuenta de que le ocurría algo grave. Se alegraba de no haberla encontrado esos días en Cypress Point. Creía que para Sammy la cuestión de su culpabilidad era sólo eso, una cuestión, y se sentiría incómoda cerca de él.

—¿Cómo está Elizabeth? —le preguntó a Craig.

—Bastante mal. Oí que se había desmayado.

—Era muy amiga de Sammy. Ella... —Ted se mordió el labio y cambió de tema—. ¿Dónde está Bartlett?

—En el campo de golf.

—No sabía que lo había traído aquí para que jugara al golf.

—¡Vamos, Ted! Ha estado trabajando desde temprano esta mañana. Henry dice que puede pensar mejor si hace un poco de ejercicio.

—Recuérdale que mi juicio es la semana próxima. Será mejor que abrevie el ejercicio. —Ted se encogió de hombros—. Fue una locura venir aquí. No sé por qué pensé que me ayudaría a calmarme; no está funcionando.

—Dale una oportunidad. No sería mejor en Nueva York o en Connecticut. Por cierto, acabo de ver a tu viejo amigo, el comisario Alshorne.

—¿Scott está aquí? Entonces, debe de haber algo especial sobre la muerte de Sammy.

—No lo sé. Tal vez vino por rutina.

—¿Sabe que estoy aquí?

—Sí, de hecho me preguntó por ti.

—¿Sugirió que lo llamara?

La duda de Craig fue apenas perceptible.

—Bueno, no exactamente. Pero no fue una conversación social.

Otra persona que trata de evitarme —pensó Ted—. Otra persona que aguarda el veredicto del jurado. Nervioso, comenzó a pasearse por la sala de su bungalow. De repente, la cabaña se había convertido en una prisión. Pero todas las habitaciones lo hacían sentir así desde el comienzo del proceso. Debía de ser una reacción psicológica.

—Saldré a dar un paseo —dijo, y anticipándose al ofrecimiento de Craig de acompañarlo, agregó—: Regresaré a tiempo para la cena.

Cuando pasó por el Pebble Beach Club, pensó en la sensación de aislamiento que lo hacía sentir tan apartado de las personas que caminaban por los senderos, dirigiéndose a los restaurantes, los negocios de ropa o los de golf. Su abuelo había comenzado a llevarlo a ellos cuando tenía ocho años. Su padre detestaba California, de modo que sólo iban su madre y él, y allí veía cómo su nerviosismo se tornaba más joven y alegre.

¿Por qué no había abandonado a su padre?, se preguntó. La familia de su madre no tenía los millones de los Winters pero no le habría faltado el dinero. ¿Era por temor de perder la custodia de Ted que soportó ese maldito matrimonio? Su padre nunca la dejó que olvidara ese primer intento de suicidio. Y ella se había quedado y soportado los periódicos ataques de furia debidos al alcohol, sus insultos, sus burlas, el desprecio de sus miedos íntimos. Hasta que una noche decidió que no podía soportarlo más.

Sin darse cuenta, Ted caminó por el Seventten Mile Drive, sin notar el Pacífico que brillaba más allá de las casas que se elevaban sobre Stillwater Cove y la bahía de Carmel; sin notar el perfume de las buganvillas.

Carmel seguía atestado de turistas y estudiantes aprovechando los últimos días antes de que comenzara el semestre de invierno. Cuando él y Leila paseaban por la ciudad, ella detenía el tráfico. Ese pensamiento lo llevó a sacar las gafas oscuras que llevaba en el bolsillo. En aquellos días, los hombres lo observaban con envidia. Ahora era consciente de la hostilidad en los rostros extraños que lo reconocían.

Hostilidad. Aislamiento. Temor.

Esos últimos dieciocho meses habían destruido su vida, lo habían forzado a hacer cosas que jamás hubiera soñado. Ahora aceptaba el hecho de que existía un obstáculo más que debía enfrentar antes del juicio.

Sintió el cuerpo bañado en sudor ante la idea de lo que sería.

8

Alvirah estaba sentada frente a su tocador, estudiando con alegría la hilera de cosméticos y cremas que le habían dado en la clase de maquillaje aquella tarde. Tal como le había dicho la profesora, tenía mejillas lisas y podía resaltarlas con un rubor suave en lugar del rojo fuerte que usaba. También la convenció de que probara usar rímel marrón en lugar de negro que, según creía, resaltaba el encanto de sus ojos. «Menos es mejor», le había asegurado la experta, y a decir verdad, había diferencia. De hecho, el nuevo maquillaje castaño oscuro con el que le habían teñido el cabello, hacía que se pareciera a la tía Agnes, y Agnes siempre había sido la belleza de la familia. También estaba contenta de que sus manos comenzaran a perder las callosidades. Basta de trabajo pesado para ella. Nunca más. Punto.

—Y si piensa que ahora está bien, espere a que el barón Von Schreiber termine con usted —le había dicho la experta en maquillaje—. Sus inyecciones harán que desaparezcan esas pequeñas líneas alrededor de la boca, la nariz y los ojos. Hacen milagros.

Alvirah suspiró. Flotaba de alegría. Willy siempre le había dicho que era la mujer más hermosa del Queens y que le gustaba poder abrazarla y sentir que había algo a qué aferrarse. Pero en esos últimos años había aumentado de peso. Sería bueno aparentar tener clase ahora que estaban por buscar un nuevo apartamento. No porque tuviera intenciones de codearse con los Rockefeller, gente de clase media como ellos a quienes les había ido bien, pero si ella y Willy habían tenido más suerte que los demás, era bueno saber que podían beneficiar a otras personas.

Después de que terminara los artículos para el *Globe*, escribiría ese libro. Su madre siempre le decía: «Alvirah, tienes tanta imaginación que algún día serás escritora.» Tal vez ese día había llegado.

Alvirah estiró los labios y se aplicó, con cuidado, brillo de color coral con el pincel que había comprado. Años atrás, como estaba convencida de que sus labios eran demasiado angostos, se había acostumbrado a marcar los contornos como una muñeca, pero ahora la habían convencido de que eso no era necesario. Dejó el pincel y estudió los resultados.

En cierto modo, se sentía un poco culpable por estar tan contenta mientras aquella agradable dama yacía en la morgue. Pero ella tenía setenta y un años. Alvirah trató de convencerse. Debió de haber sido muy rápido. Es así como quiero que sea cuando me llegue el turno, pensó. Aunque no esperaba que sucediera demasiado pronto. Tal como solía decir su madre. «Nuestras mujeres son duras de roer.» Su madre tenía ochenta y cuatro años y seguía jugando a los bolos todos los miércoles por la noche.

Cuando Alvirah quedó conforme con el maquillaje, sacó el casete de la maleta y colocó la cinta de la cena del domingo. Mientras escuchaba, frunció el entrecejo. Es gracioso, cuando se escucha a la gente se tiene una perspectiva diferente de cuando se está con ella. Como Syd Melnick, que supuestamente era un gran agente pero dejaba que Cheryl Manning lo manipulara a gusto. Y ella podía ser tan cambiante..., un momento le protestaba a Syd Melnick por el agua que ella misma se había derramado, y al siguiente era toda dulzura para preguntarle a Ted si alguna vez podía ir con él a ver el gimnasio Winters en el colegio Dartmouth. Dart-muth —pensó Alvirah—, y no Dartmouth. Craig Babcock la había corregido. Tenía una voz tan agradable y calma. Ella le había dicho:

—Parece tan educado.

—Tendría que haberme conocido en la adolescencia —le respondió él riendo.

La voz de Ted Winters era tan refinada. Alvirah sabía que no había tenido que trabajar en ello. Los tres tuvieron una agradable conversación sobre el tema.

Alvirah revisó su micrófono para cerciorarse de que estuviera en su lugar, en el centro del broche e hizo un comentario:

—Las voces dicen mucho sobre las personas.

Se sorprendió al oír sonar el teléfono. Apenas eran las nueve, hora de Nueva York, y se suponía que Willy estaba en la reunión del sindicato. Ella hubiera querido que dejara el trabajo, pero él le pidió tiempo. No estaba acostumbrado a ser un millonario.

Era Charley Evans, el editor de trabajos especiales del *New York Globe*.

—¿Cómo está mi mejor periodista? —le preguntó—. ¿Algún problema con el casete?

—Trabaja a la perfección —le aseguró Alvirah—. Estoy pasándolo muy bien y conociendo a gente interesante.

—¿Alguna celebridad?

—Oh, sí. —Alvirah no pudo evitar jactarse—. Me trajeron desde el aeropuerto en una limusina con Elizabeth Lange, y estoy en la misma mesa que Cheryl Manning y Ted Winters. —Del otro lado de la línea se oyó que contenían el aliento, para satisfacción de Alvirah.

—¿Me está diciendo que Elizabeth Lange y Ted Winters están juntos?

—Oh, no exactamente juntos —se apresuró a explicar Alvirah—. De hecho, ella ni siquiera se le acercó. La señorita Lange pensaba regresar de inmediato, pero quería ver a la secretaria de su hermana. El único problema es que fue hallada muerta esta tarde en la casa de baños.

—Señora Meehan, aguarde un minuto. Quiero que repita todo lo que acaba de decirme, y despacio. Alguien va a tomar nota de todo.

9

A petición de Scott Alshorne, el forense del condado de Monterrey realizó una autopsia inmediata de los restos de Dora Samuels. La muerte se había producido por una severa lesión en la cabeza, presión en el cerebro por fragmentos de cráneo, lo que había contribuido a causar un ataque considerablemente severo.

En su oficina Scott estudió el informe de la autopsia en silencio y trató de sintetizar las razones que le hacían sentir que había algo siniestro en la muerte de Dora Samuels.

Esa casa de baños. Parecía un mausoleo; y terminó siendo el sepulcro de Sammy. ¿Quién diablos se creía que era el marido de Min para haberle encajado eso a ella? Inconscientemente, Scott pensó en el concurso que Leila había llevado a cabo para ver si debía apodarlo Soldadito de plomo o Soldadito de juguete. Al ganador, lo invitó con la cena.

¿Por qué Sammy estaba en la casa de baños? ¿Había entrado allí sin motivo alguno? ¿Planeaba encontrarse con alguien? No tenía sentido. La electricidad no había sido conectada. Seguramente estaba muy oscuro.

Min y Helmut declararon que la casa de baños debía haber estado cerrada. Pero también admitieron que tuvieron que salir de allí apresuradamente la tarde anterior.

—Min estaba molesta por los costos totales —explicó Helmut—. Estaba preocupado por su estado emocional. Es una puerta muy pesada; es posible que no la haya cerrado bien.

La muerte de Sammy fue causada por las heridas en la parte posterior de la cabeza. Había caído hacia atrás a la piscina. ¿Había caído o la habían empujado? Scott se puso de pie y comenzó a caminar de un lado a otro de la oficina. Una prueba práctica, si no científica, podía demostrar que las personas no suelen caminar hacia atrás a menos que estén huyendo de algo o de alguien...

Volvió a sentarse detrás de su escritorio. Se suponía que debía asistir a una cena con el alcalde de Carmel. Pero no iría. Regresaría a Cypress Point para hablar con Elizabeth Lange. Tenía el presentimiento de que ella sabía el motivo por el que Sammy había regresado a la oficina a las nueve y media de la noche y cuál era el documento tan importante que debía fotocopiar.

Durante el camino a Cypress Point, dos palabras bailaban en su mente:

¿Caído?

¿Empujado?

Luego, cuando pasó junto al Pebble Beach Lodge, se dio cuenta de aquello que lo había estado molestando. ¡Era la misma cuestión que llevaba a Ted Winters a juicio, acusado de homicidio!

10

Craig pasó el resto de la tarde en el bungalow de Ted revisando la abultada correspondencia que le habían enviado de su oficina de Nueva York. Con práctica, revisó notas, informes y proyectos. A medida que leía, su expresión se tornaba cada vez más hostil. Ese grupo de Harvard y Wharton Business M.B.A. que Ted había contratado hacía un par de años era una continua preocupación. Si se hubieran salido con la suya, Ted estaría construyendo hoteles en plataformas espaciales.

Por lo menos, habían tenido la inteligencia suficiente como para darse cuenta de que no podían acudir más a Craig. Las notas y cartas estaban todas dirigidas a él y Ted juntos.

Ted regresó a las cinco. Era obvio que la caminata no lo había calmado. Estaba de mal humor.

—¿Hay alguna razón por la que no puedas trabajar en tu bungalow?

—Ninguna, excepto que me pareció más fácil estar aquí por ti. —Craig le indicó algunos papeles—. Me gustaría que vieras algunas cosas.

—No me interesa. Haz lo que te parezca mejor.

—Creo que lo *mejor* sería que te tomaras un whisky y te relajaras un poco. Y creo que lo «mejor» para las Empresas Winters es deshacerse de estos dos estúpidos de Harvard. Sus cuentas de gastos parecen un robo a mano armada.

—No quiero tratar eso ahora.

Bartlett llegó enrojecido después de haber pasado toda la tarde al sol. Craig notó la forma en que Ted apretó la boca ante el saludo de Bartlett. Luego se tomó el primer whisky de un trago y no protestó cuando Craig volvió a llenarle la copa.

Bartlett quería discutir la lista de testigos de la defensa que Craig le había preparado. Se la leyó en voz alta: un resonante conjunto de nombres famosos.

—Falta el Presidente —dijo Ted con tono sarcástico.

Bartlett cayó en la trampa.

—¿Qué Presidente?

—El de los Estados Unidos, claro. Era uno de mis compañeros en el golf.

Bartlett se encogió de hombros y cerró el legajo.

—Es obvio que no será una buena sesión de trabajo. ¿Piensan ir a comer fuera esta noche?

—No voy a quedarme aquí, y ahora pienso irme a dormir una siesta.

Craig y Bartlett salieron juntos.

—Como verás, la situación se hace imposible —le dijo Bartlett.

A las seis y media, Craig recibió una llamada de la agencia que había contratado para que investigara a la testigo Sally Ross.

—Hubo un revuelo en el edificio donde vive Ross —le informaron—. La mujer que vive en el piso superior entró justamente cuando trataban de robarle. Atraparon al tipo, un ladrón con un largo historial delictivo. Ross no salió para nada.

A las siete, Craig se encontró con Bartlett en el bungalow de Ted. No estaba allí. Se dirigieron entonces hacia el edificio principal.

—Estos días eres tan popular para Teddy como yo —comentó Bartlett.

Craig se encogió de hombros.

—Escuche, si quiere desquitarse conmigo, no me importa. En cierta forma, es por mi culpa que está en esta situación.

—¿Y eso a qué viene?

—Yo le presenté a Leila. Ella salía conmigo.

Llegaron a la terraza a tiempo para oír la última broma: «En Cypress Point, por cuatro mil dólares a la semana, se podían utilizar las piscinas que tenían agua.»

No hubo rastros de Elizabeth durante la hora del cóctel. Craig esperó un rato por si la veía llegar, pero no apareció. Bartlett se unió al tenista y su novia. Ted estaba conversando con la condesa y su grupo; Cheryl estaba cogida de su brazo. Un Syd malhumorado estaba solo. Craig se le acercó.

—¿Esa prueba de la que habló Cheryl anoche, estaba ebria o era la estupidez habitual?

Sabía que a Syd no le hubiese molestado dirigir un golpe contra él. Syd lo consideraba, como a todos los parásitos del mundo de Ted, el obstáculo para la generosidad de Ted. Craig se consideraba más bien un guardameta: había que pasar a través de él para hacer un gol.

—Diría, más bien —respondió Syd—, que Cheryl nos estaba regalando con una de sus habituales y espléndidas actuaciones dramáticas.

Min y Helmut no aparecieron en el comedor hasta que todos los invitados estuvieron sentados. Craig notó lo demacrados que estaban y lo artificial de sus sonrisas mientras iban saludando de mesa en mesa. ¿Y por qué no? Su negocio consistía en retardar la vejez, la enfermedad y la muerte y esa tarde, Sammy les probó que era un esfuerzo inútil. Al sentarse, Min se disculpó por llegar tarde. Ted ignoró a Cheryl cuya mano seguía aferrada a él con insistencia.

—¿Cómo está Elizabeth?

Fue Helmut quien le respondió.

—No muy bien. Tuve que darle un sedante.

¿Alvirah Meehan no dejará nunca de jugar con ese maldito broche?, se preguntó Craig. Se había colocado entre él y Ted. Miró alrededor. Min, Helmut, Syd, Cheryl, Bartlett, Ted, la señora Meehan, él mismo. Había un lugar más preparado a su lado. Le preguntó a Min para quién era.

—Para el sheriff Alshorne. Acaba de regresar. En estos momentos está hablando con Elizabeth. Por favor, todos sabemos lo tristes que estamos por haber perdido a Sammy, pero sería mejor que no habláramos de ello durante la cena.

—¿Por qué el sheriff quiere hablar con Elizabeth Lange? —preguntó Alvirah Meehan—. No creerá que hay algo raro en que la señorita Samuels haya muerto en la casa de baños, ¿no? —Siete pares de ojos petrificados desalentaron nuevas preguntas.

La sopa era de melocotón helado y fresas, una de las especialidades de Cypress Point. Alvirah tomó la suya con satisfacción. El *Globe* estaría muy interesado en saber que Ted se preocupaba por Elizabeth.

Estaba ansiosa por conocer al sheriff.

11

Elizabeth permaneció de pie junto a la ventana de su bungalow y miró hacia el edificio principal justo a tiempo para ver entrar a los invitados. Insistió en que Nelly se fuera.

—Ha sido un día largo para ti y me siento muy bien ahora. —Se había levantado para tomar un té con tostadas, luego se dio una ducha rápida con la esperanza de que el agua fría la despejara un poco. El sedante la había dejado un poco mareada.

Se puso un suéter blanco y un par de mallas oscuras, su indumentaria favorita. De alguna manera, estar así vestida y con el cabello recogido con informalidad la hacía sentirse ella misma.

Habían desaparecido todos los invitados, y luego vio a Scott dirigirse hacia su habitación.

Se sentaron frente a frente, inclinados hacia adelante, con ganas de comunicarse y sin saber muy bien por dónde comenzar. Al observar la mirada amable e interrogativa de Scott recordó que Leila una vez le dijo: «Es el tipo de hombre que hubiera querido tener como padre.» La noche anterior, Sammy le había sugerido que le mostrara la carta anónima.

—Lo siento, pero no podía aguardar hasta mañana para verte —le dijo Scott—. Hay muchas cosas sobre la muerte de Sammy que me molestan. Por lo que sé hasta ahora, Sammy condujo ayer cinco horas desde Napa Valley hasta aquí. Llegó a las dos de la tarde y no la esperaban hasta entrada la noche. Debía de estar bastante cansada, pero ni siquiera se detuvo un momento para deshacer su equipaje. Fue directamente a su oficina. Dijo que no se sentía bien y no se presentó en el comedor, pero la camarera me informó que había una bandeja en la oficina y que ella estaba ocupada revisando bolsas de correspondencia. Luego, vino a verte y se fue alrededor de las nueve y media. Debía de estar exhausta para entonces, sin embargo, regresó a la oficina y encendió la fotocopiadora. ¿Por qué?

Elizabeth se puso de pie y empezó a caminar por el cuarto. Sacó de su maleta la carta que Sammy le había enviado a Nueva York y se la mostró a Scott.

—Cuando me di cuenta de que Ted estaba aquí, quise irme de inmediato, pero tenía que esperar y ver a Sammy para saber de qué se trataba todo esto. —Le contó acerca de la carta que habían robado de la oficina de Sammy y le mostró la transcripción que Sammy había hecho de memoria—. Es bastante parecido a lo que decía.

Cuando vio la escritura de Sammy, a Elizabeth se le llenaron los ojos de lágrimas.

—Encontró otra carta anónima en una de las sacas que revisaba anoche. Iba a hacer una copia para mí, y pensábamos llevarte a ti el original. La he escrito tal como la recuerdo. Esperábamos que se pudiera investigar el original. La letra de las revistas está codificada, ¿no?

—Sí. —Scott leyó y releyó las transcripciones de las cartas—. Qué sucio.

—Alguien estaba tratando de destruir a Leila —dijo Elizabeth—. Hay alguien que no quiere que esas cartas se encuentren. Alguien sacó la carta que estaba en el escritorio de Sammy ayer por la tarde y la otra que Sammy llevaba consigo.

—¿Me estás diciendo que pudieron haber asesinado a Sammy?

Elizabeth vaciló y luego lo miró directamente a los ojos.

—No puedo responder a eso. Pero sé que alguien estaba lo suficientemente preocupado por esas cartas como para querer recuperarlas. Sé que esas cartas pueden explicar la conducta de Leila de los últimos días. Precipitaron la pelea con Ted, y están relacionadas con la muerte de Sammy. Te juro, Scott, que voy a encontrar a quien las ha escrito. Tal vez no pueda hacerse un procesamiento criminal, pero tiene que haber alguna manera para que esa persona pague. Es alguien que estaba muy cerca de Leila, y tengo mis sospechas.

Quince minutos después, Scott dejó a Elizabeth con las transcripciones de las dos cartas en el bolsillo. Elizabeth creía que Cheryl había escrito esas cartas. Tenía sentido. Eran los métodos habituales de Cheryl. Antes de dirigirse al comedor, caminó hacia la derecha del edificio principal. Allí arriba estaba la ventana por donde Sammy había mirado al encender la fotocopiadora. Si hubiera habido alguien en las escaleras de entrada a la casa de baños y le hubiera hecho señas para que bajara...

Era posible. Pero Sammy no habría bajado a no ser por alguien que conociera y en quien confiara.

Cuando Scott llegó al comedor, los demás habían comenzado ya el segundo plato. La silla vacía estaba situada entre Min y la mujer que le presentaron como Alvirah Meehan. Scott tomó la iniciativa para saludar a Ted. «Presunción de Inocencia.» Ted siempre había tenido esa apariencia tan atractiva. No era de extrañar que una mujer llegara a esos extremos para separarlo de otra mujer. Scott notó también que Cheryl no perdía oportunidad para tocarle la mano o rozarlo con el hombro.

Se sirvieron costillas de cordero de la bandeja de plata que le había acercado el camarero.

—Deliciosas —comentó Alvirah Meehan en tono de susurro—. En este lugar no irán a la bancarrota por el tamaño de las porciones que se sirven, pero les aseguro que cuando termino me siento como si hubiera comido muchísimo.

Alvirah Meehan. Por supuesto. Había leído en el *Monterrey Review* acerca de la ganadora de cuarenta millones de dólares en la lotería, que pensaba hacer realidad su más preciado sueño al visitar Cypress Point.

—¿Lo está pasando bien, señora Meehan?

Alvirah sonrió radiante.

—Claro que sí. Todos han sido maravillosos conmigo, y tan amables. —Dirigió una sonrisa a toda la mesa. Min y Helmut intentaron devolvérsela—. Los tratamientos me hacen sentir como una princesa. La especialista en nutrición me dijo que en dos semanas podría bajar dos kilos y medio. Mañana, me aplicarán colágeno para librarme de las arrugas que tengo alrededor de la boca. Tengo miedo a las inyecciones, pero el barón Von Schreiber me dará algo para los nervios. Me iré de aquí sintiéndome... como..., como una mariposa volando en una nube —Alvirah señaló a Helmut—. El barón escribió eso. ¿No es un estupendo escritor?

Alvirah se dio cuenta de que hablaba demasiado. Es

que se sentía culpable por ser una periodista encubierta y quería decir algo agradable sobre esas personas. Pero ahora era mejor que se callara y escuchara para saber si el sheriff decía algo acerca de la muerte de Dora Samuels. Pero lamentablemente nadie sacó el tema. Cuando estaban a punto de terminar la crema de vainilla, el sheriff preguntó, y no fue algo casual:

—¿Seguirán aquí unos días más? ¿Nadie tiene pensado irse?

—No tenemos planes determinados —le respondió Syd—. Puede ser que Cheryl tenga que regresar a Beverly Hills en cualquier momento.

—Será mejor que me avise si se va a Beverly Hills o a cualquier lugar —dijo con tono amable—. Y a propósito, barón, me llevaré las sacas de correspondencia de Leila.

Dejó la cuchara que sostenía y comenzó a correr la silla hacia atrás.

—Es gracioso —dijo—, pero tengo la impresión de que una de las personas sentadas a esta mesa, a excepción de la señora Meehan, pudo haber escrito unas cartas bastante sucias a Leila LaSalle. Y estoy ansioso por descubrir quién fue.

Para desaliento de Syd, la mirada fría de Scott se posó deliberadamente en Cheryl.

12

Eran casi las diez cuando quedaron a solas en su apartamento. Min había sufrido todo el día pensando en si debía o no enfrentar a Helmut con la prueba de que él había estado en Nueva York la noche en que murió Leila. Hacerlo era forzarlo a admitir que tuvo algo que ver con Leila. Y no hacerlo, era permitir que permaneciera vulnerable. ¡Qué estúpido había sido en no destruir el recibo de la llamada!

Helmut fue directamente a su vestidor. Cuando regresó, Min lo aguardaba en uno de los sillones cerca de la chimenea del dormitorio. Lo estudió de manera impersonal. Estaba peinado tan formalmente como si tuviera que asistir a un baile de etiqueta; llevaba una bata de seda anudada con un cordón también de seda; su postura militar lo hacía parecer más alto de lo que era en realidad, casi un metro ochenta era apenas superior a la medida normal de los hombres.

Se preparó un escocés con soda y sin preguntar, le sirvió un jerez a Min.

—Ha sido un día difícil, Minna. Lo manejaste bien —le dijo. Ella seguía sin hablar y por fin, Helmut se dio cuenta de que su silencio era desusado—. Este cuarto es tan placentero...—le dijo—. ¿No estás contenta de haberme dado el gusto de seguir adelante con los colores que había elegido para ti? Y además, te quedan bien. Colores fuertes y hermosos para una mujer fuerte y hermosa.

—No diría que el rosado es un color fuerte.

—Se hace fuerte cuando está junto a un violeta profundo. Como yo, Minna. Me hago fuerte porque estoy contigo.

—Y entonces, ¿por qué esto? —Sacó de su bata el resumen de la cuenta de teléfono y observó cómo la expresión de Helmut pasaba del asombro al temor—. ¿Por qué me mentiste? Estabas en Nueva York aquella noche. ¿Estabas con Leila? ¿Fuiste a verla?

Helmut suspiró.

—Minna, me alegro de que lo hayas descubierto. Quería decírtelo.

—Dímelo ahora. Estabas enamorado de Leila y salías con ella.

—No, te juro que no.

—Mientes.

—Minna, te digo la verdad. Fui a verla como amigo, como médico. Llegué allí a las nueve y media. La puerta de su apartamento estaba entreabierta. Sentí que Leila lloraba histéricamente y Ted le gritaba que colgara el teléfono. Ella le contestó gritando. En ese momento, llegaba el ascensor y no quería que me vieran. Así que me escondí...

Helmut se arrodilló a los pies de Min.

—Minna, me moría por decírtelo. Minna, Ted la empujó. La oí gritar: «No, no...» Y luego, el grito al caer.

Min palideció.

—¿Quién salió del ascensor? ¿Alguien te vio?

—No lo sé. Bajé corriendo por la escalera de incendios.

Luego, como si su compostura, su sentido del orden, lo hubieran abandonado, se inclinó hacia adelante, apoyó la cabeza en las manos y se puso a llorar.

MIÉRCOLES

2 de septiembre

CITA DEL DÍA

La belleza entra por los ojos.

SHAKESPEARE

Buenos días, estimados huéspedes:

¿Se sienten un poco perezosos esta mañana? No importa. Después de unos días, todos comenzamos a caer en un delicioso y refrescante letargo y pensamos que tal vez, sólo tal vez, podamos quedarnos en la cama esta mañana.

No y no. Los estamos llamando. Únanse a nosotros en la maravillosa y vigorizante caminata a través de nuestros hermosos bosques y a lo largo de la costa. Se alegrarán de ello. Quizá ya hayan aprendido el placer de hacer nuevos amigos o de reencontrar a los viejos en nuestro paseo al aire libre.

Permítanme recordarles que todos los huéspedes que deseen nadar solos en cualquiera de nuestras piscinas deben llevar el silbato reglamentario. Nunca se ha necesitado hasta ahora, pero es un factor de seguridad que creemos esencial. Mírense en el espejo. ¿No empiezan a notarse todos los cuidados y ejercicios? ¿No les brillan más los ojos? ¿No sienten la piel más firme? ¿No será divertido mostrar la nueva apariencia a la familia y amigos?

Y una última sugerencia. Sean cuales fueren los problemas que trajeron con ustedes, ya deberían estar totalmente olvidados. Piensen positivamente.

BARÓN Y BARONESA VON SCHREIBER

1

El teléfono de Elizabeth comenzó a sonar a las seis de la mañana. Contestó todavía dormida. Sentía los párpados pesados y a punto de cerrarse en cualquier momento. Los efectos del sedante no la dejaban pensar con claridad.

Era William Murphy, el ayudante del fiscal de distrito de Nueva York. Las palabras con las que la saludó terminaron de despertarla.

—Señorita Lange, pensé que quería que el asesino de su hermana fuera condenado. —Sin esperar una respuesta, prosiguió—: ¿Puede explicarme por qué está en el mismo lugar que Ted Winters?

Elizabeth se incorporó y apoyó los pies en el suelo:

—No sabía que estaría aquí. No me he acercado a él.

—Puede ser verdad, pero en cuanto lo vio tendría que haber regresado a casa. Mire la edición del *Globe* de esta mañana. Hay una foto de ustedes dos abrazados.

—Yo nunca...

—Fue tomada durante el funeral de Leila, pero la forma en que se miran está abierta a interpretaciones. ¡Salga de allí ahora mismo! ¿Y qué es esta historia de la secretaria de su hermana?

—Es por ella que no me puedo ir. —Elizabeth le contó acerca de las cartas y de la muerte de Sammy—. No me acercaré a Ted —le prometió—, pero me quedaré hasta mañana, tal como lo había planeado. Eso me da dos días para tratar de encontrar la carta que tenía Dora o saber quién se la quitó.

Como Elizabeth no quiso cambiar de opinión, por fin Murphy se decidió a cortar, no sin antes advertirle:

—Si el asesino de su hermana anda suelto, pregúntese de quién es la culpa. —Hizo una pausa y agregó—: Y ya se lo dije antes: cuídese.

Corrió hasta Carmel. Allí conseguiría los diarios de Nueva York. Era otro hermoso día de verano. Las limusinas y los Mercedes descapotables se dirigían en fila hacia los campos de golf. Otros corredores la saludaron con amabilidad. Los cercos particulares protegían las residencias de la mirada indiscreta de los turistas, pero en los espacios intermedios podía verse el Pacífico. Un hermoso día para estar viva, se dijo Elizabeth y tembló al pensar en la imagen del cuerpo de Sammy en el depósito de cadáveres.

Se detuvo en una cafetería sobre Ocean Avenue para leer el *Globe*. Alguien les había tomado la fotografía al finalizar el funeral. Ella había comenzado a llorar. Ted estaba a su lado. La había abrazado y atraído hacia sí. Trató de no recordar lo que había sentido el estar en sus brazos.

Con un repentino desprecio hacia sí misma, dejó el dinero en la mesa y salió. Caminó hacia la salida, y arrojó el diario a un cubo de basura. Se preguntó quién habría filtrado la información al diario. Pudo haber sido alguien del personal. Min y Helmut sufrían muchas filtraciones. También podía haber sido uno de los huéspedes quien, a cambio de un poco de publicidad personal, mantenía informados a los columnistas. O la misma Cheryl.

Cuando regresó a su bungalow, Scott estaba sentado en el porche, aguardándola.

—Eres madrugador —le dijo ella.

Scott tenía ojeras.

—No dormí bien anoche. Hay algo en la caída de Sammy a la piscina que no termina de convencerme.

Elizabeth tuvo un sobresalto al pensar en la cabeza manchada de sangre de Sammy.

—Lo siento —se disculpó Scott.

—Está bien. Yo también me siento así. ¿Hallaste alguna otra de esas cartas?

—No. Tengo que pedirte que revisemos juntos los efectos personales de Sammy. No sé qué estoy buscando, pero tú podrías ver algo que a mí se me pase por alto.

—Dame diez minutos para ducharme y cambiarme.

—¿Estás segura de que no te hará daño?

Elizabeth se apoyó contra la barandilla del porche y le pasó una mano por el cabello.

—Si hubiera encontrado esa carta, podría pensar que Sammy sufrió un ataque y se metió en la casa de baños. Pero al desaparecer la carta... Scott, si alguien la empujó o la asustó para que cayera, esa persona es una asesina.

Las puertas de los demás bungalows comenzaban a abrirse. Hombres y mujeres con idénticas batas de toalla color marfil se dirigían a los edificios respectivos, según el programa del día para cada uno.

—Los tratamientos comienzan dentro de quince minutos —le explicó Elizabeth—. Masajes, tratamientos de belleza, baños de vapor y Dios sabe qué otras cosas. ¿No es increíble pensar que una de estas personas que recibe todos estos cuidados dejó que Sammy muriera en ese maldito mausoleo?

La llamada que Craig recibió temprano era del detective privado. Evidentemente estaba preocupado.

—No hay nada más sobre Sally Ross —le dijo—, pero he oído que el ladrón que arrestaron en el edificio dice que tiene información acerca de la muerte de Leila LaSalle. Quiere llegar a un acuerdo con el fiscal de distrito.

—¿Qué tipo de información? Puede ser lo que estamos buscando.

—Mi contacto no lo cree así.

—¿Y eso qué quiere decir?

—El fiscal de distrito está contento. Tiene que pensar que ahora su posición es más fuerte.

Craig llamó a Bartlett y le relató la conversación.

—Le informaré en mi oficina —dijo Bartlett—. Puede ser que mi gente encuentre algo. Tendremos que quedarnos tranquilos hasta saber qué ocurre. Mientras tanto iré a ver al comisario Alshorne. Quiero que me dé una buena explicación acerca de las cartas anónimas de las que habló. ¿Estás seguro de que Teddy no salía con otra mujer, alguien a quien esté protegiendo? Parece no darse cuenta de lo mucho que esto podría ayudarnos. Quizá, sería conveniente que se lo mencionaras.

Syd estaba a punto de salir a caminar cuando sonó el teléfono. Algo le dijo que era Bob Koening. Se equivocó. Durante tres interminables minutos estuvo intentando conseguir más tiempo para pagar el resto de sus deudas.

—Si Cheryl consigue este papel, puedo pedir parte de mi comisión —explicó—. Juro que tiene más posibilidades que Margo Dresher... Koening mismo me lo dijo... Lo juro...

Cuando cortó la comunicación, se sentó en el borde de la cama. Estaba temblando. No tenía elección.

Tenía que ir a ver a Ted y utilizar lo que sabía para conseguir el dinero que necesitaba.

No tenía más tiempo.

Había algo indefiniblemente diferente en el apartamento de Sammy. Elizabeth sintió como si su aura hubiese desaparecido con su cuerpo físico. No habían sido regadas las plantas y había hojas muertas sobre las macetas.

—Min se puso en contacto con la prima de Sammy para ultimar los detalles del funeral —explicó Scott.

—¿Dónde está su cuerpo ahora?

—Lo recogerán hoy del depósito de cadáveres y lo enviarán a Ohio para ser enterrado en el solar de la familia.

Elizabeth pensó en el polvo de cemento pegado en la falda y la chaqueta de Sammy.

—¿Puedo darte ropa para Sammy? —preguntó—. ¿Es demasiado tarde?

—No, no lo es.

La última vez que hizo eso había sido para Leila. Sammy la había ayudado a elegir el vestido con el cual Leila sería enterrada.

—Recuerda que el ataúd estará cerrado —le había advertido Sammy.

—No es eso —le había respondido Elizabeth—. Ya conoces a Leila. Si se ponía algo que no la hacía sentir cómoda estaba mal toda la noche, a pesar de que todos los demás la vieran espléndida. Si uno supiera...

Sammy comprendió. Y juntas eligieron el vestido de seda y terciopelo verde que Leila usó la noche en que le dieron el Oscar. Ellas dos fueron las únicas que la vieron en el ataúd. La empresa funeraria se había encargado de reconstruir el hermoso rostro, de borrar las heridas, y entonces, por fin, tenía una expresión de paz.

Estuvieron un rato sentadas juntas, recordando, hasta que por fin llegó el momento de dejar que los admiradores pasaran junto al féretro; el director del funeral necesitaba tiempo para cerrar el ataúd y envolverlo en el manto floral que Elizabeth y Ted habían encargado.

Ahora, mientras Scott la observaba, Elizabeth revisó el armario.

—El vestido de seda azul oscuro —murmuró—. El que Leila le regaló para su cumpleaños. Sammy solía decir que si hubiese tenido esa ropa de joven, toda su vida habría sido diferente.

Hizo un paquete con la ropa interior, las medias, los zapatos y un costoso collar de perlas que Sammy usaba con los «vestidos buenos».

—Por lo menos, puedo hacer algo por ella —le dijo a Scott—. Ahora, ocupémonos de averiguar qué le sucedió.

Los cajones del vestidor de Sammy sólo contenían efectos personales. En su escritorio, encontraron el talonario, papel de cartas y una agenda. En un estante del armario, detrás de una pila de suéteres, hallaron una agenda de hacía dos años y un ejemplar encuadernado de la obra *Merry-Go-Round*, de Clayton Anderson.

—La obra de Leila —le explicó Elizabeth—. Nunca la leí —abrió la portada y recorrió las páginas—. Mira, es su libreto. Siempre escribía notas y cambiaba algunas líneas para que sonaran mejor.

Scott observó cómo Elizabeth pasaba los dedos sobre la florida caligrafía que ocupaba los márgenes de las páginas.

—¿Por qué no te lo llevas? —le preguntó.

—Me gustaría.

Scott abrió la agenda. Estaba escrita con el mismo tipo de letra ornamentada.

—También era de Leila. —No aparecía nada más después del 31 de marzo. En esa página, Leila había escrito: «¡NOCHE DE ESTRENO!» Scott revisó las páginas anteriores. En la mayoría estaba escrita la palabra ensayo tachada.

Había citas para la peluquería, para pruebas de ropa, para visitar a Sammy en el monte Sinaí, enviar flores a Sammy, apariciones en público. En las últimas seis semanas, había más y más citas tachadas. También algunas anotaciones: Sparrow, L. A.; Ted, Budapest; Sparrow, Montreal; Ted, Bonn...

—Parece que llevaba el control de los programas de ambos.

—Lo hacía para saber dónde poder localizarnos.

Scott se detuvo en una página.

—Vosotros dos estabais en la misma ciudad aquella noche. —Comenzó a volver las páginas con mayor lentitud—. De hecho, parece que Ted aparecía un poco temprano en las mismas ciudades donde se iba a representar tu obra.

—Sí, a veces salíamos a cenar después de la representación y llamábamos a Leila juntos.

Scott estudió el rostro de Elizabeth. Por un instante se le cruzó una idea. ¿Era posible que Elizabeth estuviera enamorada de Ted y se negara a reconocerlo? Y de ser así, ¿era posible que un sentimiento de culpa le estuviera exigiendo, inconscientemente, que Ted fuese castigado por la muerte de su hermana, sabiendo así que también ella sería castigada al mismo tiempo? Era un pensamiento inquietante y trató de borrarlo de su mente.

—Puede ser que esta agenda no tenga ninguna importancia para el caso, pero creo de todas maneras que el fiscal de distrito de Nueva York debería tenerla.

—¿Por qué?

—Ninguna razón en particular. Pero podría ser considerado una prueba instrumental.

No quedaba nada más que encontrar en el apartamento de Sammy.

—Tengo una idea —sugirió Scott—. Regresa y sigue el programa que hayas planeado. Tal como te dije, no hay más anónimos en la correspondencia de Leila. Mis muchachos revisaron todas las bolsas anoche. Nuestra posibilidad de encontrar a quien las haya enviado es remota. Hablaré con Cheryl, pero ella es bastante astuta. Y no creo que hable.

Juntos caminaron por el sendero que conducía al edificio principal.

—¿Todavía no has revisado el escritorio de la oficina de Sammy? —le preguntó Scott.

—No. —Elizabeth se dio cuenta de la fuerza con que sostenía el libreto. Algo le decía que lo leyera. Sólo había visto aquella horrible representación. Había oído decir que era buena para Leila. Ahora, quería juzgarlo por sí misma. De mala gana, acompañó a Scott hasta la oficina. Ése se había convertido en otro de los lugares que quería evitar.

Helmut y Min estaban en sus oficinas privadas. La puerta estaba abierta. Henry Bartlett y Craig estaban con ellos. Bartlett no perdió tiempo y preguntó directamente acerca de los anónimos.

—Pueden servir para la defensa de mi cliente —le explicó a Scott—. Tenemos derecho a saber de qué se trata.

Elizabeth observó cómo Henry Bartlett atendía la explicación de Scott acerca de las cartas anónimas. Su mirada era intensa. Ése era el hombre que la interrogaría en el juicio. Parecía un ave de rapiña aguardando a su presa.

—Déjeme entenderlo con claridad —dijo Bartlett—. ¿La señorita Lange y la señorita Samuels estuvieron de acuerdo en que Leila LaSalle pudo sentirse profundamente deprimida por las cartas anónimas que sugerían que Ted Winters salía con otra mujer? ¿Y ahora esas cartas desaparecieron? ¿El lunes a la noche la señorita Samuels escribió sus impresiones de la primera carta? ¿La señorita Lange transcribió la segunda? Quiero copias.

—No veo por qué no pueda tenerlas —le dijo Scott. Dejó la agenda de Leila sobre el escritorio de Min—. Ah, esto también lo enviaré a Nueva York —dijo—. Era la agenda de Leila de los últimos tres meses de vida.

Sin pedir autorización, Henry Bartlett se apoderó de la agenda. Elizabeth supuso que Scott protestaría, pero no lo hizo. Al ver que Bartlett revisaba la agenda personal de Leila, sintió que se entrometía en su vida. ¿Qué derecho tenía? Elizabeth miró a Scott con enojo. Él la observaba con indiferencia.

Está tratando de prepararme para la semana que viene, pensó Elizabeth y se dio cuenta de que tal vez tendría que sentirse agradecida. La semana siguiente, todo lo que fue Leila quedaría al descubierto frente a doce personas que lo analizarían; su relación con Leila, con Ted... Nada quedaría oculto.

—Revisaré el escritorio de Sammy —dijo ella de repente.

Todavía tenía en la mano el libreto de la obra. Lo colocó sobre el escritorio de Sammy y revisó rápidamente los cajones. No había nada personal en ellos. Carpetas de publicidad, cartas tipo, notas, los artículos habituales de una oficina.

Min y el barón la habían seguido. Cuando Elizabeth levantó la mirada estaban de pie frente al escritorio. Ambos tenían la mirada clavada en el libreto con tapas de cuero con el título *Merry-Go-Round* impreso.

—¿La obra de Leila? —preguntó Min.

—Sí. Sammy guardaba la copia de Leila. Yo me la llevaré ahora.

Craig, Bartlett y el sheriff salieron de la oficina privada. Henry Bartlett sonreía, una sonrisa de satisfacción, presumida y fría.

—Señorita Lange, ha sido de gran ayuda para nosotros en el día de hoy. Debo advertirle que al jurado no le agradará el hecho de que, al haber sido despreciada como mujer, hizo que Ted Winters pasara por toda esta pesadilla.

Elizabeth se puso de pie, los labios blancos.

—¿De qué está hablando?

—Estoy hablando de que con el propio puño y letra de su hermana, aparece señalado el hecho de que usted y Ted coincidían en las mismas ciudades digamos que... demasiado a menudo. Estoy hablando acerca de su mirada cuando Ted la rodeó con los brazos en el servicio fúnebre. Imagino que habrá visto el diario de esta mañana. Al parecer, lo que pudo ser un flirteo para Ted, para usted fue mucho más serio y por eso, cuando él la dejó, usted descubrió la manera de vengarse.

—¡Maldito mentiroso! —Elizabeth no se dio cuenta de que le había arrojado la copia de la obra hasta que ésta le pegó en el pecho.

Su expresión pareció indiferente, incluso complacida. Se inclinó para recoger el escrito y se lo devolvió.

—Hágame un favor, señorita, y repita este exabrupto frente al jurado la semana próxima —le dijo—. Exonerarán a Ted.

2

Mientras que Craig y Bartlett salieron para enfrentarse al sheriff, Ted se quedó haciendo gimnasia. Cada aparato que utilizaba parecía enfatizar su propia situación. El bote de remo que no conducía a ninguna parte; la bicicleta que por mucho que pedaleara no se movía del lugar. Logró intercambiar algunas bromas superficiales con los otros hombres que estaban entonces en el gimnasio: el director de la Bolsa de valores de Chicago, el presidente del Atlantic Banks, un almirante retirado.

Sintió que ninguno de ellos sabía qué decirle, y que no querían desearle buena suerte. Era más fácil para ellos —y para él— dedicarse a los aparatos y concentrarse en sacar músculos.

Los hombres se ablandan en la prisión. Ejercicio insuficiente. Aburrimiento. Palidez. Ted estudió su piel bronceada. No le duraría mucho tras las rejas.

Había quedado en reunirse con Craig y Bartlett a las diez en su bungalow, pero resolvió ir a nadar a la piscina cubierta. Hubiera preferido la piscina olímpica, pero Elizabeth podía estar allí y no quería encontrársela.

Había nadado unas diez veces la piscina cuando vio que Syd entraba por el otro extremo. Estaban a seis calles de distancia, pero luego de una breve brazada, prefirió ignorarlo. Sin embargo después de veinte minutos, cuando los tres nadadores que estaban entre los dos se fueron, le sorprendió el ver que Syd nadaba a su lado. Tenía una brazada potente y se movía con precisión de un extremo a otro de la piscina. Ted quiso adelantarse, pero Syd obviamente lo alcanzó. Después de seis vueltas, los dos habían empatado.

Salieron del agua al mismo tiempo. Syd se colocó una toalla sobre los hombros y se acercó al otro lado de la piscina.

—Buen trabajo. Estás en buena forma.

—Estuve nadando todos los días en Hawai durante un año y medio. Debería estarlo.

—La piscina de mi club no es como Hawai, pero me mantiene en forma. —Syd miró alrededor. Había *jacuzzi* en los dos extremos del salón vidriado—. Ted, tengo que hablarte en privado.

Se dirigieron al extremo opuesto. Había dos nadadores nuevos en la piscina, pero no podían oírlos. Ted observó cómo Syd se pasaba la toalla por el cabello castaño oscuro. Notó, sin embargo, que el pelo del pecho de Syd era totalmente gris. Eso sería lo siguiente, pensó. Envejeceré y se me pondrá el cabello gris en la prisión.

Syd fue directamente al grano.

—Ted, estoy en serios problemas. Y con tipos que juegan duro. Todo comenzó con esa maldita obra. Pedí prestado demasiado. Pensé que me arreglaría. Si Cheryl consigue este papel, estoy otra vez en línea. Pero ya no puedo detenerlos más. Necesito un préstamo. Ted, me refiero a un préstamo. Pero lo necesito ahora.

—¿Cuánto?

—Seiscientos mil dólares. Ted, no significa mucho para ti. Y me lo debes.

—¿Te lo debo?

Syd miró alrededor y se aproximó más. Acercó la boca al oído de Ted.

—Nunca lo habría dicho... Nunca te dije ni siquiera a ti que lo sabía... Pero Ted, yo te vi aquella noche. Pasaste junto a mí a una calle de distancia del apartamento de Leila. Tenías la cara ensangrentada y las manos arañadas. Estabas en estado de shock. No lo recuerdas, ¿no es así? Ni siquiera me oíste cuando te llamé. Seguiste corriendo. —La voz de Syd se convirtió en un susurro—. Ted, yo te alcancé y te pregunté qué había sucedido y tú me dijiste que Leila había muerto, que había caído por la terraza. Ted, luego agregaste... Juro por Dios que lo hiciste...: «Mi papá la empujó, mi papá la empujó.» Eras como un niñito que trataba de echarle a otro la culpa por algo que tú habías hecho. Incluso hablabas como un niño pequeño.

Ted sintió una oleada de náuseas.

—No te creo.

—¿Y por qué mentiría? Ted, tú corriste por esa calle. Se acercó un taxi. Casi te pasa por encima cuando lo detuviste. Pregúntale al taxista que te llevó hasta Connecticut. Será uno de los testigos, ¿verdad? Pregúntale si no estuvo a punto de atropellarte. Soy tu amigo. Sé lo que sentiste cuando Leila se volvió loca en Elaine's. Cuando te vi, iba a verla para tratar de hacerla entrar en razones. Estaba tan enojado como para haberla matado yo mismo. ¿Te lo había mencionado alguna vez? ¿Se lo he mencionado a alguien? Tampoco lo haría ahora, pero estoy desesperado. ¡Tienes que ayudarme! Si no aparezco con el dinero en cuarenta y ocho horas, estoy acabado.

—Tendrás el dinero.

—Oh, Dios, sabía que podía contar contigo. Gracias, Ted. —Syd apoyó las manos en los hombros de Ted.

—No me pongas las manos encima —le gritó. Los nadadores los miraron con curiosidad. Ted se soltó, tomó la toalla y salió corriendo.

3

Scott interrogó a Cheryl en su bungalow. Estaba decorado en un tapizado de color amarillo, verde y blanco, con alfombra y paredes blancas. Scott sintió la suavidad de la alfombra bajo sus pies. Pura lana. La mejor calidad. Sesenta..., tal vez setenta dólares el metro. ¡Por eso Min tenía ese aspecto! Scott sabía con exactitud cuánto le había dejado el viejo Samuel. No podía quedarle mucho después de lo que había invertido en ese lugar...

A Cheryl no le gustó que la hubiesen llamado por el megáfono para reunirse con él. Ella llevaba su propia versión de la bata habitual de Cypress Point. Un trozo de tela que no le cubría ni siquiera los pechos y que se levantaba a los costados por los huesos de la cadera.

Llevaba el albornoz encima de los hombros. No intentó disimular su impaciencia.

—Tengo clase de gimnasia en diez minutos —le dijo.

—Bueno, espero que llegue a tiempo —respondió Scott. Sintió un nudo en la garganta por el desprecio que le provocaba Cheryl—. Tendrá más posibilidades de lograrlo si me da respuestas directas como por ejemplo que fue usted quien escribió unas cartas bastante desagradables a Leila antes de que muriera.

Tal como lo había anticipado, al principio el interrogatorio fue inútil. Cheryl esquivó sus preguntas con astucia. ¿Anónimos? ¿Por qué tendría interés en enviar anónimos? ¿Separar a Ted y Leila? De casarse no hubiera durado. Leila no era mujer para un solo hombre. Tenía que herirlos antes de que ellos la hirieran a ella. ¿La obra? No tenía idea de cómo habían sido los ensayos de Leila. En realidad, no le interesaba saberlo.

Por fin Scott se cansó.

—Escuche, Cheryl, creo que hay algo que debe saber. No creo que la muerte de Sammy haya sido por causas naturales. La segunda carta anónima que llevaba ha desaparecido.

»Usted fue al escritorio de Sammy y dejó la cuenta escrita con la palabra "PAGADO". Había una carta anónima encima de toda la correspondencia. Y luego la carta desapareció. Supongamos que alguien más pudo haber entrado en el área de recepción tan calladamente que, a pesar de que la puerta estaba abierta, ni Min, ni el barón, ni Sammy, la oyeron entrar. ¿No le parece bastante improbable? —No estaba de acuerdo con Cheryl acerca de que Min y el barón hubieran tenido acceso al escritorio de Sammy cuando ella no estaba presente. Se sintió gratificado al ver un dejo de alarma en la mirada de Cheryl. Se pasó la lengua por los labios con un gesto nervioso.

—¿No estará sugiriendo que tuve algo que ver con la muerte de Sammy?

—Estoy sugiriendo que usted tomó la primera carta del escritorio de Sammy y la quiero ahora. Es una prueba del Estado en un juicio por asesinato.

Ella apartó la mirada y, mientras Scott la estudiaba, descubrió una expresión de pánico en su rostro. Siguió la mirada de Cheryl y vio restos de papel chamuscado junto al zócalo inferior de la pared. Cheryl se arrojó desde el sofá para alcanzarlos, pero él fue más rápido.

El trozo de papel barato tenía pegadas tres palabras:

«AprenDER el LIBreTo»

Scott cogió su cartera y guardó con cuidado el trozo de papel.

—Así que fue usted quien robó la carta —le dijo—. Destruir una prueba es un crimen, y puede ir a la cárcel por ello. ¿Dónde está la otra carta? ¿La que Sammy llevaba consigo? ¿También la destruyó? ¿Y cómo se la sacó? Será mejor que se consiga un abogado, señorita.

Cheryl lo aferró de un brazo.

—Scott, por Dios, juro que yo no escribí esas cartas. Juro que la única vez que vi a Sammy fue en la oficina de Min. Muy bien. Saqué la carta del escritorio de Sammy. Pensé que podría ayudar a Ted. Se la mostré a Syd. Él dijo que pensarían que yo las escribí. Él la rompió, no yo. Juro que es todo lo que sé. —Le caían lágrimas por las mejillas—. Scott, cualquier publicidad, cualquier publicación sobre todo esto podría arruinar mis posibilidades de conseguir el papel de Amanda. Scott, por favor.

—No me importa una mierda si la publicidad le arruina la carrera, Cheryl. ¿Por qué no hacemos un trato? Pospondré un poco el interrogatorio formal para que pueda pensar. Tal vez, de repente mejore su memoria. Por su bien, eso espero.

4

Aliviado, Syd se dirigió a su bungalow. Ted le prestaría el dinero. Había sido tan tentador exagerar la historia, decir que Ted había admitido haber matado a Leila. Pero en el último momento, cambió de parecer y citó las palabras textuales de Ted. Dios. Ted había sonado lúgubre cuando habló así de su padre esa noche. Syd seguía sintiendo un rechazo violento en el estómago cuando pensaba que había corrido tras él. Era obvio que Ted se encontraba en un estado psicótico. Después de la muerte de Leila, había aguardado para ver si le mencionaba ese encuentro. Su reacción de hoy corroboraba que no recordaba el incidente.

Cruzó por el césped, eludiendo adrede el camino. No quería conversar con nadie. Había llegado gente nueva el día anterior entre la que pudo reconocer a un joven actor que había dejado sus fotografías en la agencia y lo llamaba constantemente. Se preguntó qué vieja le estaría pagando la estancia. Ese día, Syd no quería perder su tiempo en busca de posibles clientes.

Lo primero que hizo al llegar a la intimidad de su cabaña fue prepararse una copa. La necesitaba. Y la merecía. La segunda, fue llamar a la persona que le había hablado esa mañana.

—Tendré el dinero para el fin de semana —dijo con una nueva confianza.

Sólo le faltaba que Bob Koening lo llamara. Sonó el teléfono antes de que terminara de pensar en ello. La operadora le pidió que aguardara un momento para hablar con él. Syd sintió que le empezaban a temblar las manos. Se miró en el espejo. Su expresión no era del tipo que inspiraba confianza en Los Ángeles.

Las primeras palabras de Bob fueron:

—Felicitaciones, Syd.

¡Cheryl había conseguido el papel! Syd comenzó a sacar porcentajes mentalmente. Con dos palabras, Bob lo había llevado de nuevo a los buenos tiempos.

—No sé qué decir. —Su voz se tornó más fuerte, más confiada—. Bob, te aseguro, has hecho la elección correcta. Cheryl será fantástica.

—Ya lo sé, Syd. La conclusión es que en lugar de arriesgarnos a cualquier mal comentario de la prensa sobre Margo, decidimos elegir a Cheryl. Hablaré con ella. ¿Mira, y si ahora se convierte en un éxito de taquilla? Es lo que dijeron acerca de Joan Collins y mira lo que ha hecho.

—Es lo que estuve diciéndote desde un principio.

—Será mejor que no nos equivoquemos. Arreglaré una conferencia de prensa para Cheryl en el Beverly Hilton para el viernes por la tarde, alrededor de las cinco.

—¡Allí estaremos!

—Syd, esto es muy importante. De ahora en adelante, trataremos a Cheryl como una superestrella. Y a propósito, dile que se pegue una sonrisa a la cara. Amanda es un personaje fuerte, pero cariñoso. No quiero leer ninguna noticia más de problemas con camareros o chóferes. Hablo en serio.

Cinco minutos después, Syd se enfrentaba a una Cheryl Manning histérica.

—¿Quieres decir que admitiste haber cogido esa carta, maldita estúpida? —La tomó por los hombros—. Cierra la boca y escúchame bien. ¿Hay alguna otra carta?

—Suéltame, me estás haciendo daño. No lo sé. —Cheryl trató de soltarse—. No puedo perder ese papel. No puedo. Yo soy Amanda.

—¡Por supuesto que no! —Syd la empujó hacia atrás y Cheryl cayó sobre el sofá.

La furia reemplazó el temor. Cheryl se echó hacia atrás el cabello y apretó los dientes con fuerza. Su boca adoptó una expresión amenazadora.

—¿Siempre empujas cuando estás enojado, Syd? Será mejor que entiendas bien esto. Tú fuiste quien rompió esa carta. No yo. Yo no escribí esa carta ni ninguna otra. Scott no me cree. Así que tú irás a verlo y le dirás la verdad: que planeaba darle esa carta a Ted para ayudarlo en la defensa. Será mejor que lo convenzas, ¿me has oído, Syd? Porque el viernes, no estaré aquí. Estaré en la conferencia de prensa y no quiero que haya un solo murmullo que me relacione con cartas anónimas o pruebas destruidas.

Intercambiaron una mirada. Con gran frustración, Syd se dio cuenta de que ella podría estar diciendo la verdad y que al destruir la carta, podría haber arruinado su carrera. Si cualquier comentario desfavorable llegaba a la prensa... Si Scott se negaba a que Cheryl abandonara Cypress Point...

—Tengo que pensar —dijo—. Ya veré qué hago.

Le quedaba una última carta.

La cuestión era saber cómo jugarla.

5

Cuando Ted regresó a su bungalow, encontró a Craig y Bartlett esperándolo. Un alegre Bartlett pareció no notar su silencio.

—Creo que hemos encontrado una salida —anunció. Cuando Ted tomó su lugar en la mesa, le contó acerca del descubrimiento de la agenda de Leila—. Ella misma escribió los lugares donde tú y Elizabeth estuvisteis juntos. ¿La viste cada vez que estuviste allí?

Ted se reclinó sobre el respaldo de la silla, colocó las manos detrás de la cabeza y cerró los ojos. Parecía todo tan lejano...

—Ted, por fin puedo ayudarte en algo. —El entusiasmo de Craig tenía una calidad que desde hacía tiempo no se notaba en su voz y su postura—. El programa de Elizabeth sobre el escritorio. Puedo jurar que ajustabas tus viajes para poder verla.

Ted no abrió los ojos.

—¿Podéis tener la amabilidad de explicármelo?

Henry Bartlett se sintió irritado.

—Escúchame, Winters. No me contrataron para humillarme. Se trata del resto de tu vida, pero también de mi reputación profesional. Si no puedes o no quieres cooperar en tu propia defensa, tal vez no sea demasiado tarde como para buscar un nuevo abogado. —Arrojó las carpetas encima de la mesa y se desparramaron algunos papeles—. Insististe en venir aquí cuando hubiera sido mejor tener acceso a todo mi personal. Ayer desapareciste para dar una larga caminata cuando se suponía que debíamos trabajar. Tendrías que haber llegado aquí hace una hora y nosotros nos estamos impacientando aguardándote. Rechazaste una línea de defensa que podría servir, y ahora tenemos una buena oportunidad de destruir la credibilidad de Elizabeth como testigo y no estás interesado.

Ted abrió los ojos. Bajó lentamente las manos hasta apoyarlas sobre la mesa.

—Oh, sí que me interesa. Cuéntamelo todo.

Bartlett optó por ignorar el sarcasmo.

—Escucha, podremos reproducir una copia de las dos cartas que Leila recibió sugiriendo que tenías una relación con otra mujer. Cheryl puede ser una posibilidad. Sabemos que haría cualquier cosa por ti. Pero hay algo mejor. Tú trataste de coordinar tus programas de viaje con los de Elizabeth...

Ted no lo dejó terminar.

—Éramos muy buenos amigos. Nos llevábamos bien y disfrutábamos de la mutua compañía. Si podía elegir estar en Chicago el miércoles y en Dallas el viernes o viceversa, y descubría que una buena amiga con quien podía compartir una cena tardía y pasar un buen rato, estaba en esas mismas ciudades, sí, arreglaba mis planes, ¿y qué?

—Vamos, Ted. Lo hiciste una media docena de veces justo en las mismas semanas en que Leila comenzó a derrumbarse..., cuando comenzó a recibir esas cartas.

Ted se encogió de hombros.

—Ted, Henry está tratando de planear tu defensa —intervino Craig—. Por lo menos, préstale atención.

Bartlett continuó.

—Lo que tratamos de mostrarte es lo siguiente: paso uno, Leila recibía cartas que decían que estabas saliendo con otra mujer; paso dos, Craig es testigo del hecho de que tú programabas tus viajes según los lugares donde estaba Elizabeth; paso tres, de su propio puño y letra, Leila anotó la obvia relación entre vosotros dos en su agenda; paso cuatro, no tenías razón para matar a Leila si ya no te interesaba; paso cinco, lo que para ti no era más que una galantería, fue muy, muy distinto para Elizabeth. Estaba enamorada de ti. —Con aire de triunfo, Henry le arrojó la edición del *Globe*—. Mira esa foto.

Ted la estudió. Recordó el momento cuando, al finalizar el funeral, algún tonto le pidió al organista que tocara *My Old Kentucky Home*, Leila le había contado que se la cantó a Elizabeth cuando partieron hacia Nueva York. Junto a él, Elizabeth tuvo que contener el aliento, y luego, se echó a llorar. Él la había abrazado y le había murmurado: «No, Sparrow.»

—Estaba enamorada de ti —continuó Henry—. Cuando se dio cuenta de que para ti no era más que simple galantería, se enojó. Y aprovechó la acusación de una loca para destruirte. Te aseguro, Teddy, podemos hacer que esto funcione.

Ted rompió el diario en dos pedazos.

—Al parecer, me toca hacer el papel de abogado del diablo. Supongamos que la historia es verdad. Elizabeth estaba enamorada de mí. Pero avancemos un poco más. Supongamos que me había dado cuenta de que la vida con Leila sería una sucesión de altibajos, de peleas, de una inseguridad que terminaba en celosas acusaciones cada vez que me dirigía con amabilidad a otra mujer. Supongamos que me había dado cuenta de que para Leila, lo más importante siempre, era ser actriz y que no quería tener un hijo. Supongamos que me había dado cuenta de que en Elizabeth había encontrado lo que estuve buscando toda mi vida.

Ted dio un puñetazo sobre la mesa y agregó:

—¿No os dais cuenta de que me acabáis de dar la mejor razón como para querer matar a Leila? ¿Creéis que Elizabeth se hubiese atrevido a mirarme dos veces mientras su hermana estaba con vida? —Empujó la silla hacia atrás con tanta vehemencia que cayó al suelo—. ¿Por qué no os vais los dos a jugar al golf, al tenis o a cualquier cosa que os haga sentir bien? No perdáis el tiempo aquí. Yo no pienso hacerlo.

Bartlett enrojeció de furia.

—Es suficiente —gritó—. Escúchame bien, Ted Winters, sabrás cómo dirigir hoteles, pero no sabes nada de lo que pasa en un juicio. Me contratas para no ir a prisión, pero no puedo hacerlo solo. Y es más, no pienso hacerlo. O empiezas a cooperar conmigo o te buscas otro abogado.

—Cálmate, Henry —le pidió Craig.

—No, no quiero calmarme. No necesito este caso. Puede ser que lo gane, pero no así. —Señaló a Ted—. Si estás seguro de que todas las defensas que presento no funcionarán, ¿por qué no presentas una defensa en des-

cargo? Podría conseguirte un máximo de siete a diez
años. ¿Es eso lo que deseas? Si no es así sentémonos a
trabajar.

Ted levantó la silla que había tirado.

—Pongámonos a trabajar —dijo en tono indiferente—. Creo que te debo una disculpa. Sé que eres el mejor en tu oficio, y supongo que sabrás lo atrapado que
me siento. ¿Crees que existe la posibilidad de una absolución?

—Conseguí absoluciones en casos tan difíciles
como éste —respondió Bartlett—. Lo que pareces no
entender —agregó— es que ser culpable nada tiene que
ver con el veredicto.

6

De alguna manera, Min logró pasar el resto de la mañana. Estaba demasiado ocupada en responder a las llamadas de la prensa como para pensar en la escena que se
desarrolló en la oficina entre Elizabeth y el abogado de
Ted. Todos habían partido inmediatamente después del
estallido: Bartlett y Elizabeth, furiosos; Craig, acongo-
jado; Scott, con aire sombrío. Helmut se había escapado
a la clínica. Había adivinado que quería hablar con él. La
había evitado toda la mañana, tal como lo hizo la noche
anterior cuando, después de decirle que había oído a
Ted atacar a Leila, se encerró en su estudio.

¿Quién diablos le había informado a la prensa que
Elizabeth y Ted estaban allí? Respondió a las insistentes preguntas con su respuesta habitual: «No propor-
cionamos los nombres de nuestros huéspedes.» Le
dijeron que Elizabeth y Ted habían sido vistos en Carmel. «Ningún comentario.»

En cualquier otro momento, le habría encantado la
publicidad. ¿Pero ahora? Le preguntaron también si

había algo insólito en la muerte de su secretaria. «Por supuesto que no.»

Al mediodía, le dijo a la operadora que no le pasara más llamadas y se dirigió al sector femenino de Cypress Point. Se sintió aliviada al ver que allí la atmósfera era normal. Parecía que ya no se comentaba la muerte de Sammy. Pensó en conversar con los huéspedes sentados alrededor de la piscina. Alvirah Meehan estaba entre ellos. Había visto el coche de Scott y estuvo haciéndole preguntas a Min acerca de su presencia.

Cuando Min regresó al edificio principal, se dirigió directamente a su apartamento. Helmut estaba sentado en el sofá, tomando una taza de té. Estaba pálido.

—Hola, Minna —dijo intentando sonreír.

Ella no le respondió a la sonrisa.

—Tenemos que hablar —le dijo en forma abrupta—. ¿Cuál es la verdadera razón por la que fuiste esa noche al apartamento de Leila? ¿Mantenías una relación con ella? ¡Dime la verdad!

Hizo ruido con la taza al apoyarla en el plato.

—¡Una relación! Minna, yo odiaba a esa mujer.

Min observó cómo se le encendía el rostro y se apretaba las manos.

—¿Crees que me divertía la forma en que me ponía en ridículo? ¿Cómo puedes insinuar una relación con ella? —Dio un puñetazo sobre la mesa—. Minna, tú eres la única mujer de mi vida. Nunca hubo otra desde que te conocí. Te lo juro.

—¡Mentiroso! —Min corrió hasta él, se inclinó y lo tomó por la solapa—. Mírame. Te digo que me mires. Deja de lado el dramatismo y el tono aristocrático. Estabas deslumbrado por Leila. ¿Qué hombre no lo estaba? Cada vez que la mirabas, la desnudabas con los ojos. Todos erais iguales: Ted, Syd, hasta ese estúpido de Craig. Pero tú eras el peor. Amor. Odio. Todo en uno. Y en toda su vida, nunca te esforzaste por nadie.

Quiero la verdad. ¿Por qué fuiste a verla aquella noche? —Lo soltó, de repente, agotada.

Helmut se puso de pie de un salto. Con la mano rozó la taza de té que cayó al suelo manchando la mesa y la alfombra.

—Minna, esto no es posible. No permitiré que me trates como un microbio bajo el microscopio. —Miró con desprecio el té derramado—. Manda a alguien a limpiar esto —ordenó—. Tengo que ir a la clínica. La señora Meehan tiene que venir para las inyecciones de colágeno. —Su tono de voz se hizo sarcástico—. Anímate, querida. Es otra buena entrada para la caja.

—Vi a esa desagradable mujer hace una hora —le dijo Min—. Ya has hecho otra conquista. Estaba hablando de lo inteligente que eres y de cómo vas a hacerla sentir como una mariposa flotando en una nube. Si oigo que repite esa frase estúpida una vez más...

Min no pudo terminar. A Helmut empezaron a temblarle las rodillas y Min lo sostuvo antes de que cayera al suelo.

—¡Dime qué te pasa! —le gritó—. ¡Qué has hecho!

7

Cuando Elizabeth salió de la oficina de Min, corrió hasta su bungalow, furiosa consigo misma por permitir que Bartlett la enojara. Él diría cualquier cosa, haría lo que fuera para desacreditar su testimonio y ella estaba en sus manos.

Para distraerse, abrió el libreto de la obra de Leila. Pero no podía concentrarse en las palabras.

¿Eran verdad las acusaciones de Bartlett? ¿Ted había tratado de seducirla?

Recorrió algunas páginas del libreto y decidió dejarlo para más tarde. Luego, su mirada se detuvo en las anotaciones de Leila en el margen. Sorprendida, se hundió en el sofá y volvió a la primera página.

Merry-Go-Round, comedia por Clayton Anderson.

Leyó rápidamente la obra y luego permaneció un largo rato sumida en sus pensamientos. Por fin, buscó lápiz y papel y comenzó a releerla, pero esta vez lentamente, tomando sus propias notas.

A las dos y media, dejó el lápiz. Había llenado varias hojas de la libreta con sus notas. Se dio cuenta de que no había almorzado y que le dolía mucho la cabeza. Algunas de las anotaciones de Leila en el margen eran indescifrables, pero al fin pudo descifrarlas todas.

Clayton Anderson. El autor de *Merry-Go-Round*. El acaudalado profesor universitario que había invertido un millón de dólares en su propia obra, pero cuya verdadera identidad nadie conocía. ¿Quién era él? Había conocido a Leila íntimamente.

Llamó al edificio principal. La telefonista le dijo que la baronesa Von Schreiber estaba en su apartamento y que no quería que la molestaran.

—Iré para allá —le dijo Elizabeth—. Dile a la baronesa que tengo que verla.

Min estaba en la cama. Parecía enferma. Su voz carecía del tono autoritario habitual.

—¿Y bien, Elizabeth?

Me teme, pensó Elizabeth.

—¿Para qué me has hecho venir, Min?

—Porque, te lo creas o no, estaba preocupada por ti, porque te aprecio.

—Te creo. ¿Alguna otra razón?

—Porque me consterna la idea de que Ted se pase el resto de su vida en la cárcel. A veces, la gente hace cosas terribles debido a la furia, porque está fuera de control, cosas que jamás haría si no hubiese perdido la capacidad de imponerse un freno. Creo que eso fue lo que sucedió. Sé que eso le sucedió a Ted.

—¿Qué quieres decir con eso de que «sabes»?

—Nada... Nada. —Min cerró los ojos—. Elizabeth, haz lo que debas hacer. Pero te lo advierto. Tendrás que vivir con la idea de haber destruido a Ted por el resto de tu vida. Algún día, volverás a enfrentarte a Leila. Y creo que ella no te lo agradecerá. Ya sabes cómo se sentía ella después de excederse. Arrepentida. Amorosa. Generosa. Todo eso.

—Min, ¿no hay otra razón por la que quieres que Ted sea absuelto? Tiene que ver con este lugar, ¿no es así?

—¿A qué te refieres?

—Me refiero a que antes de que Leila muriera, Ted pensaba poner un Cypress Point en cada uno de sus nuevos hoteles. ¿Qué pasó con ese plan?

—Ted no siguió ningún plan para abrir nuevos hoteles desde la acusación.

—Exacto. De modo que existen dos razones para querer la absolución de Ted. Min, ¿quién es Clayton Anderson?

—No tengo la menor idea. Elizabeth, estoy muy cansada. Tal vez podamos seguir hablando luego.

—Min, vamos. No estás tan cansada. —El tono duro de su voz hizo que Min abriera los ojos y se enderezara sobre las almohadas. Tenía razón, pensó Elizabeth, no está tan enferma como asustada—. Min, acabo de leer y releer la obra que estaba haciendo Leila. La vi junto a todos vosotros en el preestreno, pero no le presté atención. Estaba muy preocupada por Leila. Min, el que escribió la obra es alguien que conocía muy bien a Leila. Es por eso que era perfecta para ella. Alguien utilizó incluso la expresión de Helmut en ella: «Una mariposa flotando sobre una nube.» Leila también lo advirtió. Hizo una anotación al margen: «Decirle al barón que alguien le está robando la idea.» Min...

Se miraron y ambas tuvieron el mismo pensamiento.

—Fue Helmut quien escribió la publicidad para este lugar —murmuró Elizabeth—. Él escribe los boletines diarios. Tal vez, ese rico profesor universitario no exista. Min, ¿fue Helmut quien escribió la obra?

—No... lo... sé. —Min salió de la cama. Llevaba una túnica de seda que de repente parecía demasiado grande para ella, como si se estuviera consumiendo por dentro—. Elizabeth, ¿me disculpas? Tengo que hacer una llamada a Suiza.

8

Con una inquietud nada familiar, Alvirah recorrió el sendero bordeado por setos que conducía a la sala de tratamientos C. Las instrucciones que le había dado la enfermera fueron confirmadas por la nota que recibió con la bandeja del desayuno esa mañana. Éstas eran tranquilizadoras, pero, aun así, ahora que había llegado el momento, Alvirah sentía un poco de temor.

Para asegurar una total intimidad, la nota decía que los pacientes accedían a las salas de tratamiento por puertas externas individuales. Alvirah tenía cita a las tres de la tarde en la sala C, donde podría acostarse sola en la camilla. Como Alvirah Meehan sentía un especial temor por las agujas, le darían un Valium más fuerte que le permitiría descansar hasta las tres y media, hora en la que el doctor Von Schreiber le aplicaría el tratamiento. Permanecería descansando media hora más, para permitir que desaparecieran los efectos del sedante.

Los setos floridos tenían una altura de un metro ochenta, y caminar entre ellos la hizo sentir como una muchachita en una morada campestre. El día era cálido, pero la vegetación mantenía la humedad y las azaleas le recordaban las que adornaban la fachada de su casa. Habían estado realmente hermosas la primavera pasada.

Llegó a la puerta de la sala de tratamientos. Estaba pintada de azul claro y una letra C dorada le confirmó que estaba en el lugar indicado. Con vacilación giró el pomo y entró en la sala.

El lugar parecía el tocador de una mujer. Estaba empapelado con motivos florales y la alfombra era de un verde claro: había un tocador pequeño y un sillón. La camilla estaba preparada como una cama, con sábanas que hacían juego con el empapelado de la pared, una manta de color rosa claro y una almohada con puntilla. Sobre la puerta del armario había un espejo con bordes dorados. Sólo la presencia de un armario con elementos médicos sugería el verdadero propósito del cuarto, e incluso ese mueble era de madera blanca con puertas de vidrio.

Alvirah se quitó las sandalias y las dejó, una junto a la otra, debajo de la camilla. Calzaba el cuarenta y no quería que el médico tropezara con ellos en medio del tratamiento. Se acostó en la camilla, se cubrió con la manta y cerró los ojos.

Los abrió un segundo después, al oír entrar a la enfermera. Era Regina Owens, la asistenta principal, la misma que le había hecho la ficha personal.

—No esté tan afligida —le dijo la señorita Owens. A Alvirah le caía bien. Le recordaba a una de las mujeres a las que les limpiaba la casa. Tenía unos cuarenta años, cabello corto y oscuro, ojos grandes y una sonrisa agradable.

La enfermera le alcanzó un vaso de agua y un par de pastillas.

—La harán sentirse bien y un poco soñolienta, y ni siquiera se dará cuenta cuando la estén embelleciendo.

Obedientemente, Alvirah se las puso en la boca y tragó el agua.

—Me siento como un bebé —se disculpó.

—De ninguna manera. Se sorprendería al saber cuántas personas tienen miedo de las agujas. —La señorita Owens se colocó detrás de ella y comenzó a masajearle las sienes—. Está tensa. Ahora, le pondré un paño frío en los ojos y usted se relajará y se dejará caer en un sueño. El doctor y yo regresaremos en media hora. Para entonces, es probable que ni se entere de que estamos aquí.

Alvirah sintió la presión de los dedos en las sienes.

—Eso me hace bien —murmuró.

—Ya lo creo. —Durante unos minutos, la señorita Owens continuó masajeándole las sienes y luego la nuca. La invadió un agradable sopor. Luego sintió que le colocaban un paño frío sobre los ojos. Casi no oyó el ruido de la puerta cuando la señorita Owens salió.

Muchas ideas le daban vueltas por la cabeza, como hebras sueltas que no lograba unir.

«Una mariposa flotando en una nube...»

Comenzaba a recordar por qué le resultaba familiar. Estaba casi ahí.

—¿Me oye, señora Meehan?

No se dio cuenta de que había entrado el barón Von Schreiber. Su voz le parecía baja y ronca. Esperaba que el micrófono pudiera captarla. Quería grabarlo todo.

—Sí. —Su voz también sonaba lejana.

—No se asuste, sentirá un leve pinchazo.

Tenía razón. Casi no sintió nada, sólo una ligera sensación como de picadura de un mosquito. ¡Y pensar lo asustada que llegó a sentirse! El doctor le había dicho que le aplicaría el colágeno en diez o doce puntos a ambos lados de la boca. ¿Qué estaba esperando?

Se le hacía difícil respirar. No podía respirar.

—¡Auxilio! —gritó, pero las palabras no le salían. Abrió la boca tratando de respirar con desesperación.

Se estaba marchando. No podía mover ni el pecho ni los brazos. Oh, Dios, ayúdame, ayúdame, pensó.

Luego, sobrevino la oscuridad. En ese momento se abrió la puerta y la enfermera Owens le preguntó:

—Aquí estamos, señora Meehan. ¿Está preparada para su tratamiento de belleza?

9

¿Y eso que prueba?, se preguntó Elizabeth mientras se dirigía del edificio principal a la clínica. Si Helmut escribió la obra, debe de estar pasando un mal momento. El autor había invertido un millón de dólares en la producción. Era por eso que Min quería llamar a Suiza. Su canasta de huevos en una cuenta numerada era una broma permanente.

—Nunca estaré arruinada —solía jactarse.

Min quería que absolvieran a Ted para poder poner los Cypress Point en todos sus nuevos hoteles. Helmut tenía una razón mucho más importante. Si él era Clayton Anderson, sabía que la canasta de huevos estaba vacía.

Elizabeth le obligaría a decirle la verdad.

La recepción de la clínica estaba en silencio, pero la recepcionista no estaba en su escritorio. Del otro lado del pasillo, Elizabeth oyó pasos y voces. Corrió hacia el lugar de donde provenían los sonidos. Se iban abriendo puertas en el corredor a medida que los pacientes terminaban sus tratamientos.

Al final del corredor había una puerta abierta. Era la de la sala C, donde la señora Meehan iba a recibir su tratamiento. Y de allí provenían los ruidos. ¿Algo había salido mal?, pensó Elizabeth. Invadida por la angustia, hizo a un lado a una enfermera que intentaba cerrarle el paso y se introdujo en la sala.

—¡No puede entrar allí! —dijo la enfermera temblando.

Elizabeth la hizo a un lado.

Helmut estaba inclinado sobre la camilla de tratamientos. Le estaba comprimiendo el pecho a Alvirah Meehan. Ésta tenía colocada una máscara de oxígeno. El ruido del pulmón artificial dominaba el lugar. Le habían sacado la manta y quitado el vestido, que yacía arrugado debajo de ella con ese incongruente broche mirando hacia arriba. Mientras Elizabeth observaba, demasiado horrorizada como para hablar, una enfermera le entregó a Helmut una aguja. Éste la puso en una jeringa y luego la aplicó en el brazo de Alvirah. Un enfermero siguió comprimiéndole el pecho.

A la distancia, Elizabeth sintió la sirena de una ambulancia que se acercaba.

Eran las cuatro y cuarto de la tarde cuando Scott fue informado de que Alvirah Meehan, la ganadora de cuarenta millones de dólares a la lotería, se hallaba en el hospital de Monterrey y de que podría ser la víctima de un intento de homicidio. El patrullero que le avisó había respondido a la llamada de emergencia y acompañado la ambulancia a Cypress Point. Los asistentes sospechaban que se trataba de alguna mala jugada y el médico de guardia estaba de acuerdo con ellos. El doctor Von Schreiber sostenía que todavía no le habían puesto ninguna inyección de colágeno, pero una gota de sangre en su rostro indicaba que había recibido una inyección hacía muy poco.

¡Alvirah Meehan! Scott se frotó los ojos cansados. La mujer era inteligente. Recordó sus comentarios durante la cena. Era como el niño de la fábula *El Traje Nuevo del Emperador* que dice: «¡El Emperador esta desnudo!»

¿Por qué querría alguien herir a Alvirah Meehan? Pensar que habían querido matarla le parecía increíble.

—Voy para allá —dijo antes de colgar el teléfono.

La sala de espera del hospital era agradable y abierta, con plantas y una fuente, muy parecida al vestíbulo de un hotel pequeño. Cada vez que la veía, recordaba las horas que había pasado en ella cuando Jeanie estaba internada...

Le informaron que los médicos estaban atendiendo a la señora Meehan, y que el doctor Whitley lo recibiría en poco tiempo. Elizabeth llegó mientras él esperaba.

—¿Cómo está?

—No lo sé.

—No tendría que haberse dado esas inyecciones. Estaba muy asustada. Tuvo un ataque cardíaco, ¿verdad?

—Aún no lo sabemos. ¿Cómo llegaste hasta aquí?

—Min. Vinimos en su coche. Ahora está aparcando. Helmut ha venido en la ambulancia con la señora Meehan. Esto no puede ser verdad. —Elizabeth había levantado el tono de voz y las demás personas de la sala la observaban.

Scott hizo que se sentase en el sofá, a su lado.

—Elizabeth, contrólate. Sólo hace unos días que conoces a la señora Meehan. No puedes dejar que esto te afecte así.

—¿Dónde está Helmut? —Min acababa de llegar y su voz era tan inexpresiva como si no le quedara emoción alguna. Ella también parecía no creer en lo que estaba sucediendo. Se acercó al sofá y se dejó caer en una silla frente a ellos—. Debe de estar tan perturbado... Ah, aquí está.

Para el ojo práctico de Scott, el barón parecía haber visto un fantasma. Llevaba el exquisito traje azul que usaba para trabajar. Se dejó caer pesadamente en una silla junto a Min y le tomó la mano.

—Está en coma. Dicen que le dieron alguna inyección. Min, es imposible, te lo juro, imposible.

—Quédense aquí —dijo Scott dirigiéndose a los tres. Desde el otro extremo del largo corredor, había visto que el director del hospital le hacía señas.

Hablaron en su oficina privada.

—Le dieron alguna inyección que le provocó un shock —dijo directamente el doctor Whitley. Era un hombre alto, de sesenta años y de expresión afable. Ahora, su mirada era fría y Scott recordó que su viejo amigo había estado en la Fuerza Aérea durante la Segunda Guerra Mundial.

—¿Vivirá?

—No puedo decirlo. Tal vez sea irreversible. Trató de decir algo antes de caer en coma profundo.

—¿Qué?

—Algo así como «voy». Es todo lo que dijo.

—Eso no ayuda. ¿Y qué dice el barón? ¿Tiene alguna idea de cómo pudo pasar esto?

—La verdad, Scott, es que no lo dejamos que se le acercara.

—Supongo que no lo tienes en buen concepto.

—No tengo razones para dudar de su capacidad. Pero hay algo en él que me resulta falso cada vez que lo miro. Y si él no fue quien le dio la inyección a la señora Meehan, ¿quién diablos lo hizo?

Scott echó la silla hacia atrás.

—Es lo que trataré de averiguar.

Cuando salía de la oficina, el doctor Whitley lo llamó y le dijo:

—Scott, algo que podría ayudarnos... ¿Alguien podría revisar la habitación de la señora Meehan y traernos cualquier medicamento que haya estado tomando? Hasta que nos pongamos en contacto con su marido y conozcamos su historial clínico no sabemos a qué atenernos.

—Me ocuparé en persona.

Elizabeth regresó a Cypress Point con Scott. En el camino, le contó que había encontrado un pedazo de la carta en la habitación de Cheryl.

—¡Entonces fue ella quien escribió las cartas! —exclamó.

Scott meneó la cabeza.

—Sé que puede parecer una locura, y que Cheryl puede mentir con la misma facilidad que nosotros respiramos, pero estuve pensando en esto todo el día y tengo la sensación de que dice la verdad.

—¿Y qué pasa con Syd? ¿Has hablado con él?

—Todavía no. Es probable que ella haya admitido que robó la carta, y entonces él la rompió para que no se viera comprometida. Decidí esperar un poco antes de interrogarlo. A veces funciona. Pero te digo que me inclino a creer su historia.

—Pero si ella no fue, ¿quién lo hizo?

Scott la miró antes de responder.

—No lo sé. Quiero decir, todavía no lo sé.

Min y el barón siguieron el coche de Scott en el descapotable de ella. Min conducía.

—La única forma de ayudarte es saber la verdad —le dijo a su marido—. ¿Le hiciste algo a esa mujer?

El barón encendió un cigarrillo e inhaló profundamente. Se le llenaron los ojos de lágrimas. El tinte rojizo de su cabello parecía cobrizo bajo la luz del sol de la tarde. Llevaban abierta la capota. Una brisa fresca había reemplazado la humedad del día. En el aire había una sensación otoñal.

—¿Qué tontería estás diciendo Minna? Fui a la sala y ella no podía respirar. Le salvé la vida. ¿Qué razón tendría para hacerle daño?

—¿Helmut, quién es Clayton Anderson?

—No sé de qué estás hablando —murmuró.

—Oh, creo que sí lo sabes. Elizabeth vino a verme. Leyó la obra. Por eso estabas tan molesto esta mañana, ¿verdad? No era por la agenda. Era la obra. Leila había hecho notas en el margen. Ella señaló esa frase estúpida que utilizas en los anuncios. Elizabeth la vio. Y también la señora Meehan. Ella asistió a uno de los ensayos. Por eso trataste de matarla, ¿no es así? Querías seguir encubriendo que tú escribiste esa obra.

—Minna, te lo repito: ¡Estás loca! Por lo que sabemos, esa mujer pudo haberse autoinyectado.

—Tonterías. Se pasaba el tiempo hablando de su miedo a las inyecciones.

—Pudo haber estado disimulando.

—El autor invirtió un millón de dólares en la obra. Si tú eres ese autor, ¿de dónde pudiste sacar el dinero?

Habían llegado a la entrada de Cypress Point. Min disminuyó la velocidad y lo miró con expresión seria.

—Traté de llamar a Suiza para que me dieran el saldo de mi cuenta. Por supuesto que era después del horario de trabajo. Volveré a llamar mañana. Helmut, espero que, por tu bien, ese dinero esté en mi cuenta.

Se encontraron en el porche del bungalow de Alvirah Meehan. El barón abrió la puerta y entraron. Scott vio que Min se había aprovechado de la ingenuidad de Alvirah. Ése era el bungalow más caro de todos: el lugar que utilizaba la Primera Dama cuando creía adecuado tomarse un descanso. Había una sala, un comedor, una biblioteca, un inmenso dormitorio con una cama enorme y dos baños completos en el primer piso. Se lo encajaste bien, pensó Scott.

Su inspección del lugar fue bastante breve. El cajón de medicamentos del baño sólo contenía cosas comunes: aspirinas, gotas nasales, pastillas para la artritis y Vicks Vaporub. Una buena señora a quien a la noche se le tapa la nariz y que probablemente sufre de artritis.

Le pareció que el barón quedaba desilusionado. Bajo el cuidadoso escrutinio de Scott, Helmut insistió en que se abrieran todos los frascos y se examinara el contenido para ver si no había algún otro medicamento mezclado con las píldoras comunes. ¿Estaría actuando? ¿Tan buen actor era el Soldadito de juguete?

En el armario de Alvirah encontraron camisones viejos junto a vestidos y túnicas costosas, todas compradas en Martha Park Avenue y en la boutique de Cypress Point.

Una nota incongruente era el costoso casete japonés escondido en uno de sus bolsos que hacía juego con el resto de su equipaje Louis Vuitton. Scott alzó la mirada. ¡Equipo profesional y sofisticado! No lo hubiese esperado de Alvirah Meehan.

Elizabeth observó cómo revisaba las casetes. Tres de ellas estaban marcadas en orden numérico. El resto, en blanco. Scott se encogió de hombros, las guardó en el bolso y lo cerró. Se fue a los pocos minutos. Elizabeth lo acompañó hasta su automóvil. Durante el viaje, no le había comentado nada acerca de su sospecha de que Helmut había escrito la obra. Primero quería estar segura, hablar con Helmut para asegurarse. Aún es posible que Clayton Anderson exista, se dijo.

Eran las seis en punto cuando el automóvil de Scott desapareció tras las puertas de Cypress Point. Estaba refrescando. Elizabeth metió las manos en los bolsillos y encontró el broche con forma de sol de Alvirah. Lo había sacado de su ropa después de que partiera la ambulancia. Era obvio que tenía un gran valor sentimental para ella.

Habían mandado llamar al marido de Alvirah. Le daría el broche cuando lo viera, al día siguiente.

10

Ted regresó a su bungalow a las seis y media. Había regresado de la ciudad por el camino largo, a través de Crocker Woodland, y entrado en Cypress Point por la puerta de servicio. Había visto los automóviles de los periodistas, ocultos en los arbustos junto al camino que conducía a Cypress Point. Eran como perros siguiendo alguna pista, guiados por las sugerencias hechas por el *Globe*...

Se quitó el suéter. Hacía calor, pero en esa época del año nunca se estaba seguro con el clima de la península ya que podía cambiar bruscamente de un momento a otro.

Corrió las cortinas, encendió la luz y quedó sorprendido al ver el brillo de una cabellera oscura sobre el sofá. Era Min.

—Tengo algo importante que decirte. —El tono de su voz era el de siempre: cálido y autoritario, una curiosa mezcla que en una época le había inspirado confianza. Ella llevaba una chaqueta larga sin mangas sobre una especie de traje de una sola pieza.

Ted se sentó frente a ella y encendió un cigarrillo.

—Lo había abandonado hace mucho tiempo, pero es increíble los malos hábitos que uno puede retomar cuando se enfrenta a una vida en prisión. Eso en cuanto a disciplina. No estoy muy presentable, Min, pero no estoy acostumbrado a recibir este tipo de visita inesperada.

—Inesperada y sin que me invitaran. —Min lo recorrió con la mirada—. ¿Has estado corriendo?

—No, estuve caminando. Y bastante. Me da tiempo para pensar.

—Tus pensamientos no deben de ser muy agradables en estos días.

—No, no lo son. —Ted aguardó.

—¿Me das uno? —pidió Min señalando el paquete de cigarrillos que Ted había dejado sobre la mesa.

Ted le ofreció uno y se lo encendió.

—Yo también lo había dejado pero cuando uno está nervioso... —Min se encogió de hombros—. Tuve que dejar muchas cosas en mi vida mientras me abría camino. Bueno, ya sabes cómo es esto... Lanzar una agencia de modelos y tratar de que siguiera funcionando cuando no me entraba ni un dólar... Casarme con un anciano enfermo y ser su enfermera, su amante, su compañera durante cinco interminables años... Oh, pensé que había alcanzado una cierta seguridad. Pensé que me lo había ganado.

—¿Y no es así?

Min hizo un gesto con la mano.

—Esto es hermoso, ¿verdad? Este lugar es ideal. El Pacífico a nuestros pies, la magnífica costa, el tiempo, la comodidad y belleza de las instalaciones de Cypress Point... Hasta esa monstruosidad de baños romanos de Helmut podrían ser algo asombroso. Nadie más sería lo suficientemente tonto como para construir una cosa así; nadie más tendría aptitudes como para dirigir las obras...

No me extraña que esté aquí, pensó Ted. No podía arriesgarse a hablar estando Craig cerca.

Fue como si Min le hubiera leído el pensamiento.

—Sé lo que Craig te diría. Pero Ted, tú eres el empresario, el hombre atrevido. Tú y yo pensamos igual. Helmut no es en absoluto práctico, lo sé; pero tiene visión. Lo que necesita, lo que siempre ha necesitado, es el dinero para hacer realidad sus sueños. ¿Recuerdas la conversación que tuvimos los tres cuando ese bulldog de Craig no estaba cerca? Hablamos acerca de poner un Cypress Point en todos tus nuevos hoteles. Es una idea fabulosa. Podría funcionar.

—Min, si voy a prisión, no habrá nuevos hoteles. Hemos dejado de construir desde que fui acusado. Lo sabes.

—Entonces, préstame dinero ahora. —Min dejó caer la máscara—. Ted, estoy desesperada. En pocas semanas estaré en la bancarrota. ¡No tiene que ser así! Este lugar perdió algo en estos últimos años. Helmut no estuvo trayendo nuevos huéspedes. Creo que ahora sé por qué estuvo tan mal. Pero podría cambiar. ¿Por qué crees que hice venir aquí a Elizabeth? Para ayudarte.

—Min, ya viste cómo reaccionó al verme. En realidad, has empeorado las cosas.

—No estoy tan segura de ello. Esta tarde le pedí que reconsiderara todo este asunto. Le dije que nunca se perdonaría a sí misma si te destruía. —Min aplastó el cigarrillo en el cenicero—. Ted, sé lo que te estoy diciendo. Elizabeth está enamorada de ti. Siempre lo estuvo. Haz que funcione para ti. No es demasiado tarde —dijo tomándolo del brazo.

Él se soltó.

—Min, no sabes de qué estás hablando.

—Te estoy diciendo lo que sé. Es algo que sentí desde la primera vez que os vi juntos. ¿No te das cuenta de lo difícil que era para ella estar cerca de ti y de Leila, queriendo que Leila fuera feliz, amándoos a los dos? Estaba dividida en dos. Fue por eso que aceptó esa obra antes de que Leila muriera. No era el papel que quería. Sammy me habló de ello. Ella también se había dado cuenta. Ted, Elizabeth lucha contra ti porque se siente culpable.

Sabe que Leila te adoraba. ¡Haz que funcione para ti! Y Ted, te lo ruego, ayúdame. ¡Por favor! ¡Te lo ruego!

Min levantó la cabeza para mirarlo. Él estaba sudando y tenía el cabello revuelto. Una mujer podría matar por esa cabeza, pensó Min. Sus pómulos altos acentuaban la nariz angosta y perfecta. Las mandíbulas cuadradas le daban un toque de fortaleza a su expresión. Tenía la camisa pegada al cuerpo, bronceado, musculoso. Se preguntó dónde habría estado y se dio cuenta de que quizá no se había enterado de lo sucedido a Alvirah. Pero no quería hablar de eso ahora.

—Min, no puedo seguir adelante con el proyecto de los Cypress Point en hoteles que no se construirán si es que voy a prisión. Te puedo ayudar, y lo haré. Pero déjame hacerte una pregunta: ¿Alguna vez se te ocurrió que Elizabeth podría estar equivocada acerca de la hora de la llamada? ¿No pensaste en ningún momento que puedo estar diciendo la verdad cuando afirmo que no volví a subir?

La sonrisa de alivio de Min se tornó en una de asombro.

—Ted, puedes confiar en mí. Puedes confiar en Helmut. No se lo ha dicho a nadie, excepto a mí... Nunca se lo dirá a nadie... Él te oyó gritarle a Leila. La oyó a ella rogar por su vida.

11

¿Tendría que haberle dicho a Scott lo que sospechaba acerca del barón?, se preguntó Elizabeth al entrar en su bungalow. Observó la decoración en blanco y verde esmeralda del empapelado y la gruesa alfombra blanca. Casi imaginaba una sensación de alegría mezclada con la brisa marina.

Leila.

Pelirroja. Ojos verde esmeralda. La piel pálida de los pelirrojos naturales. El pijama de seda blanco que llevaba cuando murió y que debió flotar en el aire durante la caída.

¡Dios mío, Dios mío! Elizabeth cerró la puerta con dos vueltas de llave y se acurrucó en el sofá con la cabeza entre las manos, consternada ante la visión de Leila, flotando en el aire de la noche, camino de su muerte...

Helmut. ¿Él había escrito *Merry-Go-Round*? Si así era ¿había sacado el dinero de la cuenta de Min en Suiza? Debió de haberse puesto furioso cuando Leila dijo que abandonaba la obra. ¿Furioso hasta qué punto?

Alvirah Meehan. Los asistentes de la ambulancia. La gota de sangre sobre el rostro de Alvirah. El tono incrédulo del paramédico cuando le dijo a Helmut: «¿A qué se refiere con eso de que no empezó a inyectarla?» «¿A quién cree que está engañando?»

Las manos de Helmut oprimiendo el pecho de Alvirah... Helmut colocándole una intravenosa... Debió de ponerse frenético cuando oyó a Alvirah hablar de la «mariposa flotando en una nube». Alvirah había visto un ensayo de la obra. Leila había asociado la frase con Helmut. ¿También lo había hecho Alvirah?

Pensó en el discurso de Min de aquella tarde sobre Ted. Casi había reconocido la culpabilidad de Ted, y luego, trató de persuadirla de que Leila lo había provocado una y otra vez. ¿Sería verdad?

¿Tendría razón Min acerca de que Leila no querría ver a Ted tras las rejas por el resto de su vida? ¿Y por qué estaba ella tan segura acerca de su culpabilidad? Dos días atrás, ella misma afirmaba que debía de haber sido un accidente.

Elizabeth se aferró a las piernas y apoyó la cabeza en las manos.

—No sé qué hacer —murmuró para sí. Nunca se había sentido tan sola.

A las siete oyó las campanadas que indicaban que comenzaba la hora del cóctel. Decidió comer sola en su bungalow. Era imposible pensar en ir a conversar con cualquiera de aquellas personas, sabiendo que el cuerpo de Sammy yacía en el depósito aguardando ser enviado a Ohio y que Alvirah Meehan luchaba por su vida en el hospital de Monterrey. Dos noches atrás, Sammy había estado en aquel cuarto, con ella. ¿Quién sería el próximo?

A las ocho menos cuarto, Min la llamó.

—Elizabeth, todo el mundo pregunta por ti. ¿Estás bien?

—Por supuesto. Sólo quiero estar tranquila.

—¿Estás segura de que te sientes bien? Debes saber que Ted en particular está muy preocupado.

Felicitaciones a Min. Nunca se rinde.

—Estoy bien, Min. ¿Puedes hacer que me envíen una bandeja con la cena? Comeré algo ligero y luego iré a nadar. No te preocupes por mí.

Colgó el teléfono. Caminó de un lado a otro de la habitación, deseando ya estar en el agua.

«IN AQUA SANITAS», decía la inscripción. Por una vez, Helmut tenía razón. El agua la tranquilizaría, le pondría la mente en blanco.

12

Estaba a punto de colocarse el tanque de oxígeno cuando oyó que llamaban a la puerta. Se arrancó la máscara de la cara y logró sacar las mangas del pesado traje de neopreno. Escondió todo el equipo en el armario y luego corrió al baño a abrir el agua de la ducha.

Volvieron a golpear con impaciencia. Terminó de quitarse el traje y lo arrojó detrás del sofá al tiempo que se ponía una bata.

Adoptó un tono molesto y dijo:

—Ya voy, ya voy. —Luego, abrió la puerta.

—¿Por qué has tardado tanto? Tenemos que hablar.

Eran casi las diez cuando por fin pudo acercarse a la piscina. Llegó justo a tiempo para ver a Elizabeth que regresaba a su bungalow. En su prisa por llegar había rozado una de las sillas del patio. Ella se volvió y él tuvo apenas tiempo de esconderse tras un arbusto.

Mañana a la noche. Todavía existía una posibilidad para que se quedara. Si no, arreglaría otro tipo de accidente.

Al igual que Alvirah Meehan, ella había comenzado a sospechar y despertaría también la sospecha de Scott.

Ese ruido. Era el de una silla golpeando contra el suelo de baldosas. Sin embargo, la brisa que corría no era lo suficientemente fuerte como para hacer que algo cayera. Se volvió, y por un instante le pareció ver que alguien se movía. Pero era una tontería, ¿por qué iba nadie a esconderse detrás de los árboles?

Aun así, Elizabeth aceleró el paso y se alegró de estar de regreso en su bungalow con la puerta cerrada con llave. Llamó al hospital. Ningún cambio en el estado de Alvirah Meehan.

Tardó bastante en dormirse. ¿Qué se le escapaba? Algo que había sido dicho, y que tendría que haberle llamado la atención... Por fin, la venció el sueño.

Estaba buscando a alguien... Se encontraba en un edificio vacío con paredes oscuras... Su cuerpo ardía de deseo... Tenía los brazos extendidos... ¿Cuál era ese poema que había leído en alguna parte?

Existe alguien, recuerdo sus ojos y sus labios,
que me busca en la noche.

Lo susurraba una y otra vez... Vio una escalera... Bajó corriendo... Él estaba allí. De espaldas. Se arrojó sobre él y lo abrazó. Él se volvió, la abrazó y la sostuvo en sus brazos. Luego, la besó. «Ted, Ted, te amo»... repitió una y otra vez...

Se despertó bruscamente. Durante el resto de la noche, se mantuvo despierta en aquella cama donde Leila y Ted habían dormido juntos tantas veces, decidida a no volver a dormirse.

A no soñar.

JUEVES

3 de septiembre

CITA DEL DÍA

El poder de la belleza, aún lo recuerdo.

DRYDEN

Queridos huéspedes de Cypress Point:

Tengan un muy buen día. Espero que mientras lean esto estén disfrutando de uno de nuestros deliciosos zumos. Como algunos de ustedes sabrán, todas las naranjas y pomelos son cultivados especialmente para nosotros.

¿Han hecho alguna compra en nuestra boutique esta semana? Si todavía no lo hicieron, tienen que pasar a ver las maravillosas prendas que acabamos de recibir para hombres y mujeres. Todas prendas únicas, por supuesto, ya que cada uno de nuestros huéspedes es único. Un recordatorio en cuanto a la belleza. En estos momentos, deben de estar sintiendo músculos que habían olvidado que tenían. Recuerden, el ejercicio nunca es dolor. Una leve molestia demuestra que están logrando el estiramiento. Y cada vez que se ejerciten, recuerden mantener las rodillas relajadas.

¿Tienen una buena apariencia? Para aquellas diminutas líneas que el tiempo y las experiencias de la vida han dejado en nuestro rostro, recuerden que el colágeno, como una mano amable, está aguardando para suavizarlas.

Manténganse serenos, tranquilos, felices. Y disfruten de un buen día.

BARÓN Y BARONESA VON SCHREIBER

1

Mucho antes de que los primeros rayos de sol anunciaran otro día brillante en la península de Monterrey, Ted estaba despierto pensando en las semanas que tenía por delante. El juicio. El banquillo del acusado, donde se sentaría, sintiendo las miradas de los demás posadas sobre él, tratando de captar el impacto del testimonio sobre los miembros del jurado. El veredicto: culpable de asesinato en segundo grado. «¿Por qué segundo grado? —le había preguntado a su primer abogado—. Porque en el Estado de Nueva York, el primer grado se reserva para los agentes del orden público. Pero en realidad, en lo referente a sentencias, es lo mismo.» De por vida —se dijo—. Una vida en prisión.

A las seis se levantó para salir a correr. La mañana era clara y fresca, pero sería un día caluroso. Sin saber muy bien adónde ir, dejó que sus pasos eligieran solos el camino y no se sorprendió cuando, al cabo de veinte minutos, se encontró frente a la casa de su abuelo en Carmel. Quedaba frente al océano. En aquel entonces era blanca, pero los actuales propietarios la habían pintado de un verde musgo; era bonita, pero él la prefería de blanco porque de ese modo reflejaba el sol de la tarde.

Uno de sus primeros recuerdos era de esa playa. Su madre lo ayudaba a construir castillos de arena, riendo, con el cabello oscuro sobre el rostro, feliz de estar allí y no en Nueva York, agradecida por el descanso. ¡Ese maldito bastardo que había sido su padre! La forma en que trataba a su madre, la ridiculizaba, se burlaba de ella. ¿Por qué? ¿Qué hace que una persona sea tan cruel? ¿O era el alcohol lo que poco a poco fue convirtiendo a su padre en ese ser salvaje y maligno en que finalmente se convirtió? Eso era su padre: botella y puños. ¿Había heredado él su carácter siniestro?

Ted permaneció de pie en la playa, observando la casa, viendo a su madre en el porche, recordando a sus abuelos en el funeral de su madre, escuchando que su abuelo decía: «Tendríamos que haber hecho que lo dejara.» Y su abuela que le respondía: «Ella no lo habría dejado, porque ello habría significado dejar a Ted.»

De niño se preguntó si todo habría sido por su culpa. Aún seguía haciéndose la misma pregunta. Y seguía sin hallar la respuesta.

Vio que alguien lo miraba desde una ventana y, rápidamente, retomó la marcha.

Bartlett y Craig lo aguardaban en su bungalow. Ellos ya habían desayunado. Ted fue hasta el teléfono y ordenó un zumo, café y tostadas.

—Regresaré en seguida —les dijo. Se duchó y se puso un par de pantalones cortos y una camiseta de algodón. Cuando salió, la bandeja del desayuno estaba aguardándolo—. Qué servicio más rápido. Min sí que sabe cómo dirigirlo. Habría sido una buena idea hacer una franquicia de este lugar para nuevos hoteles.

Ninguno de los dos hombres le respondió. Permanecieron sentados junto a la mesa de la biblioteca observándolo como si supieran que Ted no esperaba, o no quería, ningún comentario al respecto. Bebió el zumo de un trago y tomó la taza de café.

—Mañana partiremos a Nueva York. Craig, organiza una reunión de dirección urgente para el sábado por la mañana. Voy a renunciar como presidente y director de la compañía y te nombraré en mi lugar.

Su expresión hizo que Craig no discutiera. Se volvió hacia Bartlett con frialdad.

—He decidido declararme culpable, Henry. Quiero que me prepares para la mejor y para la peor sentencia que puedo esperar.

2

Todavía estaba acostada cuando Vicky le llevó la bandeja con el desayuno. La colocó junto a la cama y estudió a Elizabeth con atención.

—No te sientes muy bien.

Elizabeth acomodó las almohadas contra la cabecera de la cama y se incorporó.

—Oh, supongo que sobreviviré. —Intentó sonreír—. De una forma u otra, tenemos que hacerlo, ¿no? —Tomó el florero con una sola flor que estaba sobre la bandeja—. ¿Qué es eso que siempre dices acerca de llevarle rosas a las flores marchitas?

—No me refiero a ti. —El rostro angular de Vicky se suavizó—. Estuve fuera estos dos últimos días. Acabo de enterarme de lo que le sucedió a la señorita Samuels. Era una mujer muy agradable. ¿Pero qué diablos hacía en la casa de baños, puedes decírmelo? Una vez me dijo que con sólo mirar ese lugar sentía escalofríos. Decía que le recordaba una tumba. Aun si entonces no se sentía bien, ése sería el último lugar adonde iría...

Después de que Vicky partió, Elizabeth tomó el programa que estaba sobre la bandeja del desayuno. No tenía intenciones de ir a Cypress Point para ningún tratamiento o clase de ejercicios, pero cambió de parecer. Tenía un masaje con Gina a las diez. Los empleados hablan. Vicky acababa de confirmarle su impresión de que Sammy jamás habría ido por propia decisión a la casa de baños. El domingo cuando llegó y estuvo con Gina para un masaje, ella le había comentado los problemas financieros por los que estaban atravesando. Podría llegar a enterarse de algo más si hacía las preguntas adecuadas.

Como de todas formas tenía que ir allí, Elizabeth decidió seguir el programa completo. La primera clase de ejercicios la ayudó a animarse, aunque le resultaba difícil no mirar hacia el lugar donde Alvirah Meehan había estado la última vez. Se había esforzado tanto en los ejercicios, que al final de la clase respiraba con dificultad. «Pero no aflojé», le había comentado orgullosa a Elizabeth.

Encontró a Cheryl en el corredor que llevaba a las salas de masaje facial. Estaba envuelta en un albornoz. Tenía las uñas de los pies y de las manos pintadas de un color rosa violáceo. Elizabeth hubiera pasado junto a ella sin dirigirle la palabra, pero Cheryl la tomó del brazo.

—Elizabeth, tengo que hablarte.

—¿Sobre qué?

—Esas cartas anónimas. ¿Existe la posibilidad de encontrar alguna otra? —Sin esperar una respuesta, continuó—: Porque si tienes otra o encuentras otra, quiero que sea analizada, que rastreen las huellas, cualquier cosa que tú y el mundo de la ciencia puedan hacer para descubrir a la persona que las envió. ¡Y esa persona no fui yo! ¿Entendido?

Elizabeth la observó alejarse por el corredor. Tal como Scott le había dicho, parecía convincente. Por otra parte, si estaba segura de que esas dos cartas eran las únicas que se podían encontrar, no corría ningún riesgo mostrando tanto interés. Después de todo, Cheryl no era tan mala actriz.

A las diez, Elizabeth estaba en la camilla de masajes. Cuando Gina entró en el gabinete, comentó:

—Parece que están todos muy excitados.

—¿Lo crees?

Gina le colocó una gorra de plástico para protegerle el cabello.

—Lo sé. Primero, la señorita Samuels, luego la señora Meehan. Es una locura. —Se echó un poco de crema en las manos y empezó a masajearle el cuello—. Otra vez en tensión. Ha sido un tiempo demasiado difícil para ti. Sé que tú y la señorita Samuels erais muy amigas.

Era más fácil no hablar sobre Sammy. Logró murmurar:

—Sí, lo éramos. ¿Gina, alguna vez te tocó atender a la señora Meehan?

—Por supuesto. El lunes y el martes. Es todo un personaje. ¿Qué le sucedió?

—No están seguros, están tratando de verificar su historial clínico.

—Hubiera jurado que era fuerte como un toro, un poco gordita, pero tenía buena tonificación, buenos latidos, buena respiración; le tenía miedo a las agujas, pero eso no provoca un ataque al corazón.

Elizabeth sintió dolor en la espalda mientras los dedos de Gina masajeaban los músculos tensos. De repente, Gina se echó a reír.

—¿Crees que había alguien que no supiera que iba a recibir un tratamiento de colágeno en la sala C? Una de las muchachas oyó que le preguntaba a Cheryl Manning si ella se había hecho un tratamiento con colágeno alguna vez. ¿Te imaginas?

—En realidad, no. Gina, la otra vez me comentaste que Cypress Point no ha sido el mismo desde la muerte de Leila. Sé que ella atraía a aquellos que buscan estar en compañía de celebridades, pero el barón traía una buena cantidad de caras nuevas cada año.

Gina se echó más crema en las manos.

—Es gracioso. Eso se terminó hace casi dos años. Nadie sabe por qué. Hacía muchos viajes, pero la mayoría eran a Nueva York. Recuerdas, solía asistir a los bailes de caridad en una docena de ciudades importantes, y entregaba en persona el certificado para una semana gratis en Cypress Point al ganador. Para cuando terminaba su discurso, el afortunado ganador ya tenía a tres o cuatro amigos dispuestos a acompañarlo... Y por supuesto, ellos sí que pagaban.

—¿Y por qué crees que eso se terminó?

Gina bajó el tono de voz.

—Él andaba en algo. Nadie supo muy bien qué era, ni siquiera Min, supongo... Ella comenzó a viajar de repente con él. Estaba preocupada de que Su Alteza Real, o como quiera que él se autodenomine, tuviera algo en Nueva York...

«¿Algo en Nueva York?» Mientras Gina seguía con el masaje, Elizabeth se quedó callada. ¿Ese algo sería la obra llamada *Merry-Go-Round*? De ser así, Min había adivinado la verdad hacía mucho tiempo.

3

Ted salió del sector masculino a las siete. Después de dos horas de ejercicios en los aparatos Nautilus y unos cuantos largos en la piscina, se dio un masaje y luego se sentó en uno de los *jacuzzi* individuales al aire libre. El sol era cálido, no había brisa; una bandada de cormoranes oscureció por un momento un cielo sin nubes. Los camareros estaban poniendo las mesas para el almuerzo en el patio. Las sombrillas rayadas en tonos suaves de verde limón y amarillo hacían juego con las coloridas baldosas del piso.

Ted volvió a pensar en lo bien dirigido que estaba el lugar. Si las cosas fueran diferentes, pondría a Min y al barón al frente de una docena de Cypress Point en todo el mundo. Casi sonrió. No totalmente al frente. Los gastos del barón serían controlados por un administrador muy cuidadoso.

Bartlett habría hablado con el fiscal de distrito. Ahora ya tendría una idea del tipo de sentencia que podía esperar. Seguía pareciéndole increíble. Algo que no recordaba haber hecho lo había obligado a convertirse en una persona completamente diferente, lo había obligado también a cambiar de estilo de vida.

Caminó lentamente hacia su bungalow, saludando con la cabeza a los huéspedes que estaban sentados cerca de la piscina olímpica después de la clase de ejercicios. No se sentía con ánimo de conversar con ninguno de ellos. Tampoco quería enfrentarse a las discusiones que tendría con Henry Bartlett.

Recuerdos. Una palabra que lo obsesionaba. Fragmentos. Pedazos. Volvía a subir en el ascensor. Estaba en el pasillo. Se balanceaba. Estaba ebrio. Y luego, ¿qué? ¿Por qué se había bloqueado? ¿Porque no quería recordar lo que había hecho?

La prisión. Confinamiento en una celda. Sería mejor que...

No había nadie en su bungalow. Por lo menos, era un alivio. Estaría más en paz. Sin embargo, estaba seguro de que regresarían para el almuerzo.

Craig. Era un hombre detallista. La compañía no llegaría a la cima con él, pero podría mantenerla donde estaba. Tendría que estarle agradecido. Craig había aparecido cuando el avión con los ocho mejores ejecutivos de la empresa se estrelló en París. Le fue indispensable cuando Kathy murió, y le era indispensable ahora. Y pensar...

¿Cuántos años estaría encerrado? ¿Siete? ¿Diez? ¿Quince?

Le quedaba sólo una cosa por hacer. Tomó el papel de carta con membrete personal y se puso a escribir. Cuando terminó, cerró el sobre, llamó a una camarera e hizo que lo llevara al bungalow de Elizabeth.

Hubiera preferido esperar hasta el día siguiente cuando Elizabeth había decidido partir, pero tal vez si sabía que no habría juicio ella se quedaría allí un poco más de tiempo.

Al regresar a su bungalow al mediodía, Elizabeth encontró el sobre en la mesa. Cuando vio el nombre Winters escrito con aquella letra tan firme y derecha que le era tan familiar, sintió que se le secaba la boca. ¿Cuántas veces había recibido una nota en ese papel, con esa letra, en su camerino durante los entreactos? «Hola, Elizabeth. Acabo de llegar a la ciudad. ¿Qué te parece si cenamos juntos? A menos que estés cansada. El primer acto estuvo sensacional. Con amor, Ted.» Entonces cenaban y llamaban a Leila desde el restaurante. «Cuídalo por mí, Sparrow. No dejes que una putita barata lo enloquezca.»

Ambos tenían el oído pegado al teléfono «Tú ya me enloqueciste, Estrella», le decía Ted.

Y ella era consciente de su cercanía, de su mejilla rozando la suya, y apretaba con fuerza el teléfono, siempre deseando haber tenido el coraje de rechazar la invitación.

Abrió el sobre. Pudo leer dos oraciones antes de dejar escapar un grito ahogado y luego tuvo que esperar un momento, antes de poder seguir leyendo.

Querida Elizabeth:

Sólo puedo decirte que lo siento, y esa palabra no tiene mucho significado. Tenías razón. El barón me oyó pelear con Leila aquella noche. Syd se cruzó conmigo en la calle. Le dije que Leila estaba muerta. Es inútil seguir simulando que no estuve allí. Créeme, no recuerdo nada de todos esos momentos, pero en vista de los hechos, voy a declararme culpable de asesinato en cuanto regrese a Nueva York.

Por lo menos, esto pondrá punto final a este terrible asunto y te evitará la agonía de tener que atestiguar en mi juicio y de verte forzada a revivir las circunstancias de la muerte de Leila.

Que Dios te bendiga y te proteja. Hace mucho tiempo, Leila me contó que cuando eras pequeña y salisteis de Kentucky para venir a Nueva York, tú estabas muy asustada y que ella te cantó esa hermosa canción... «No llores más, my Lady...»

Piensa en ella cantándote esa canción ahora, y trata de comenzar un nuevo y más feliz capítulo de tu vida.

TED.

Durante las dos horas siguientes, Elizabeth permaneció acurrucada en el sofá, abrazada a sus rodillas y con la mirada perdida. Esto era lo que querías —trató de convencerse—. Pagará por lo que le hizo a Leila. Pero el dolor era tan intenso que gradualmente se fue convirtiendo en aturdimiento.

Cuando por fin se levantó, le dolían las piernas y caminaba con la vacilación de los ancianos. Todavía quedaba por desvelar el asunto de las cartas anónimas.

No descansaría hasta descubrir quién las había enviado y precipitado esa tragedia.

Eran más de la una cuando Bartlett llamó a Ted.

—Tenemos que hablar en seguida —le dijo Henry en tono cortante—. Ven en cuanto te sea posible.

—¿Existe alguna razón por la que no podamos vernos aquí?

—Estoy esperando algunas llamadas de Nueva York. Y no quiero arriesgarme a perderlas.

Cuando Craig le abrió la puerta, Ted no perdió tiempo con rodeos.

—¿Qué sucede?

—Algo que no te gustará.

Bartlett no estaba frente a la mesa oval que solía utilizar como escritorio. Esta vez, estaba reclinado sobre el teléfono como si esperara que saltara en cualquier momento. Tenía una expresión meditativa. Como un filósofo enfrentado a un problema demasiado difícil, pensó Ted.

—¿Es muy malo? —preguntó Ted—. ¿Diez años? ¿Quince?

—Peor. No aceptan tu declaración. Ha surgido un nuevo testigo ocular.

Con pocas palabras e incluso, con brusquedad, le explicó:

—Como sabrás, pusimos detectives privados para que se ocuparan de Sally Ross. Queríamos desacreditarla en todas las formas posibles. Uno de los detectives estaba en su edificio hace dos noches. Atraparon a un ladrón con las manos en la masa en el apartamento que queda en el piso de arriba de la señora Ross. Hizo un trato con el fiscal de distrito. Ya había estado una vez en el lugar. La noche del veintinueve de marzo. ¡Él dice que te vio empujar a Leila por la terraza!

Observó que Ted palidecía.

—No podré declarar culpabilidad y negociar la sentencia —murmuró Ted en un tono tan bajo que Henry tuvo que inclinarse hacia adelante para oír lo que decía.

—Con un testigo así no tienen necesidad de hacer ningún trato. Por lo que me informó mi gente, su visión no tenía ningún obstáculo. Sally Ross tenía ese eucalipto en la terraza, obstruyendo su línea de visión. Esto fue un piso más arriba, y sin árbol.

—No me interesa cuántas personas vieron a Ted aquella noche —estalló Craig—. Estaba ebrio. No sabía lo que hacía. Voy a perjurar. Diré que estaba hablando por teléfono conmigo a las nueve y media.

—No puedes perjurar —le respondió Bartlett—. Ya declaraste haber oído el teléfono y no haber respondido.

Ted se puso las manos en los bolsillos.

—Olvidaos de ese maldito teléfono. ¿Qué es exactamente lo que este testigo dice haber visto?

—Hasta el momento, el fiscal de distrito se ha negado a atender mis llamadas. Tengo algunos contactos allí y pude saber que este tipo sostiene que Leila estuvo luchando por su vida.

—¿Entonces, podrían darme la pena máxima?

—El juez asignado a este caso es un imbécil. Puede dejar ir a un magnicida con sólo una palmada en la mano, pero le gusta mostrar lo rudo que es con la gente importante. Y tú eres importante.

Sonó el teléfono. Bartlett ya lo tenía en el oído antes de que sonara por segunda vez. Ted y Craig vieron cómo fruncía el entrecejo, se humedecía los labios con la lengua y luego se mordía el labio inferior. Escucharon mientras él ladraba instrucciones.

—Quiero un informe con los cargos de ese tipo. Quiero saber qué tipo de trato le ofrecieron. Quiero que saquen fotografías del balcón de esa mujer en una noche de lluvia. Pónganse a trabajar.

Cuando colgó el auricular, estudió a Ted y Craig: Ted se había derrumbado en su silla mientras que Craig se había enderezado en la suya.

—Vamos a juicio —anunció—. Ese nuevo testigo había estado antes en el apartamento. Describió el interior de varios armarios. Esta vez lo pillaron cuando puso los pies en el pasillo de entrada. Dice que te vio, Teddy. Leila estaba aferrada a ti, tratando de salvar su vida. Tú la levantaste, la pusiste del otro lado de la balaustrada y la sacudiste hasta que se soltó. No será una escena muy agradable cuando la describan en el juicio.

—Yo... la... sostuve... al otro... lado... de... —Ted tomó un florero que estaba encima de la mesa y lo arrojó contra la chimenea de mármol en el otro extremo del cuarto. Se hizo añicos, y pedazos del fino cristal quedaron desparramados por la alfombra—. ¡No! ¡No es posible! —Se volvió y corrió enloquecido hacia la puerta. La cerró detrás de sí con tanta fuerza que destrozó el panel de vidrio.

Lo vieron correr atravesando el parque hacia los árboles que separaban Cypress Point del Bosque Crocker.

—Es culpable —dijo Bartlett—. No hay forma de salvarlo ahora. Si me dan un mentiroso, puedo trabajar con él. Si lo llevo al estrado, el jurado encontrará que Teddy es arrogante. Si no lo hago, Elizabeth describirá la forma en que le gritó a Leila, y tendremos a los dos testigos relatando cómo la mató. ¿Y yo tengo que trabajar con eso? —Cerró los ojos—. A propósito, acaba de demostrarnos que tiene un temperamento violento.

—Hay una razón especial para ese exabrupto —explicó Craig con calma—. Cuando Ted tenía ocho años, su padre, en un arranque de furia estando ebrio, sostuvo a su madre por encima de la terraza de su apartamento, que quedaba en el último piso.

Hizo una pausa para recuperar el aliento.

—La diferencia es que su padre decidió no arrojarla.

A las dos de la tarde, Elizabeth llamó a Syd y le pidió que se reuniera con ella en la piscina olímpica.
Cuando ella llegó allí, estaba por comenzar una clase de
ballet acuático. Hombres y mujeres con balones hin-
chables seguían las instrucciones del profesor.

—Sostengan el balón entre las manos; muévanlo de
un lado al otro... no, manténganlo bajo el agua... Ahí es
donde se hace la fuerza. —Pusieron la música.

Eligió una mesa en el extremo más alejado del patio. No había nadie cerca. Diez minutos después, oyó
un ruido detrás de sí y se asustó. Era Syd. Había cortado camino por entre los arbustos; apartó una silla y se
sentó. Movió la cabeza en dirección a la piscina.

—Cuando era pequeño, vivíamos en la portería de
un edificio. Es sorprendente los músculos que mi madre sacó barriendo con la escoba.

Su tono era agradable, pero su actitud reservada. La
camiseta con cuello polo que llevaba y los pantalones cortos revelaban la fuerza de sus brazos y piernas. Es gracioso —pensó Elizabeth—, siempre consideré a Syd un de-
bilucho, tal vez porque le falta porte. Y es un error.

Ese sonido que había hecho al llegar. ¿Era una silla
lo que había oído que movían la noche anterior al salir
de la piscina? Y el lunes a la noche creyó haber visto a
alguien o algo que se movía. ¿Era posible que la hubiesen estado observando mientras nadaba? La idea era inquietante.

—Para pagar tanto por relajarse, hay bastante gente
tensa por aquí —comentó Syd. Se sentó justo en frente.

—Y yo soy la más tensa de todos, supongo. Syd, tú
habías invertido tu propio dinero en *Merry-Go-Round*.
Tú le llevaste a Leila el libreto. Y también te ocupaste de
algunas correcciones Tengo que hablar con el autor,
Clayton Anderson. ¿Dónde puedo encontrarlo?

—No tengo la menor idea. No lo conozco. El contrato se negoció a través de su abogado.

—Dime su nombre.

—No.

—Es porque no hay ningún abogado, ¿no es así, Syd? Helmut fue quien escribió la obra, ¿no es verdad? Él te la llevó a ti y tú se la llevaste a Leila. Helmut sabía que Min se enojaría si se enteraba del asunto. Esa obra fue escrita por un hombre obsesionado por Leila. Es por eso que la obra habría funcionado para ella.

Syd enrojeció.

—No sabes de qué estás hablando.

Le mostró la nota que Ted le había escrito.

—¿Que no sé? Cuéntame cuando te reuniste con Ted la noche en que Leila murió. ¿Por qué no me diste esa información hace meses?

Syd estudió la nota.

—¡Y lo puso por escrito! Es más tonto de lo que creía.

Elizabeth se inclinó hacia adelante.

—Según esta nota, el barón oyó a Ted luchando con Leila, y Ted te dijo a ti que Leila había muerto. ¿A ninguno de vosotros se os ocurrió ver qué había sucedido, si había alguna posibilidad de ayudarla?

Syd echó la silla hacia atrás.

—Te he escuchado demasiado.

—No, aún no. Syd, ¿por qué fuiste al apartamento de Leila aquella noche? ¿Por qué fue el barón allí? No esperaba a ninguno de los dos.

Syd se puso de pie. La ira le distorsionaba las facciones.

—Escucha, Elizabeth, tu hermana me arruinó cuando dejó la obra. Iba a pedirle que lo reconsiderara. Nunca llegué al edificio. Ted pasó corriendo junto a mí y yo lo seguí. Él me dijo que ella estaba muerta. ¿Quién sobrevive a una caída como ésa? No quise meterme. En ningún momento vi al barón aquella noche. —Le devolvió la carta—. ¿No estás satisfecha? Ted irá a prisión. ¿No es lo que querías?

—No te vayas aún, Syd, todavía tengo que hacerte muchas preguntas. La carta que robó Cheryl. ¿Por qué la destruiste? Podía haberlo ayudado. Pensé que estabas ansioso por ayudarlo.

Syd se dejó caer sobre la silla.

—Mira, Elizabeth, haré un trato contigo. Romper esa carta fue un error de mi parte. Cheryl jura no haber escrito esa carta ni ninguna otra. Y yo la creo.

Elizabeth aguardó. No iba a admitir que Scott también la creía.

—Tienes razón acerca del barón —continuó—, él escribió la obra. Ya sabes cómo se burlaba Leila. Él quería tener poder sobre ella, hacer que le debiera algo. Otro tipo querría llevársela a la cama. —Hizo una pausa—. Elizabeth, si Cheryl no puede irse mañana y asistir a esa conferencia de prensa, perderá la serie. El estudio no la contratará si descubre que está detenida. Scott te tiene confianza. Convéncelo de que Cheryl no tiene nada que ver con todo esto y te daré una pista acerca de esas cartas.

Elizabeth lo miró. Syd asumió que su silencio era una aceptación. Mientras hablaba, golpeaba la mesa con la punta de los dedos.

—El barón escribió *Merry-Go-Round*. Tengo los cambios hechos a mano en los primeros libretos. Juguemos a las suposiciones, Elizabeth. Supongamos que la obra es un éxito. El barón ya no necesita a Min. Está cansado del juego de Cypress Point. Ahora es un escritor de Broadway y siempre junto a Leila. ¿Cómo podía Min evitar que eso sucediera? Asegurándose de que la obra es un fracaso. ¿Cómo lo logra? Destruyendo a Leila. Y ella era quien sabía cómo hacerlo. Ted y Leila estuvieron juntos durante tres años. Si Cheryl hubiera querido entrometerse, ¿por qué iba a esperar tanto?

Syd no aguardó la respuesta. La silla hizo el mismo ruido que había hecho cuando la corrió para sentarse. Elizabeth se quedó mirándolo. Tenía sentido. Casi podía oír a Leila decir: «Oh, Sparrow, Min sí que está caliente con el Soldadito de juguete. No me gustaría trabar amistad con él. Min me perseguiría con un hacha.»

¿O con tijera y goma de pegar?

Syd desapareció de la vista. Elizabeth no pudo ver su sonrisa cuando estuvo fuera de su campo visual.

Podría llegar a funcionar, pensó Syd. Había estado pensando en cómo jugar esa carta, y ella le había facilitado las cosas. Si le creía, Cheryl podría quedar limpia. La sonrisa desapareció. Podría quedar...

Pero ¿qué sucedería con él?

5

Elizabeth permaneció inmóvil cerca de la piscina hasta que la voz del instructor de gimnasia interrumpió la violenta impresión que le produjo la posible traición de Min. Se puso de pie y se dirigió hacia el edificio principal.

La tarde había cumplido la promesa de la mañana. El sol era cálido y no soplaba viento; hasta los cipreses parecían más acogedores con sus brillantes hojas inmóviles. Las petunias, geranios y azaleas, vivaces pues acababan de regarlas, se abrían a la tibieza del sol.

En la oficina de recepción, encontró a una empleada temporal, una muchacha de unos treinta años de rostro agradable. El barón y la baronesa habían ido al hospital de Monterrey para ofrecer su ayuda al marido de la señora Meehan.

—Están muy abatidos por ella. —La recepcionista parecía muy impresionada por lo preocupados que estaban.

También estuvieron abatidos cuando Leila murió, pensó Elizabeth. Ahora se preguntaba cuánto del dolor de Min provenía de su culpa. Escribió una nota para el barón y la colocó en un sobre.

—Por favor, entréguele esto en cuanto regrese.

Miró la máquina de escribir. Sammy había estado usando esa máquina cuando, por alguna razón, entró en la casa de baños. ¿Y si realmente había tenido alguna especie de ataque que la había desorientado? ¿Y si había dejado la carta en la fotocopiadora? Min había bajado temprano a la mañana siguiente. Debió de haberla descubierto y la destruyó.

Cansada, Elizabeth regresó a su bungalow. Nunca sabría quién había enviado esas cartas. Nadie lo admitiría jamás. ¿Y por qué permanecía allí entonces? Todo había terminado. ¿Y qué haría con el resto de su vida? En la nota, Ted le decía que comenzara un nuevo y más feliz capítulo en su vida. ¿Dónde? ¿Cómo?

Le dolía mucho la cabeza. Se dio cuenta de que otra vez se había saltado el almuerzo. Llamaría para ver cómo seguía Alvirah Meehan y luego comenzaría a hacer sus maletas. Es horrible no tener ningún lugar a donde querer ir ni ninguna persona con quien querer estar. Sacó una maleta del armario, la abrió, pero se detuvo abruptamente.

Todavía tenía el broche de Alvirah. Estaba en el bolsillo de los pantalones que había usado al ir a la clínica. Cuando lo sacó y lo sostuvo en la mano, se dio cuenta de que era más pesado de lo que esperaba. No era una experta en joyas, pero era evidente que ese broche no era de gran valor. Le dio la vuelta y comenzó a estudiar la parte de atrás. No tenía el habitual broche de seguridad. En lugar de eso, había un implemento extraño. Volvió otra vez el broche para estudiar la parte de adelante. ¡La apertura del centro era un micrófono!

El impacto de su descubrimiento la dejó atónita.

Las preguntas aparentemente inocentes, la forma en que Alvirah Meehan jugaba con el broche... Estaba orientando el micrófono para que captara las voces de las personas con quienes estaba. El bolso en su bungalow con el costoso casete, las casetes... Tenía que apoderarse de ellas antes de que otro lo hiciera.

Llamó a Vicky.

Quince minutos después, estaba de vuelta en su bungalow, con el casete y las casetes de Alvirah Meehan. Vicky parecía preocupada y temerosa.

—Espero que nadie nos haya visto entrar allí —le dijo.

—Le entregaré todo al sheriff Alshorne —la tranquilizó Elizabeth—. Sólo quiero estar segura de que no desaparezcan si el marido de la señora Meehan se lo cuenta a alguien. —Elizabeth aceptó un té con un emparedado. Cuando Vicky regresó con la bandeja, la encontró con los auriculares puestos, tomando notas mientras escuchaba las cintas.

6

A Scott Alshorne no le gustaba tener una muerte sospechosa y otra casi muerte sospechosa sin resolver. Dora Samuels había sufrido un leve ataque justo antes de morir. ¿Cuánto tiempo antes? Alvirah Meehan tenía una gota de sangre en la cara que sugería una inyección. El informe de laboratorio mostró un nivel muy bajo de azúcar en la sangre, posiblemente el resultado de una inyección. Los esfuerzos del barón le habían salvado la vida. ¿Y eso qué aclaraba?

No había podido localizar al marido de la señora Meehan hasta la una de la mañana, hora de Nueva

York. Él alquiló un avión y llegó a las siete de la mañana, hora local. A la tarde, temprano, Scott fue hasta el hospital para hablar con él.

Scott no podía creer lo que veía: Alvirah Meehan, muy pálida, respirando con dificultad y conectada a unas máquinas. Se suponía que la gente como ella no enfermaba. Estaba demasiado llena de vida. El hombre corpulento que estaba de espaldas pareció no notar su presencia. Estaba inclinado, susurrándole algo a Alvirah.

Scott le tocó un hombro.

—Señor Meehan, soy Scott Alshorne, sheriff del condado de Monterrey. Siento lo sucedido con su esposa.

Willy Meehan señaló con la cabeza el lugar donde estaban las enfermeras.

—Ya me informaron sobre su estado. Pero le aseguro que ella se pondrá bien. Le he dicho que si se muere y me deja, iba a gastarme todo el dinero en una rubia callejera. Ella no dejará que eso suceda, ¿no es verdad, querida? —Comenzaron a rodarle lágrimas por las mejillas.

—Señor Meehan, tengo que hablar con usted unos minutos.

Podía sentir que Willy se acercaba, pero no podía comunicarse con él. Alvirah nunca se había sentido tan débil. Ni siquiera podía mover una mano, estaba tan cansada...

Y tenía que decirle algo. Sabía lo que le había sucedido. Todo estaba muy claro ahora. Tenía que esforzarse por hablar. Trató de mover los labios, pero no pudo. Quiso mover un dedo. Willy tenía la mano apoyada sobre la suya y no pudo juntar la fuerza como para hacerle entender que estaba tratando de comunicarse.

Si tan sólo pudiera mover los labios, llamar de algún modo su atención. Estaba hablando de los viajes que harían juntos. La irritaba que no pudiera escucharla. Cállate y escucha... —quería gritarle—. Oh, Willy, por favor, escucha...

La conversación fuera de la sala de cuidados intensivos no fue satisfactoria. Alvirah era «fuerte como un toro». Nunca enfermaba. No tomaba ningún medicamento. Scott ni se molestó en preguntar si existía la posibilidad de que se drogara. No existía y no quería ofender a ese hombre tan angustiado.

—Estaba tan ansiosa por hacer este viaje —dijo Willy Meehan—. Incluso estaba escribiendo artículos para el *Globe*. Tendría que haber visto lo excitada que estaba cuando le mostraron cómo grabar las conversaciones de la gente.

—¡Escribía artículos! —exclamó Scott—. ¿Grababa lo que la gente decía?

En ese momento, apareció una enfermera.

—¿Señor Meehan, puede entrar? Está tratando de hablar. Queremos que usted le hable.

Scott entró detrás de él. Alvirah luchaba por mover los labios.

—Vo... vo...

Willy la tomó de la mano.

—Estoy aquí, querida, estoy aquí.

El esfuerzo era demasiado. Se estaba cansando mucho. Se quedaría dormida en cualquier momento. Si tan sólo pudiera pronunciar una palabra para advertirles. Con un esfuerzo tremendo, Alvirah logró pronunciar esa palabra. Lo hizo en un tono lo suficientemente alto como para oírla ella misma.

—Voces —dijo.

7

Las sombras de la tarde se hacían más profundas; Elizabeth, indiferente al tiempo, continuaba escuchando las cintas grabadas por Alvirah Meehan. A veces detenía el casete, retrocedía y volvía a escuchar algún trozo. Tenía el cuaderno lleno de notas.

Esas preguntas que parecían tan faltas de tacto habían sido en realidad muy inteligentes. Elizabeth pensó en la noche cuando se sentó a la mesa de la condesa y deseaba estar escuchando lo que se decía en la mesa de Min. Ahora podía hacerlo. Parte de la conversación no era muy clara, pero sí lo suficiente como para notar la tensión, la evasión, los intentos por cambiar de tema.

Comenzó a sistematizar sus anotaciones, asignando una página por separado para cada uno de los comensales. Al pie de cada página, anotaba las preguntas que le iban surgiendo. Cuando terminó de escuchar la tercera cinta, le pareció que sólo tenía un montón de frases confusas.

Leila, cómo me gustaría que estuvieras aquí. Eras demasiado cínica pero casi siempre tenías razón acerca de las personas. Podías ver a través de su fachada. Algo no está bien, pero no logro captarlo. ¿Qué es?

Casi le parecía oír la respuesta, como si Leila estuviera en la habitación. «Por Dios, Sparrow, abre los ojos. Deja de ver aquello que la gente quiere que veas. Empieza por escuchar. Piensa. ¿Acaso no te lo enseñé?»

Estaba a punto de escuchar la última casete grabada con el broche de Alvirah cuando sonó el teléfono. Era Helmut.

—Me dejaste una nota.

—Sí, lo hice. Helmut, ¿por qué fuiste al apartamento de Leila la noche en que ella murió?

Oyó cómo contenía el aliento.

—Elizabeth, no hablemos por teléfono. ¿Puedo ir a verte ahora?

Mientras aguardaba, escondió el casete y sus notas. No quería que Helmut se enterara de la existencia de las cintas.

Por una vez, su postura militar parecía haberlo abandonado. Se sentó frente a ella con los hombros abatidos. Hablaba con voz baja y presurosa, con su acento alemán más marcado que nunca. Le contó lo mismo que le había contado a Min: él había escrito la obra y había ido a ver a Leila para que reconsiderara su decisión.

—Sacaste el dinero de la cuenta de Suiza.

Helmut asintió.

—Minna lo ha adivinado.

—¿Es posible que lo haya sabido desde un principio? ¿Y que haya enviado las cartas porque quería perturbar a Leila para así destruir su actuación? Nadie conocía mejor que ella los estados emocionales de Leila.

El barón abrió los ojos.

—Qué extraordinario. Es el tipo de cosa que Min haría. Entonces, supo desde un principio que no le quedaba dinero. ¿Podía estar castigándome a mí?

A Elizabeth no le importó si en su rostro se veía el desprecio que sentía.

—No comparto tu admiración por ese plan, si efectivamente fue obra de Min. —Fue hasta el escritorio para buscar una libreta en blanco—. ¿Oíste a Ted pelear con Leila?

—Sí.

—¿Dónde estabas tú? ¿Cómo entraste? ¿Cuánto tiempo permaneciste allí? ¿Qué oíste exactamente?

Elizabeth tomaba nota de todo lo que Helmut decía. Había oído a Leila rogar por su vida, y no trató de ayudarla.

Cuando terminó, tenía el rostro bañado en sudor.

Quería que saliera de allí inmediatamente, pero no resistió decir:

—¿Y si en lugar de haber salido corriendo hubieras entrado en el apartamento? Leila podría estar viva ahora. Ted no se declararía culpable para conseguir una sentencia menor si no hubieses estado tan preocupado por salvarte.

—No lo creo, Elizabeth, todo sucedió en segundos.

—El barón abrió los ojos—. ¿No te has enterado? No aceptaron la declaración de culpabilidad. Lo escuché en las noticias de esta tarde. Un segundo testigo ocular vio a Ted sostener a Leila sobre la balaustrada de la terraza y arrojarla al vacío. El fiscal de distrito quiere que lo sentencien a cadena perpetua.

Leila no había caído en medio de la lucha. Él la sostuvo en alto y la arrojó en forma deliberada. Al pensar que la muerte de Leila tardó unos segundos más de lo que había imaginado en un principio, le pareció aún mucho más cruel. Me gustaría que le dieran la pena máxima —se dijo—. Me gustaría poder testimoniar en su contra.

Sentía una terrible necesidad de estar a solas, pero logró hacerle una pregunta más:

—¿Viste a Syd cerca del apartamento de Leila aquella noche? —¿Podía confiar en la expresión de asombro de su rostro?

—No, no lo vi —dijo con convicción—. ¿Estuvo allí?

Se terminó, se dijo Elizabeth. Llamó a Scott Alshorne. El sheriff había salido por un asunto oficial. ¿Alguien podía ayudarla? No. Le dejó un mensaje para que se comunicara con ella. Le entregaría el equipo de grabación de Alvirah Meehan y tomaría el siguiente vuelo a Nueva York. No era de extrañarse que todos estuvieran molestos ante el constante interrogatorio de Alvirah. La mayoría tenía algo que ocultar.

El broche. Comenzó a guardarlo en el bolso, junto al casete, cuando se dio cuenta de que no había escuchado la última cinta. Pensó en el hecho de que Alvirah llevaba el broche en la clínica... Logró extraer el casete del diminuto compartimiento. Si a Alvirah le asustaban tanto las inyecciones de colágeno, ¿habría dejado el casete funcionando durante el tratamiento?

Sí. Elizabeth subió el volumen y se puso el casete contra el oído. La casete comenzaba con la voz de Alvirah hablando con la enfermera en la sala de tratamientos. La enfermera la tranquilizaba y la calmaba con Valium, el *click* de la puerta; la respiración regular de Alvirah; otra vez el *click* de la puerta... La voz del barón un tanto ahogada y confusa que tranquilizaba a Alvirah, le daba una inyección; el *click* de la puerta, los ahogos de Alvirah, su intento de pedir ayuda, su respiración frenética, otra vez el *click* de la puerta, otra vez la voz cordial de la enfermera. «Aquí estamos, señora Meehan, ¿lista para el tratamiento de belleza?» Y luego, la voz de la enfermera preocupada que decía: «¿Señora Meehan, qué le ocurre?»

Hubo una pausa, luego la voz de Helmut dando órdenes, pidiendo que le abrieran el vestido, que le dieran oxígeno. Un ruido que sonaba a golpe, debió de ser cuando le oprimía el pecho; luego, Helmut que pedía la intravenosa. Allí llegué yo, pensó Elizabeth. Él trató de matarla. La inyección que le dio era para matarla. Las insistentes referencias de Alvirah a la oración «una mariposa flotando en una nube», cuando decía que le recordaba algo, cuando decía que Helmut era un excelente escritor... ¿Helmut se había dado cuenta de que ella estaba jugando con él? ¿Esperaba seguir ocultándole la verdad a Min acerca de la obra y de la cuenta en Suiza?

Volvió a escuchar la última casete una y otra vez. Había algo que no lograba entender. ¿Pero qué? ¿Qué se le escapaba?

Sin saber lo que buscaba, releyó las notas que tomó de la descripción de Helmut sobre la muerte de Leila. Su mirada quedó fija en una oración. Pero no podía ser, pensó.

A menos que...

Como un exhausto escalador a metros de la cima, volvió a revisar las notas que había tomado de las casetes de Alvirah Meehan.

Y halló la clave.

Siempre había estado allí, aguardándola. ¿Él se había dado cuenta de lo cerca que ella había estado de la verdad?

Sí.

Tuvo un escalofrío al recordar las preguntas, al parecer tan inocentes, pero cuyas respuestas debieron de ser una amenaza para él.

Tomó el teléfono. Llamaría a Scott. Pero luego se arrepintió. ¿Qué le diría? No tenía pruebas. Nunca las habría.

A menos que lo obligara a actuar.

8

Scott permaneció cerca de una hora sentado junto al lecho de Alvirah, con la esperanza de que dijera algo más. Luego, tocó el hombro de Willy Meehan y dijo:

—Enseguida regreso. —Había visto pasar a John Whitley y lo siguió hasta su oficina.

—¿Puedes decirme algo más, John?

—No. —El médico parecía enojado y perplejo al mismo tiempo—. No me gusta ignorar a qué me estoy enfrentando. Su nivel de azúcar era tan bajo que sin un antecedente de hipoglucemia tengo que sospechar que alguien le inyectó insulina. Tiene la marca de un pinchazo en el lugar donde encontramos la mancha de sangre, en la mejilla. Si Von Schreiber dice que no la inyectó, algo no encaja.

—¿Qué posibilidades tiene? —preguntó Scott.

John se encogió de hombros.

—No lo sé. Es demasiado pronto como para saber si hubo daño cerebral. Si la fuerza de voluntad puede hacerla reaccionar, su marido lo logrará. Hace todo lo correcto para conseguirlo. Le habla sobre el avión que contrató para venir aquí, sobre cómo van a arreglar la casa cuando regresen. Si puede oírlo, querrá quedarse con nosotros.

La oficina de John daba a los jardines. Scott se acercó a la ventana, deseando poder tener más tiempo para estar solo y meditar sobre el asunto.

—No podemos probar que la señora Meehan haya sido víctima de un intento de asesinato. Ni que la señorita Samuels en realidad fue asesinada.

—No creo que puedas hacerlo, no.

—Y eso significa que aunque podamos imaginar quién deseaba la muerte de esas dos mujeres, seguimos sin poder probar nada.

—Ésa es tu especialidad, pero estoy de acuerdo contigo.

Scott tenía una pregunta más.

—La señora Meehan trataba de hablar. Por fin pudo pronunciar una palabra: «voces». ¿Es posible que alguien en sus condiciones esté tratando de comunicarnos algo que tenga sentido?

Whitley se encogió de hombros.

—Mi impresión es que su coma es muy profundo como para estar seguros de que recuerda algo. Pero podría equivocarme. No sería la primera vez que ocurre algo así.

Scott volvió a hablar con Willy Meehan en el corredor. Alvirah planeaba escribir una serie de artículos. El editor del *New York Globe* le había pedido que recogiera la mayor cantidad de información posible acerca de las celebridades. Scott recordó sus interminables preguntas la noche que se había quedado a cenar en Cypress Point. Se preguntó si Alvirah habría descubierto algo, eso al menos podría explicar el ataque del que había sido víctima, si es que había sido un ataque. Y esto también explicaba el equipo de grabación tan sofisticado que encontraron en su bolso.

Tenía que reunirse con el alcalde de Carmel a las cinco de la tarde. Por la radio de su automóvil, supo que Elizabeth lo había llamado dos veces. La segunda llamada tenía carácter urgente.

El instinto lo hizo cancelar su cita con el alcalde por segunda vez consecutiva y fue directamente hacia Cypress Point.

A través de la ventana, pudo ver a Elizabeth hablar por teléfono. Aguardó a que cortara la comunicación para llamar a la puerta. En el intervalo de treinta segundos, tuvo la oportunidad de estudiarla. El sol de la tarde que se filtraba en el cuarto creaba sombras que resaltaban los pómulos, la boca amplia y sensible, los ojos luminosos. Si fuera escultor, pensó Scott, querría que posara para mí. Posee una elegancia que va más allá de la belleza.

A la larga, su belleza superaría a la de Leila.

Elizabeth le entregó las casetes. Le indicó también las anotaciones que había hecho.

—Hazme un favor, Scott —le pidió—. Escucha con suma atención estas casetes. Ésta —le señaló la casete que había sacado del broche— va a sorprenderte. Escúchala y veamos si oyes lo mismo que yo.

Tenía una expresión decidida en los ojos.

—¿Elizabeth, qué planeas?

—Tengo que hacer algo que sólo yo puedo hacer.

A pesar de la insistencia de Scott para que se explicara mejor, Elizabeth se mantuvo firme en su determinación de no decir nada. Scott le contó que Alvirah Meehan había logrado pronunciar una palabra.

—¿Te sugiere algo la palabra *voces*?

La sonrisa de Elizabeth era enigmática.

—Claro que sí —respondió.

9

Ted había salido al mediodía. Eran las cinco de la tarde y aún no había regresado. Henry Bartlett estaba obviamente irritado y quería volver a Nueva York cuanto antes.

—Vinimos aquí para preparar la defensa de Ted —dijo—. Espero que se dé cuenta de que su juicio comenzará dentro de cinco días. Si no se reúne conmigo, no puedo hacer nada sentado aquí.

Sonó el teléfono. Craig saltó para contestar.

—Elizabeth, qué agradable sorpresa... Sí, es verdad. Me gustaría creer que todavía podemos convencer al fiscal de distrito para que acepte la declaración de culpabilidad, pero es bastante improbable... No, todavía no hemos decidido nada acerca de la cena, pero por supuesto que sería agradable estar contigo... ¡Oh, eso! No lo sé... No pareció más gracioso. Y siempre le molestó a Ted. Bueno. Te veré en la cena.

Scott condujo hasta su casa con las ventanillas abiertas, gozando la fresca brisa que había comenzado a soplar del océano. Le hacía bien, pero no aliviaba la sensación de temor que lo dominaba. Elizabeth estaba tramando algo y su instinto le decía que podía ser peligroso.

Una ligera niebla comenzaba a instalarse a lo largo de la costa del Pacific Grove. Más tarde se convertiría en una niebla densa. Dobló en la esquina y estacionó frente a una agradable casa, a cien metros del acantilado. Ya hacía seis años que llegaba a esa casa vacía y ni una sola vez dejaba de sentir la nostalgia de que Jeanie no lo estuviera esperando. Solía comentar los casos con ella. Esa noche, le hubiera hecho algunas preguntas hipotéticas: ¿Crees que existe alguna relación entre la muerte de Dora Samuels y el coma de Alvirah Meehan? Otra pregunta le vino a la mente: ¿Crees que exista alguna relación entre esas dos mujeres y la muerte de Leila?

Y por último: ¿Qué diablos estará tramando Elizabeth?

Para despejarse, Scott se dio una ducha y se puso ropa cómoda. Había preparado café y comenzó a cocinar una hamburguesa. Cuando estuvo lista para comer, puso la primera casete de Alvirah.

Comenzó a escuchar las grabaciones a las seis menos cuarto. A las siete, su cuaderno de notas, al igual que el de Elizabeth, estaba repleto. A las ocho menos cuarto, escuchó la casete que documentaba el ataque que había sufrido Alvirah.

—¡Ese hijo de puta de Von Schreiber! —murmuró—. Entonces sí le inyectó algo. ¿Pero qué? ¿Y si cuando comenzó a aplicarle el colágeno vio que Alvirah estaba sufriendo algún tipo de ataque? De hecho había regresado casi de inmediato con la enfermera.

Scott volvió a pasar la cinta, luego lo hizo una tercera vez y por fin se dio cuenta de lo que Elizabeth quería que escuchara. Había algo extraño en la voz del barón la primera vez que se dirigió a Alvirah Meehan. Era una voz ronca, gutural, muy diferente de su voz unos momentos después, cuando le daba órdenes a la enfermera.

Llamó al hospital de Monterrey y pidió hablar con el doctor Whitley. Tenía que hacerle una pregunta.

—¿Crees que una inyección que le hizo salir sangre pudo haber sido dada por un médico?

—He visto dar muchas inyecciones mal, y por cirujanos de primera línea. Y si un médico aplicó la inyección con la intención de hacer daño, debes sumarle también que estaría nervioso.

—Gracias, John.

—De nada.

Estaba recalentando el café cuando sonó el timbre. Atravesó la casa a grandes zancadas, abrió la puerta y encontró a Ted Winters.

Traía la ropa rasgada, el rostro sucio de barro y el cabello desordenado; tenía rasguños que le cubrían los brazos y las piernas. Estuvo a punto de caer hacia adelante si Scott no lo sostenía.

—Scott, tienes que ayudarme. Alguien tiene que ayudarme. Es una trampa, lo juro. Estuve tratando de hacerlo durante horas, pero no pude. No pude hacerlo.

—Calma... Calma... —Lo rodeó con un brazo y lo acompañó hasta el sofá—. Estás a punto de desmayarte. —Le sirvió una generosa copa de coñac—. Vamos, bebe esto.

Después de unos cuantos sorbos, Ted se pasó la mano por la cara, como si tratara de borrar el pánico que había mostrado. Su intento por sonreír fue un fracaso y se echó hacia atrás, agotado. Parecía joven, vulnerable, no se parecía en nada al sofisticado director de una corporación multimillonaria. Se desvanecieron veinticinco años y Scott sintió que volvía a estar frente a aquel niño de nueve años que solía salir a pescar con él.

—¿Comiste algo hoy? —le preguntó.

—No que recuerde.

—Entonces, bebe el coñac despacio mientras te preparo un emparedado y un poco de café.

Aguardó a que Ted terminara de comer antes de decir:

—Muy bien, cuéntamelo todo.

—Scott, no sé qué está sucediendo, pero sí estoy seguro de algo: no pude haber matado a Leila en la forma que dicen. No me importa cuántos testigos haya... Hay algo que no encaja.

Se inclinó hacia adelante con expresión de súplica.

—Scott, ¿recuerdas el terror que sentía mi madre por la altura?

—Y tenía sus razones. Ese hijo de puta de tu padre...

Ted lo interrumpió.

—Estaba disgustado porque veía que yo estaba adquiriendo la misma fobia. Un día, cuando tenía alrededor de ocho años, la hizo que se asomara por el balcón de nuestro apartamento en el último piso. Ella comenzó a llorar. Me dijo: «Ven Teddy» e intentamos entrar. Pero él la levantó y ese hijo de puta la sostuvo sobre la baranda en el vacío. Eran treinta y ocho pisos de altura. Ella gritaba, suplicaba. Yo estaba aferrado a él. No la bajó hasta que se desmayó. Luego, la tiró al suelo y me dijo: «Si alguna vez veo que te asusta estar aquí afuera, te haré lo mismo.»

Ted tragó saliva y se le quebró la voz.

—Este nuevo testigo afirma que me vio hacerle eso a Leila. Pero hoy intenté caminar por los acantilados de Point Sur. ¡Y no pude hacerlo! No podía lograr que mis piernas se movieran.

—Las personas suelen hacer cosas extrañas cuando están bajo una presión.

—No, no. Si hubiese matado a Leila lo habría hecho de otra forma. Decir que ebrio o sobrio la sostuve por encima de la balaustrada... Syd jura que le dije que mi padre arrojó a Leila por la terraza; puede que él conociera esa historia sobre mi padre. Puede ser que todos estén mintiéndome. Scott, tengo que recordar lo que sucedió aquella noche.

Con compasión, Scott estudió a Ted, el cansancio de sus hombros caídos, la fatiga que emanaba de todo su cuerpo. Había estado caminando todo el día, obligándose a llegar al borde del acantilado, luchando contra su propio demonio para llegar a la verdad.

—¿Les dijiste esto cuando comenzaron a interrogarte sobre la muerte de Leila?

—No, hubiera parecido ridículo. Construyo hoteles donde hacemos que la gente *quiera* tener un balcón. Siempre logré evitar asomarme sin hacer un problema de ello.

Estaba oscureciendo. Gotas de sudor corrían por las mejillas de Ted. Scott encendió una luz. La habitación sobrecargada de muebles, los almohadones que Jeanie había bordado, la mecedora, la librería de pino, todo cobró vida. Ted no pareció darse cuenta, estaba en un mundo aparte, atrapado por el testimonio de otras personas, a punto de ser confinado a prisión durante veinte o treinta años. Tiene razón —decidió Scott—. Lo único que desea es volver a aquella noche.

—¿Quieres someterte a una prueba de hipnosis o de sodio pentotal? —le preguntó.

—Cualquiera..., o ambos... No importa.

Scott se acercó al teléfono y volvió a llamar a John Whitley al hospital.

—¿Nunca te vas a casa? —le preguntó.

—Sí, de vez en cuando. De hecho, estaba por salir.

—Me temo que no podrás, John. Tenemos otra emergencia...

10

Craig y Bartlett caminaron juntos hasta el salón comedor. Habían preferido saltar la hora del cóctel y vieron a los últimos huéspedes que abandonaban la terraza ante el gong que anunciaba la cena. Había comenzado a soplar la brisa fresca del océano y los líquenes que pendían de los gigantescos pinos en el extremo norte de la propiedad se balanceaban en un movimiento rítmico y solemne, acentuado por las luces esparcidas por todo el predio.

—No me gusta —comentó Bartlett—. Elizabeth Lange está planeando algo extraño si nos pide cenar con nosotros. Te aseguro que al fiscal de distrito no le gustará nada que su principal testigo comparta la mesa con el enemigo.

—Ex principal testigo —le recordó Craig.

—Sigue siéndolo. Esa mujer, Ross, es una loca. El otro testigo es un ladrón. No me molestará ser quien interrogue a esos dos en el estrado.

Craig se detuvo y lo tomó del brazo.

—¿Quieres decir que Ted todavía tiene una oportunidad?

—Diablos, claro que no. Es culpable. Y no es tan buen mentiroso como para ayudarse a sí mismo.

Había un anuncio en el vestíbulo. Esa noche habría un recital de flauta y arpa. Bartlett leyó el nombre de los artistas.

—Son de primera. Los oí el año pasado en el Carnegie Hall. ¿Alguna vez vas allí?

—A veces.

—¿Qué tipo de música te gusta?

—Las fugas de Bach. Y supongo que esto te sorprende.

—La verdad, no pensé en nada —contestó Bartlett cortante.

Dios —pensó—, no veo el momento de terminar con este caso. Un cliente culpable que no sabe cómo mentir y un segundón resentido que nunca se sobrepondrá a su complejo de inferioridad.

Min, el barón, Syd, Cheryl y Elizabeth ya estaban sentados a la mesa. Sólo Elizabeth parecía estar perfectamente relajada. Fue ella quien asumió el papel de anfitriona en lugar de Min. Había dos lugares vacíos a cada lado de ella. Cuando los vio aproximarse, extendió los brazos en gesto de bienvenida.

—Reservé estos asientos para ustedes.

¿Y esto qué diablos significa?, se preguntó Bartlett con amargura.

Elizabeth observó cómo el camarero llenaba las copas con un vino sin alcohol.

—Min, tengo que confesarte que en cuanto llegue a casa tomaré algo bueno y fuerte —le dijo.

—Tendrías que hacer como todos los demás —sugirió Syd—. ¿Dónde está tu maletín secreto?

—Su contenido es mucho más interesante que el licor —le respondió Elizabeth. Ella dirigió la conversación durante toda la cena recordando la época en que habían estado todos juntos en Cypress Point.

Cuando sirvieron el postre, Bartlett la desafió:

—Señorita Lange, tengo la clara impresión de que está jugando a algún tipo de juego, y a mí no me gusta participar en ninguno a menos que conozca las reglas.

Elizabeth se estaba llevando una cucharada de frambuesas a la boca. Las tragó y luego dejó la cuchara.

—Tiene razón —le dijo—. Quería estar con vosotros esta noche por una razón en especial. Tenéis que saber que ya no creo que Ted haya sido el responsable de la muerte de mi hermana.

Todos la miraron con el rostro petrificado.

—Dejadme hablar sobre eso —continuó Elizabeth—. Alguien la destruyó en forma deliberada con esas cartas anónimas. Creo que fuisteis tú, o tú. —Señaló primero a Cheryl y luego a Min.

—Te equivocas por completo —protestó esta última indignada.

—Yo te sugerí que encontraras más cartas para investigarlas. —Cheryl escupió las palabras.

—Puede ser que lo haga —respondió Elizabeth—. Señor Bartlett, ¿Ted le comentó que Syd y el barón estuvieron cerca del apartamento de mi hermana la noche en que ella murió? —Elizabeth parecía disfrutar de su expresión de asombro—. Hay mucho más en torno a la muerte de mi hermana de lo que ha salido a la luz. Lo sé. Uno de ustedes, o tal vez ambos, lo saben. Existe un nuevo argumento. Syd y Helmut habían invertido dinero en la obra. Syd sabía que Helmut era el autor. Y juntos fueron a hablar con Leila. Algo salió mal y Leila murió. Habría sido considerado un accidente si esa mujer no hubiera jurado haber visto a Ted luchar con Leila. En ese punto, mi testimonio de que Ted había regresado, lo atrapó.

El camarero estaba cerca y Min le hizo señas para que se alejara. Bartlett se dio cuenta de que las personas de las mesas cercanas los observaban, sintiendo la creciente tensión.

—Ted no recuerda haber regresado al apartamento de Leila —continuó Elizabeth—, pero supongamos que sí lo hizo y supongamos que se fue en seguida. ¿Y si uno de vosotros peleó con Leila? Todos tenéis la misma estatura. Estaba lloviendo. La testigo Ross pudo haber visto a Leila peleando y supuso que se trataba de Ted. Ambos os pusisteis de acuerdo en dejar que Ted fuera acusado de la muerte de Leila y en la historia que luego le contaríais. Es una posibilidad, ¿no es cierto?

—Minna, esta mujer está loca —se quejó el barón—. Debes saber...

—Niego absolutamente haber estado en el apartamento de Leila aquella noche —declaró Syd.

—Admites haber corrido detrás de Ted. Pero ¿desde dónde? ¿Desde el apartamento? Habría sido un golpe de suerte que Ted quedara tan traumatizado como para perder la memoria. El barón sostiene que oyó a Leila discutir con Ted. Pero yo también los oí. Estaba al otro lado de la línea telefónica. ¡Y yo no escuché lo que él sostiene haber escuchado!

Elizabeth apoyó los codos sobre la mesa y observó con atención los dos rostros furiosos que tenía frente a ella.

—Le agradezco mucho esta información —le dijo Henry Bartlett—, pero parece haber olvidado que hay un nuevo testigo.

—Un nuevo testigo muy conveniente —comentó Elizabeth—. Hablé con el fiscal de distrito esta tarde. El testigo no es muy inteligente que digamos. La noche que sostiene haber estado en ese apartamento observando cómo Ted arrojaba a Leila, estaba en la cárcel. —Se puso de pie—. ¿Craig, me acompañas hasta mi cabaña? Quiero terminar de hacer el equipaje y luego ir a nadar un poco. Puede ser que pase mucho tiempo antes de que regrese a este lugar... Si es que alguna vez lo hago.

Afuera, la oscuridad era absoluta. La luna y las estrellas habían quedado cubiertas por la niebla; los faroles esparcidos en los arbustos y los árboles eran apenas un punto de luz. Craig pasó un brazo por encima del hombro de Elizabeth.

—Fue una buena actuación —lé dijo.

—Pero no fue más que eso: una actuación. No puedo probar nada. Si se mantienen unidos, no hay evidencia.

—¿Tienes alguna otra de esas cartas que recibía Leila?

—No, era un engaño.

—Gran sorpresa lo del nuevo testigo.

—Mentí también acerca de eso. Él estaba en la cárcel aquella noche, pero lo soltaron bajo fianza a las ocho. Leila murió a las nueve y treinta y uno. Lo máximo que pueden hacer es lograr que duden sobre su credibilidad.

Cuando llegaron a su bungalow se reclinó sobre él.

—Oh, Craig, todo esto es una locura. Siento como si estuviera excavando y excavando para hallar la verdad, tal como hacen los buscadores de oro... El único problema es que no me queda tiempo y por eso tuve que comenzar con las explosiones. Pero por lo menos pude haber molestado a uno de ellos, de modo que él... o ella, puedan cometer algún error.

Craig le acarició el cabello.

—¿Regresas mañana?

—Sí. ¿Y tú?

—Ted aún no ha aparecido. Puede ser que se esté emborrachando y no lo culpo. Aunque no sería propio de él... Obviamente, tenemos que esperarlo. Pero cuando todo esto termine, cuando estés lista... prométeme que me llamarás.

—¿Y oír tu imitación de un japonés en el contestador? Ah, me olvidé que dijiste que lo habías cambiado. ¿Por qué lo hiciste, Craig? Siempre pensé que era muy gracioso. Y Leila también.

Craig pareció avergonzado y Elizabeth no aguardó la respuesta.

—Este lugar era tan divertido —murmuró ella—. ¿Recuerdas cuando Leila te invitó aquí la primera vez, antes de que llegara Ted?

—Por supuesto que lo recuerdo.

—¿Cómo conociste a Leila? Lo he olvidado.

—Ella se alojaba en el Beverly Winters. Le envié flores a su suite. Llamó para agradecérmelo y tomamos una copa. Ella venía para aquí y me invitó a acompañarla.

—Y luego conoció a Ted... —Elizabeth le dio un beso en la mejilla—. Ruega que lo de esta noche funcione. Si Ted es inocente, quiero que esté fuera de esto tanto como tú...

—Lo sé. Estás enamorada de él, ¿no?

—Lo estuve desde la primera vez que nos lo presentaste a Leila y a mí.

En su bungalow, Elizabeth se puso el traje de baño y la bata. Fue hasta el escritorio y escribió una larga carta a Scott Alshorne. Luego llamó a la camarera. Era una muchacha nueva, nunca la había visto antes, pero tenía que correr el riesgo. Colocó el sobre dentro de otro y escribió una nota.

—Entrégale esto a Vicky por la mañana —le explicó—. A nadie más. ¿Entendido?

—Por supuesto —respondió la muchacha un tanto ofendida.

—Gracias. —Elizabeth observó a la muchacha que se iba y se preguntó qué diría ella si hubiera leído la nota de Vicky. Ésta decía: «En caso de que muera, entrégale esto al sheriff Alshorne de inmediato.»

A las ocho, Ted ingresó en un cuarto privado del hospital de Monterrey. El doctor Whitley le presentó a un psiquiatra que lo estaba aguardando para darle la inyección. Ya habían preparado una cámara de vídeo. Scott y un ayudante serían los testigos de las declaraciones hechas bajo el pentotal.

—Sigo pensando que tu abogado debería estar aquí —le sugirió Scott.

Ted hizo una mueca.

—Bartlett fue justamente quien insistió en que no me sometiera a esta prueba. No quiero perder más tiempo hablando de ello. Quiero que se conozca la verdad.

Se quitó la chaqueta y los zapatos y se acomodó en el diván.

Unos minutos después de que le hiciera efecto la inyección comenzó a responder a las preguntas sobre la última hora que pasó con Leila.

—Ella seguía acusándome de que la engañaba. Tenía fotos mías con otras mujeres. Le dije que eso era parte de mi trabajo. Los hoteles. Nunca estuve solo con otra mujer. Traté de que razonáramos juntos. Ella había estado bebiendo todo el día. Yo bebí con ella. Me sentía mal. Le advertí que debía confiar en mí; no podía enfrentarme a este tipo de escenas el resto de mi vida. Me dijo que sabía que trataba de romper el compromiso con ella. Leila. Leila. Se volvió loca. Traté de calmarla y ella me arañó las manos. En ese momento sonó el teléfono. Era Elizabeth. Leila seguía gritándome. Salí y fui a mi apartamento que quedaba debajo del de Leila. Me miré en el espejo. Tenía sangre en las mejillas. Y en las manos. Traté de llamar a Craig. Sabía que no podía seguir viviendo así. Sabía que todo había terminado. Pero pensé que tal vez Leila podía lastimarse a sí misma. Será mejor que me quede con ella hasta que pueda localizar a Elizabeth. Dios, estoy tan ebrio. El ascensor. El piso de Leila. La puerta estaba abierta. Leila gritaba.

Scott se inclinó hacia adelante y preguntó:

—¿Qué está gritando, Ted?

—«¡No! ¡No!» —Ted temblaba y movía la cabeza de un lado a otro como si no pudiera creer lo que veía.

»Abro bien la puerta. La habitación está a oscuras. La terraza. Leila. Sosténte. Sosténte. Ayúdala. ¡Sosténla! ¡No la dejes caer! ¡No dejes caer a mami!

Ted comenzó a llorar... Un llanto profundo, desgarrador, que llenaba el cuarto. Contorsionaba el cuerpo con movimientos convulsivos.

—Ted, ¿quién le hizo eso?

—Manos. Sólo manos. Ella se ha ido. Es mi padre. —Se le quebró la voz—. Leila está muerta. Papá la empujó. Papá la mató.

El psiquiatra miró a Scott.

—No obtendrá nada más por ahora. O es todo lo que sabe o sigue sin poder enfrentarse a la verdad.

—Eso es lo que temía —susurró Scott—. ¿En cuánto tiempo se recuperará.

—No tardará mucho. Será mejor que descanse un poco.

John Whitley se puso de pie.

—Iré a ver a la señora Meehan. Vuelvo en seguida.

—Quisiera ir contigo. —El cámara estaba guardando su equipo—. Deja la película en mi oficina —le dijo Scott. Luego se volvió hacia su asistente—: Quédate aquí. No dejes que el señor Winters se vaya.

La enfermera jefe de la unidad de vigilancia intensiva parecía muy excitada.

—Doctor, estábamos por ir a buscarlo. La señora Meehan parece estar saliendo del coma.

—Volvió a decir la palabra «voces» —anunció Willy Meehan esperanzado—. Y con claridad. No sé a qué se refería, pero trataba de decir algo.

—¿Eso significa que está fuera de peligro? —le preguntó Scott al doctor Whitley.

Éste estudió su tabla de anotaciones y le tomó el pulso. Respondió en voz baja para que Willy Meehan no lo oyera.

—No necesariamente. Pero es un buen signo. Si sabes alguna plegaria comienza a rezar, ahora.

Alvirah abrió los labios. Miraba hacia adelante y clavó la mirada en Scott hasta poder distinguirlo con claridad. Tenía una expresión de urgencia.

—Voces —susurró—. No era.

Scott se inclinó sobre ella.

—Señora Meehan, no comprendo.

Alvirah se sintió igual que cuando limpiaba la casa de la vieja señora Smythe. La señora Smythe siempre le decía que corriera el piano para poder barrer detrás. Era como tratar de empujar el piano, pero mucho más pesado. Quería decirles quién la había herido, pero no recordaba cómo se llamaba. Lo podía ver con claridad, pero no recordaba el nombre. Con desesperación, trató de comunicarse con el sheriff.

—No fue el doctor quien me hizo esto... No era su voz... Otra persona... —Cerró los ojos y sintió que se quedaba dormida.

—Está mejorando —dijo Willy Meehan con alegría—. Está tratando de decirles algo.

No era el doctor... No era su voz... ¿A qué diablos se referiría?, se preguntó Scott.

Corrió hasta el cuarto donde Ted lo aguardaba. Estaba sentado con las manos cruzadas.

—Abrí la puerta —dijo sin expresión—. Unas manos sostenían a Leila sobre la balaustrada. Pude ver el satén blanco que flotaba en el aire y cómo agitaba los brazos...

—¿No viste quién la tenía en brazos?

—Todo fue tan rápido. Creo que traté de gritar, pero ya había caído y sea quien fuere el que la arrojó, se había ido. Debió de haber salido corriendo por la terraza.

—¿Recuerdas qué tamaño tenía?

—No, era como si estuviera viendo a mi padre cuando le hizo eso a mi madre. Incluso vi la cara de mi padre. —Alzó la mirada—. No te he ayudado en nada; ni a mí, ¿verdad?

—No, no me has ayudado en absoluto —respondió Scott bruscamente—. Quiero que hagas una asociación libre. Voces. Dime lo primero que se te ocurra.

—Identificación.

—Continúa.

—Únicas. Personales.

—Sigue.

Ted se encogió de hombros.

—La señora Meehan. Ella sacó varias veces el tema. Al parecer tenía la idea de tomar clases de fonética y armó una discusión sobre acentos y voces.

Scott pensó en lo que Alvirah había susurrado. «No era el doctor... No era su voz...» Mentalmente, repasó las conversaciones que Alvirah había grabado. Identificación. Únicas. Personales.

La voz del barón en la última cinta. De repente, contuvo el aliento.

—¿Ted, recuerdas alguna otra cosa que haya dicho la señora Meehan acerca de las voces? ¿Algo sobre Craig imitando la tuya?

Ted frunció el entrecejo.

—Me preguntó acerca de una historia que había leído hace años en la revista *People*... Que Craig solía contestar mis llamadas durante la universidad y que las muchachas no se daban cuenta de la diferencia. Le dije que era cierto. Que en la universidad Craig nos entretenía a todos con sus imitaciones.

—Y ella trató de que le hiciera una demostración y él se negó. —Scott vio la mirada de sorpresa y meneó la cabeza con impaciencia—. No importa cómo lo supe, pero eso era lo que Elizabeth quería que notara al escuchar las cintas.

—No sé de qué estás hablando.

—La señora Meehan le insistía a Craig para que imitara tu voz. ¿No te das cuenta? No quería que nadie pensara que es un buen imitador. El testimonio de Elizabeth en tu contra se basa en el único hecho de haber oído tu voz. Elizabeth sospecha de él, y si él se da cuenta, irá tras ella.

Alarmado, cogió a Ted de un brazo.

—¡Vamos! —le gritó—. Tenemos que apresurarnos antes de que sea demasiado tarde. —Mientras corría hacia la salida, le gritó las órdenes al patrullero—: Llama a Elizabeth Lange a Cypress Point. Dile que se quede en su cuarto y que cierre la puerta con llave. Envía otro patrullero para allá.

Corrió por el vestíbulo con Ted pisándole los talones. Ya en el coche, Scott conectó la sirena. Es demasiado tarde para ti —pensó mientras en su mente se dibujaba la imagen del asesino—. Matar a Elizabeth no te ayudará en nada...

El automóvil corría por la autopista entre Salinas y Pebble Beach. Scott daba instrucciones por radio. Mientras Ted escuchaba, el impacto de lo que oía penetró en su conciencia; las manos que habían sostenido a Leila por encima de la balaustrada se convirtieron en brazos, un hombro, tan conocido como el suyo, y al darse cuenta de que Elizabeth estaba en peligro, apretó los pies contra el suelo en un esfuerzo inútil por hacer contacto con un acelerador imaginario.

¿Ella había estado jugando con él? Por supuesto que sí. Pero al igual que los demás, lo había subestimado. Y, como los demás, pagaría por ello.

Con metódica calma, se quitó la ropa y abrió la maleta. La máscara estaba encima del traje de neopreno y de la botella de oxígeno. Le hacía gracia recordar cómo, en el último momento, Sammy lo había reconocido a través de las gafas. Cuando la llamó imitando la voz de Ted, ella corrió a su encuentro. Pero toda la evidencia que había planeado con tanto cuidado, incluso el nuevo testigo, no habían convencido a Elizabeth.

El traje de neopreno era una molestia. Cuando todo terminara, se desharía de todo ese equipo. En caso de que alguien cuestionara la muerte de Elizabeth, no se-

ría bueno tener una prueba visible de que era un excelente buzo. Ted, por supuesto, lo recordaría. Pero en todos esos meses, a Ted ni siquiera se le había cruzado por la cabeza que tenía esa habilidad especial para imitarlo. Ted, tan estúpido, tan ingenuo. «Traté de llamarte, lo recuerdo bien.» Y así, Ted se había convertido en la coartada perfecta. Hasta que esa estúpida de Alvirah Meehan comenzó a acosarlo: «Déjeme oír cómo imita la voz de Ted. Sólo una vez. Por favor, diga cualquier cosa.» Hubiera querido ahorcarla ahí mismo, pero había tenido que esperar hasta ayer, cuando se adelantó y entró primero en la sala C y la aguardó en la habitación con la aguja hipodérmica en la mano. Qué lástima que no se haya dado cuenta de su gran imitación cuando creyó escuchar la voz del barón.

Se había puesto el traje. Se colocó la botella de oxígeno en la espalda, apagó las luces y aguardó. Todavía se le helaba la sangre al pensar que la noche anterior había estado a punto de abrir la puerta y encontrar a Ted. Ted había querido conversar con él. «Estoy empezando a pensar que tú eres mi único amigo verdadero», le había dicho.

Abrió levemente la puerta y aguardó. No había nadie a la vista y no se oían pisadas. Comenzaba a caer la niebla, de modo que le sería fácil esconderse detrás de los árboles hasta llegar a la piscina. Tenía que llegar allí antes que ella, aguardarla y, cuando pasara a su lado, sacarle el silbato antes de que pudiera usarlo.

Salió sin hacer ruido y comenzó a caminar por el césped, evitando las zonas iluminadas por los faroles. Si hubiera podido terminar todo el lunes a la noche... Pero había visto a Ted de pie, cerca de la piscina, observando a Elizabeth...

Ted siempre en su camino. Siempre el que tenía el dinero y la apariencia, siempre rodeado de mujeres hermosas. Se había forzado a aceptarlo, a tratar de ser útil

*para Ted, primero en la universidad, luego en el traba-
jo: el tenaz ayudante. Había tenido que luchar para as-
cender hasta que ese accidente aéreo donde murieron
los ejecutivos lo convirtió en la mano derecha de Ted, y
luego, cuando perdió a Kathy y a Teddy, había podido
reemplazarlo y tomar las riendas de la compañía...*

Hasta Leila.

*Sintió un dolor en el pecho al recordar a Leila.
Cómo había sido hacer el amor con ella. Hasta que lo
llevó allí y le presentó a Ted. Y ella lo descartó, como la
basura que se arroja al cesto.*

*Vio esos brazos esbeltos abrazar a Ted, ese cuerpo
impúdico apoyarse contra el de Ted, y se había alejado
pues no podía soportar el verlos juntos. Entonces planeó
vengarse, esperando el momento justo.*

*Y lo había encontrado con la obra. Tuvo que de-
mostrar que la inversión en ella había sido un error. Ya
era obvio que Ted comenzaba a enfriarse. Y era su
oportunidad para destruir a Leila. El exquisito placer de
enviar esas cartas, de verla caer. Incluso se las había
mostrado al recibirlas. Y le había aconsejado que las
quemara, que no se las mostrara a Ted ni a Elizabeth.
«Ted se está cansando de tus celos y si le dices a Elizabeth lo triste que estás, ella podría abandonar la obra para venir a estar contigo. Eso podría arruinar su carrera.»*

*Agradecida por el consejo, Leila estuvo de acuerdo.
«Pero dime —le había rogado—. ¿Hay otra mujer?»
Sus elaboradas protestas tuvieron el efecto deseado. Ella
creyó en las cartas.*

*No se había preocupado por las últimas dos. Creyó
que la correspondencia sin abrir se había arrojado a la
basura. Pero no importaba. Cheryl había quemado una
y él le había quitado a Sammy la otra. Por fin todo le
estaba saliendo bien. Mañana se convertiría en el presidente y director de las Empresas Winters.*

Llegó a la piscina.

Entró en el agua oscura y nadó hasta la parte más profunda. Elizabeth siempre se tiraba al agua en ese extremo. Aquella noche en Elaine's supo que había llegado el momento de matar a Leila. Todos creerían que se había suicidado. Había entrado por una de las suites de invitados del piso superior del dúplex y los oyó pelear, oyó cuando Ted salió y, entonces, tuvo la idea de imitar su voz y de hacer que Elizabeth creyera que estaba con Leila antes de que ella muriera.

Oyó pasos en el camino. Ella se acercaba. Pronto, él estaría a salvo. En esas semanas después de la muerte de Leila llegó a pensar que había perdido. Ted no quedó deshecho. Se volcó hacia Elizabeth. La muerte fue considerada un accidente. Hasta ese inesperado golpe de suerte cuando apareció la loca y dijo que había visto a Ted luchar con Leila. Y Elizabeth se convirtió en el testigo principal.

Estaba destinado a que todo saliera así. Ahora Helmut y Syd se habían convertido en testigos materiales en contra de Ted. El barón no podría negar que oyó a Ted pelear con Leila. Syd lo vio en la calle. Hasta Ted debió de haberlo visto en la terraza, pero con lo ebrio y muy oscuro, relacionó ese episodio con lo sucedido con su padre.

Los pasos se acercaban cada vez más. Se sumergió hasta el fondo de la piscina. Ella estaba tan segura de sí misma, era tan inteligente…, esperaba que fuera allí, que la atacara, segura de poder nadar más rápido que él, lista para tocar el silbato y pedir ayuda. Pero no tendría oportunidad de hacerlo.

Eran las diez y la atmósfera de Cypress Point era diferente. Muchos de los bungalows ya estaban a oscuras y Elizabeth se preguntó cuántas personas ya se habrían marchado. El show había terminado; la condesa y sus amigas debieron de partir antes de la hora de la cena; el jugador de tenis y su amiguita no estuvieron en el comedor.

La niebla ya se había asentado, pesada, penetrante, envolvente. Hasta los faroles a lo largo del sendero parecía que tuvieran los cristales empañados.

Dejó la bata junto a la piscina y estudió con atención el agua. Estaba totalmente quieta. Todavía no había nadie.

Palpó el silbato que llevaba al cuello. Lo único que tendría que hacer era apoyar los labios sobre él. Un toque y la ayuda vendría de inmediato.

Se tiró al agua. Ésta le parecía fría. ¿O era porque estaba asustada? Puedo nadar más aprisa que cualquiera, se tranquilizó a sí misma. Es la única forma. ¿Le aceptarían el desafío?

Voces. Alvirah Meehan había insistido en eso. Y esa insistencia podría haberle costado la vida. Eso era lo que había tratado de decirles. Se había dado cuenta de que no era la voz de Helmut.

Había llegado al extremo norte de la piscina; giró y comenzó a nadar de espaldas. Voces. Era su identificación de la voz de Ted la que lo situó en aquel cuarto con Leila, unos minutos después de su muerte.

La noche del crimen, Craig dijo que estaba en su apartamento mirando un programa de televisión cuando Ted trató de comunicarse con él. Ted había sido su coartada.

Voces.

Craig quería que Ted fuera declarado culpable, y ahora estaba a punto de delegar en él la dirección de las Empresas Winters.

¿Cuando le preguntó a Ted si había cambiado el mensaje de su contestador, lo había asustado lo suficiente como para forzarlo a un ataque?

Elizabeth comenzó a nadar en estilo libre. Desde abajo sintió que un par de brazos la rodeaban, aprisionándole los suyos a ambos lados del cuerpo. Al abrir la boca sorprendida tragó un poco de agua. Mientras tosía luchando por respirar, se vio arrastrada hacia el fondo de la piscina. Comenzó a dar patadas con los talones, pero resbalaban sobre el pesado traje de goma de su asaltante. Con un desesperado golpe de fuerza, le clavó ambos codos en las costillas. Por un instante, los brazos que la sostenían se aflojaron y Elizabeth logró subir a la superficie. Apenas pudo emerger la cabeza y tomar una bocanada de aire, cuando los brazos volvieron a envolverla y arrastrarla hacia abajo, a las oscuras aguas de la piscina.

11

—Después de la muerte de Kathy y Teddy, quedé destruido.

Era como si Ted hablara consigo mismo y no con Scott. El automóvil pasó a toda velocidad por el puesto de peaje sin detenerse. La estridente sirena interrumpió la paz de los alrededores; las luces alcanzaban apenas a iluminar un pedazo del camino debido a la densa niebla.

—Craig asumió la dirección de toda la empresa. Le gustaba hacerlo. A veces atendía al teléfono y se hacía pasar por mí. Imitaba mi voz. Por fin tuve que decirle que dejara de hacerlo. Luego, él conoció a Leila primero. Yo se la quité. La razón por la que estaba tan ocupado durante esos meses antes de la muerte de Leila era porque quería comenzar una reorganización. Mi intención era descentralizar su trabajo y dividir sus responsabilidades con otras dos personas. Él se dio cuenta de lo que sucedía.

»Y fue él quien contrató a los detectives para que siguieran a la primera testigo; los detectives que precisamente estaban allí para asegurarse de que no escapara.

Habían llegado. Scott atravesó el césped y se detuvo frente al bungalow de Elizabeth. Salió una camarera corriendo de uno de los cuartos de limpieza. Ted se puso a golpear su puerta.

—¿Dónde está Elizabeth?

—No lo sé —contestó la camarera con tono de preocupación—. Me dio una carta. No me dijo que fuera a salir.

—Déjeme verla.

—No creo...

—Déme la carta.

Scott se puso a leerla.

—¿Dónde está? —preguntó Ted.

—Oh, Dios, esa muchacha loca... La piscina —gritó Scott—. ¡La piscina!

El automóvil aplastó arbustos y flores mientras corría hacia el extremo norte de la piscina. Las luces comenzaron a encenderse en los bungalows.

Llegaron al patio. Se llevaron por delante una mesa con sombrilla que cayó con estrépito al suelo. El automóvil se detuvo junto al borde. Scott dejó las luces encendidas para que iluminaran el agua. Oleadas de neblina brillaban bajo los focos.

Miraron dentro.

—Aquí no hay nadie —dijo Scott, y un profundo temor se apoderó de él. ¿Habrían llegado demasiado tarde?

Ted señaló unas burbujas que llegaban a la superficie.

—Está allí. —Se quitó los zapatos y se arrojó al agua. Llegó al fondo y volvió a subir—. Trae ayuda —gritó y se sumergió otra vez.

Scott buscó una linterna en el automóvil y la encendió justo a tiempo para ver que una figura con traje de buceo subía por la escalerilla al otro lado de la piscina. Sacó la pistola y corrió hacia allí. Con un movimiento violento, el buzo se tiró sobre él y la pistola cayó al suelo mientras Scott caía hacia atrás.

Ted volvió a salir a la superficie. Llevaba un cuerpo en los brazos. Comenzó a nadar hacia la escalerilla mientras Scott, mareado, lograba sentarse. El buzo se arrojó entonces sobre Ted, empujándolo a él y a Elizabeth hacia el fondo.

Mientras recuperaba el aliento, Scott estiró una mano vacilante. Cogió la pistola, apuntó hacia arriba y disparó dos veces. De inmediato, sintió las sirenas de los patrulleros que se dirigían en su dirección.

Ted trataba desesperadamente de sostener a Elizabeth con un brazo mientras que con el otro se defendía de su atacante. Le dolían los pulmones; aún estaba mareado por los efectos del pentotal; sintió que perdía el conocimiento. Trató de golpear contra el grueso traje de goma, pero sus golpes eran inútiles ante ese pecho sólido y macizo.

La máscara de oxígeno. Tenía que sacársela. Soltó a Elizabeth y trató de empujarla con toda su fuerza hacia la superficie. Por un momento, la mano que lo sostenía se relajó. Eso le dio la oportunidad de apoyar la mano sobre la máscara de oxígeno, pero antes de que pudiera quitársela, un poderoso golpe lo echó hacia atrás.

Elizabeth había mantenido la respiración en un enorme esfuerzo por no tragar agua. Dejó el cuerpo flácido, pero no había forma de librarse de él. Su única esperanza era que, creyéndola inconsciente, se fuera. Apenas sentir los brazos que la rodeaban, ya supo que se trataba de Craig. Lo había forzado a actuar otra vez, pero volvería a salirse con la suya. Poco a poco, Elizabeth caía en la inconsciencia. Resiste —se dijo. No, era Leila que le pedía que resistiera—. Sparrow, esto es lo que trataba de decirte. No me decepciones ahora. Él piensa que está a salvo. Tú puedes hacerlo, Sparrow.

Sintió que los brazos comenzaban a soltarla. Ella se dejó caer hacia el fondo, tratando de resistir el impulso de salir a la superficie. Aguarda, Sparrow, aguarda. No dejes que se dé cuenta de que aún sigues consciente.

Luego sintió que alguien la tomaba y trataba de llevarla hacia arriba; eran otros brazos, brazos que la sostenían, que la acunaban. Ted.

Sintió el aire fresco de la noche sobre el rostro, aspiró profundamente y con desesperación. El brazo de Ted la sostenía por el cuello mientras la arrastraba hacia el borde; sintió su propia respiración. Tosía. Se ahogaba.

Y luego, antes de que pudiera verlo, una pesada figura caía sobre ambos. Logró aspirar una gran bocanada de aire antes de volver a hundirse.

Sintió que el brazo de Ted se tensaba. Y que se agitaba. Craig quería matarlos a ambos. Ya nada le importaba más que destruirlos. Ted la apretaba con fuerza y no podía soltarse, pero luego, le dio un fuerte empujón hacia arriba para que llegara a la superficie. Craig no lo permitió: la tomó de un tobillo obligándola a bajar otra vez.

En la superficie, Elizabeth alcanzó a oír los gritos y las sirenas de los autos que se acercaban. Pudo llenarse los pulmones de aire y se sumergió, allí donde Ted seguía luchando por su vida. Sabía dónde estaba Craig; el arco de su descenso quedaba justo encima de su cabeza. Estaba apretándole el cuello a Ted. Bajó los dos brazos. Había luces sobre el agua. Podía ver la silueta de los brazos de Craig, la lucha desesperada del cuerpo de Ted. Sólo tendría una oportunidad.

Ahora. Dio una patada, un movimiento fuerte y cortante. Estaba sobre Craig. En un arranque salvaje, logró poner los dedos debajo de la máscara de la cara. Él trató de agarrarla, pero ella lo esquivó y siguió tirando, tirando hasta lograr arrancarle la máscara.

Elizabeth la aferró entre sus manos mientras Craig, desesperado, trataba de quitársela; la aferró mientras el cuerpo de su agresor era arrastrado hacia la superficie; hasta que sus pulmones estuvieron a punto de estallar. Y no la soltó cuando otros brazos la guiaron en busca del aire.

Por fin podía respirar. Siguió tosiendo y recuperando el aliento mientras Ted entregaba a Craig a uno de los policías que lo rodeaban. Luego, como dos figuras atraídas por una fuerza magnética irresistible, ambos se abrazaron y así, unidos, se dirigieron hacia la escalerilla en el extremo de la piscina.

VIERNES

4 de septiembre

CITA DEL DÍA

Para el amor, la belleza y el placer, no existe la muerte, ni el cambio.

SHELLEY

Estimados huéspedes de Cypress Point.

Algunos de ustedes nos dejan hoy. Recuerden, nuestra única preocupación han sido ustedes, su bienestar, su belleza, su salud. Regresen al mundo sabiendo que aquí, en Cypress Point, han recibido amor y atenciones y que esperamos regresen pronto. En poco tiempo estarán terminados nuestros magníficos baños romanos. Será una experiencia incomparable. Habrá horarios separados para hombres y mujeres excepto entre las dieciséis y las dieciocho, momento en que disfrutaremos de los baños mixtos al mejor estilo europeo, un gran deleite.

Regresen pronto para otro descanso saludable en el sereno ambiente de Cypress Point.

BARÓN Y BARONESA VON SCHREIBER

1

Ese día amaneció claro y brillante. El tibio sol de la mañana comenzó a evaporar la niebla. Las gaviotas y mirlos se elevaban alto en el cielo y volvían para posarse sobre las rocas.

En Cypress Point, los huéspedes que quedaban continuaban con sus programas. En la piscina olímpica tenía lugar una clase de gimnasia acuática; las masajistas moldeaban músculos y aporreaban las capas de grasa; cuerpos mimados que se envolvían con sábanas con olor a hierbas; el trabajo de la belleza y el lujo seguía funcionando.

Scott les había pedido a Min y Helmut, Syd y Cheryl, Elizabeth y Ted que se reunieran con él a las once. Lo hicieron en el salón de música, a puerta cerrada, lejos de los ojos y oídos de algún huésped o empleado curioso.

Elizabeth recordaba fragmentos de la noche anterior: Ted abrazándola... Alguien que la envolvía en una bata... El doctor Whitley que le ordenaba irse a la cama.

Ted llamó a la puerta de Elizabeth a las once menos diez. Caminaron juntos, tomados de la mano, sin necesidad de decir lo que existía entre ellos.

Min se sentó al lado del barón. Seguía teniendo una expresión de cansancio aunque, de alguna manera, más tranquila. En la determinación de su mirada quedaba algo de la vieja Min. El barón, siempre impecable, con una camisa deportiva, postura erguida y aire seguro. Para él también, la noche había exorcizado ciertos demonios.

Cheryl miró a Ted y entrecerró los ojos. Con su lengua puntiaguda se lamió los labios como un gato a punto de comerse un manjar prohibido.

Junto a ella estaba Syd. Había recuperado algo que le faltaba: esa confianza indiferente que otorga el éxito.

Ted estaba junto a ella, con el brazo apoyado en el respaldo de su silla, con una actitud protectora y atenta, como si temiera que se le escapara de las manos.

—Creo que hemos llegado al final del camino. —El cansancio en la voz de Scott sugería que no había dormido en toda la noche—. Craig retuvo a Henry Bartlett, quien le pidió que no hiciera ningún comentario. Sin embargo, cuando le leí la carta de Elizabeth, lo admitió todo.

—Déjenme que se la lea. —Scott extrajo la carta del bolsillo.

Querido Scott:
Sólo existe una forma de probar lo que sospecho y estoy a punto de hacerlo ahora. Puede salir mal, pero si algo llegara a sucederme, creo que será porque Craig ha decidido que me estoy acercando demasiado a la verdad.

Esta noche, prácticamente acusé a Syd y al barón de causar la muerte de Leila. Espero que eso sea suficiente como para que Craig se sienta seguro e intente hacerme daño. Creo que sucederá en la piscina. Pienso que estuvo allí la otra noche. Sólo puedo confiar en el hecho de que nado más rápido que cualquiera y, si trata de atacarme, se habrá expuesto. Si lo logra, ve tras él; por mí y por Leila.

Ya debes de haber escuchado las cintas. ¿Te diste

cuenta de lo molesto que estaba cuando Alvirah Meehan comenzó a hacer tantas preguntas? Trató de interrumpir a Ted cuando éste dijo que Craig podía engañar a cualquiera con su imitación.

Yo creí haber escuchado a Ted que le gritaba a Leila que colgara el teléfono. Pensé que la había oído decir: «Tú no eres un halcón.» Pero Leila estaba llorando. Y por eso me equivoqué. Helmut estaba cerca. Él la oyó decir: «Tú no eres Halcón.» Él lo escuchó bien. Y yo no.

La cinta de Alvirah Meehan en la sala de tratamientos. Escúchala con cuidado. Esa primera voz. Parece la del barón, pero hay algo que no funciona. Creo que era Craig imitando la voz del barón. Scott, no existe prueba de nada de esto. La única prueba que se obtendrá es si Craig me considera demasiado peligrosa.

Veremos qué sucede. Sé una cosa y, probablemente, siempre lo supe. Ted es incapaz de cometer un asesinato, y no me importa cuántos testigos sostengan que lo vieron matar a Leila.

ELIZABETH.

Scott dejó la carta y miró con seriedad a Elizabeth.

—Me hubiese gustado que confiaras en mí. Casi perdiste la vida.

—Era la única manera —dijo Elizabeth—. ¿Pero qué le hizo a la señora Meehan?

—Una inyección de insulina. Como sabrás, mientras estudiaba trabajaba en el hospital de Hannover durante las vacaciones de verano. En esos años aprendió varias cosas. Pero en un principio, la insulina no estaba destinada a Alvirah Meehan. —Scott miró a Elizabeth—. Se había convencido de que eras peligrosa. Había planeado eliminarte en Nueva York, la semana antes del juicio. Pero cuando Ted decidió venir aquí, Craig convenció a Min para que te invitara también. La persuadió de que tal vez tú no declararías contra él si volvías a verlo. Lo que quería era una oportunidad para arreglar un accidente. Alvirah Meehan se había convertido en una amenaza. Y ya tenía los medios para deshacerse de ella. —Scott se puso de pie—. Y ahora, me voy a casa.

Junto a la puerta, hizo una pausa.

—Me gustaría hacer un último comentario. Usted, barón, y tú, Syd, obstruisteis a la justicia cuando creísteis que Ted era culpable. Al tomar la ley en vuestras manos, indirectamente sois responsables de la muerte de Sammy y del ataque que sufrió la señora Meehan.

Min se incorporó de un salto.

—De haber venido hace un año, habrían convencido a Ted de declararse culpable y negociar la sentencia. Ted tendría que estarles agradecido.

—¿Tú estás agradecida, Min? —le preguntó Cheryl—. Entiendo que fue el barón quien escribió la obra. No sólo estás casada con un noble, un médico, un decorador de interiores, sino también un escritor. Debes de estar emocionada y... arruinada.

—Me casé con un hombre del Renacimiento —respondió Min—. El barón retomará sus operaciones en la clínica. Ted nos prometió un préstamo. Todo saldrá bien.

Helmut le besó la mano. Y Elizabeth pensó en la imagen de un niño pequeño dándole un beso a su madre. Min ahora lo ve tal como es —pensó—. Le costó un millón de dólares descubrirlo, pero tal vez para ella haya valido la pena.

—A propósito —agregó Scott—, la señora Meehan se pondrá bien. Y todo gracias al tratamiento de emergencia que le dio el doctor Von Schreiber. —Ted y Elizabeth lo acompañaron fuera—. Que todo esto quede atrás —les aconsejó Scott—. Tengo el presentimiento de que las cosas mejorarán para vosotros de ahora en adelante.

—Ya han mejorado —replicó Ted.

2

El sol del mediodía brillaba por encima de sus cabezas. Una brisa suave soplaba desde el Pacífico, llevándoles el aroma del mar. Hasta las azaleas destruidas por las ruedas del coche policial parecían estar reviviendo. Los cipreses, grotescos en la noche, parecían familiares y acogedores bajo los rayos del sol.

Juntos, Ted y Elizabeth observaron partir a Scott, y luego se miraron.

—Todo ha terminado —dijo Ted—. Elizabeth, apenas estoy empezando a darme cuenta. Puedo volver a respirar. No volveré a despertarme en medio de la noche para pensar cómo será vivir en una celda y cómo será perder todo lo que valoro en la vida. Quiero ponerme a trabajar otra vez. Quiero... —Y la rodeó con sus brazos—. Te quiero a ti.

«Adelante, Sparrow. Esta vez está bien. No pierdas el tiempo. Haz lo que te digo. Sois el uno para el otro.»

Elizabeth levantó la cabeza y le sonrió. Le tomó la cabeza entre sus manos y le acercó los labios a su boca.

Casi podía oír a Leila cantando otra vez, tal como lo había hecho mucho tiempo atrás:

No llores más, my Lady...

ÍNDICE